ULYSSE FROM BAGDAD

Né en 1960, normalien, agrégé et titulaire d'un doctorat en philosophie, Eric-Emmanuel Schmitt s'est d'abord fait connaître au théâtre avec *Le Visiteur*, devenu un classique du répertoire international. Rapidement, d'autres succès ont suivi. Plébiscitées tant par le public que par la critique, ses pièces ont été récompensées par plusieurs Molière et le Grand Prix du théâtre de l'Académie française. Son œuvre est désormais jouée dans plus de cinquante pays. Sa carrière de romancier, initiée par *La Secte des égoïstes*, s'est entre autres poursuivie avec *L'Évangile selon Pilate*, *La Part de l'autre*, *Ulysse from Bagdad*... Son *Cycle de l'Invisible* (*Milarepa*, *Monsieur Ibrahim et les fleurs du Coran*, *Oscar et la dame rose*, *L'Enfant de Noé*) a remporté un immense succès en France et à l'étranger. En 2006, il écrit et réalise son premier film, *Odette Toulemonde* (sorti en février 2007). Grand amateur de musique, Eric-Emmanuel Schmitt est aussi l'auteur d'une autofiction : *Ma vie avec Mozart*. Il vit à Bruxelles et vient de réaliser son deuxième film, tiré d'*Oscar et la dame rose*.

Paru dans Le Livre de Poche :

ERIC-EMMANUEL SCHMITT

Ulysse from Bagdad

ROMAN

ALBIN MICHEL

ISBN : 978-2-253-13454-1 – 1re publication LGF

« Il n'y a d'étranger que ce qui n'est pas humain. »

Jean GIRAUDOUX, *Elpenor*.

Je m'appelle Saad Saad, ce qui signifie en arabe *Espoir Espoir* et en anglais *Triste Triste*; au fil des semaines, parfois d'une heure à la suivante, voire dans l'explosion d'une seconde, ma vérité glisse de l'arabe à l'anglais; selon que je me sens optimiste ou misérable, je deviens Saad l'Espoir ou Saad le Triste.

A la loterie de la naissance, on tire de bons, de mauvais numéros. Quand on atterrit en Amérique, en Europe, au Japon, on se pose et c'est fini : on naît une fois pour toutes, nul besoin de recommencer. Tandis que lorsqu'on voit le jour en Afrique ou au Moyen-Orient…

Souvent je rêve d'avoir été avant d'être, je rêve que j'assiste aux minutes précédant ma conception : alors je corrige, je guide la roue qui brassait les cellules, les molécules, les gènes, je la dévie afin d'en modifier le résultat. Pas pour me rendre différent. Non. Juste éclore ailleurs. Autre ville, pays distinct. Même ventre certes, les entrailles de cette mère que j'adore, mais ventre qui me dépose sur un sol où je peux croître, et pas au fond d'un trou dont je dois, vingt ans plus tard, m'extirper.

Je m'appelle Saad Saad, ce qui signifie en arabe *Espoir Espoir* et en anglais *Triste Triste*; j'aurais voulu

9

m'en tenir à ma version arabe, aux promesses fleuries que ce nom dessinait au ciel ; j'aurais souhaité, l'orgueil comme unique sève, pousser, m'élever, expirer à la place où j'étais apparu, tel un arbre, épanoui au milieu des siens puis prodiguant des rejets à son tour, ayant accompli son voyage immobile dans le temps ; j'aurais été ravi de partager l'illusion des gens heureux, croire qu'ils occupent le plus beau site du monde sans qu'aucune excursion ne les ait autorisés à entamer une comparaison ; or cette béatitude m'a été arrachée par la guerre, la dictature, le chaos, des milliers de souffrances, trop de morts.

Chaque fois que je contemple George Bush, le président des Etats-Unis, à la télévision, je repère cette absence de doutes qui me manque. Bush est fier d'être américain, comme s'il y était pour quelque chose... Il n'est pas né en Amérique mais il l'a inventée, l'Amérique, oui, il l'a fabriquée dès son premier caca à la maternité, il l'a perfectionnée en couches-culottes pendant qu'il gazouillait à la crèche, enfin il l'a achevée avec des crayons de couleur sur les bancs de l'école primaire. Normal qu'il la dirige, adulte ! Faut pas lui parler de Christophe Colomb, ça l'énerve. Faut pas lui dire non plus que l'Amérique continuera après sa mort, ça le blesse. Il est si enchanté de sa naissance qu'on dirait qu'il se la doit. Fils de lui-même, pas fils de ses parents, il s'attribue le mérite de ce qui lui a été donné. C'est beau, l'arrogance ! Magnifique, l'autosatisfaction obtuse ! Splendide, cette vanité qui revendique la responsabilité de ce qu'on a reçu ! Je le jalouse. Comme j'envie tout homme qui jouit de la chance d'habiter un endroit habitable.

Je m'appelle Saad Saad, ce qui signifie en arabe *Espoir Espoir* et en anglais *Triste Triste*. Parfois je suis Saad l'Espoir, parfois Saad le Triste, même si, aux yeux du plus grand nombre, je ne suis rien.

Au terme de ce voyage, au début d'un nouveau, j'écris ces pages pour me disculper. Né quelque part où il ne fallait pas, j'ai voulu en partir ; réclamant le statut de réfugié, j'ai dégringolé d'identité en identité, migrant, mendiant, illégal, sans-papiers, sans-droits, sans-travail ; le seul vocable qui me définit désormais est clandestin. Parasite m'épargnerait. Profiteur aussi. Escroc encore plus. Non, clandestin. Je n'appartiens à aucune nation, ni au pays que j'ai fui ni au pays que je désire rejoindre, encore moins aux pays que je traverse. Clandestin. Juste clandestin. Bienvenu nulle part. Etranger partout.

Certains jours, j'ai l'impression de devenir étranger à l'espèce humaine…

Je m'appelle Saad Saad mais ce patronyme, vraisemblablement, je ne le transmettrai pas. Coincé dans les deux mètres carrés à quoi se réduit mon logement provisoire, j'ai honte de me reproduire, et, ce faisant, de perpétuer une catastrophe. Tant pis pour ma mère et mon père qui ont tant fêté mon arrivée sur Terre, je serai le dernier des Saad. Le dernier des tristes ou le dernier de ceux qui espéraient, peu importe. Le dernier.

1

Je suis né à Bagdad le jour où Saddam Hussein, furieux d'apercevoir ses premiers cheveux blancs, a hurlé dans le palais à s'en péter les veines du cou, convoqué son coiffeur, exigé qu'il les recouvrît à l'instant d'une grasse teinture aile-de-corbeau ; après quoi, il annonça à l'homme aux doigts tremblants qu'il le tiendrait désormais responsable du moindre signe de vieillissement : à lui d'ouvrir l'œil ! Autant dire que je suis né un jour où l'Irak a évité une catastrophe. Augure fatal ou propice ?

Si je rapporte ce détail, c'est parce que le coiffeur se trouvait apparenté à la tante par alliance d'une cousine de la demi-sœur de ma mère. La famille, quoi… Lorsqu'il se rendit à la maison ce soir-là pour célébrer ma venue, le barbier ne put s'empêcher de confier l'anecdote à mon père, caché derrière un rideau, s'en délectant d'une voix sourde ; il n'avoua jamais en revanche, ni cette nuit ni une suivante, où se situaient ces poils dégénérescents, s'ils pointaient sur la tête ou dans une autre partie du corps présidentiel, mais cette omission orientait l'enquête car on sait que, dans notre pays, les hommes voulant paraître longtemps virils noircissent la toison autour de leur sexe.

En tout cas, mes parents eurent deux raisons de se réjouir : un fils venait au monde et le tyran vieillissait.

Je fus accueilli comme une merveille. Normal : après quatre filles, j'étais celui qu'on n'osait plus espérer. La nouille rose qui gigotait entre mes cuisses arracha des cris d'extase, mon appareil génital lilliputien relança les espoirs dynastiques. Avant que j'aie prononcé ou accompli la moindre chose intelligente, je fus révéré ; vieux d'à peine quelques heures, je déclenchai un festin mémorable, et, le lendemain, des indigestions, voire des gueules de bois historiques.

Très choyé durant mes jeunes années, je fus plus lent que les enfants de mon âge à comprendre comment mes compatriotes vivaient – ou ne vivaient pas.

Nous occupions un appartement dans un court immeuble beige à un jet de pierre du lycée où notre père travaillait en qualité de bibliothécaire. Evidemment, l'école était l'Ecole du Baas, la Bibliothèque du Baas, autant qu'étaient du Baas – vocable du parti présidentiel – la radio, la télévision, la piscine, le gymnase, le cinéma, les cafés… et même le bordel, ajoutait mon père.

D'emblée, il me sembla qu'il y avait trois entités majeures dans la vie : ma famille, Dieu et le Président. En écrivant cette phrase, je constate que seul l'éloignement permet, avec témérité, d'ordonner ainsi les éléments car, à l'époque, ce classement aurait envoyé un Irakien en prison ; mieux valait hiérarchiser ainsi : le Président, Dieu et ma famille.

Placardées partout, les photographies du Président surveillaient notre vie quotidienne ; nos livres de classe arboraient ses clichés, les administrations publiques affichaient sa figure, comme les boutiques privées, depuis les bars jusqu'aux restaurants, en passant par les magasins de tissus, de vaisselle, d'alimentation. Par conviction, prudence ou lâcheté, chacun exhibait un cliché du Guide arabe ; plus efficace que n'importe quel grigri, un tirage encadré de Saddam Hussein se montrait le minimum pour se protéger du mauvais sort – minimum nécessaire quoique pas suffisant, car les arrestations arbitraires et les incarcérations inexpliquées tombaient davantage que la pluie. Moi, je pensais qu'à travers ses effigies le Président nous observait ; il n'était pas juste gravé sur le carton, non, il se tenait là, présent, parmi nous ; ses yeux imprimés dissimulaient une caméra, ses oreilles de papier camouflaient des micros, Saddam espionnait ce que nous faisions et disions autour de ses reproductions, Saddam n'ignorait rien. Comme beaucoup d'écoliers irakiens, je prêtais toutes sortes de pouvoirs à Saddam Hussein. Logique : il les avait tous.

De temps en temps, des hommes disparaissaient ; même s'ils avaient une famille, femme, progéniture, ascendants, soudain ils ne donnaient plus aucun signe de vie. Deux solutions s'offraient alors : soit ces hommes s'étaient engagés dans la résistance à Saddam Hussein, soit ils avaient été incarcérés, torturés, puis tués pour résistance à Saddam Hussein. Personne n'étudiait les deux hypothèses tant il y avait danger à pister la vérité. On laissait donc les disparus disparaître, ne sachant pas s'ils se planquaient dans les montagnes de l'ancien Kurdistan, ou s'ils avaient été dissous dans l'acide.

Enfant, je considérais cela monstrueux, terrorisant et normal ; selon la logique d'un jeune esprit, je jugeais

15

normal chaque phénomène que je découvrais et j'étais attaché aux monstres qui me terrorisaient. Abonné aux contes cruels, nourri par mon père de légendes archaïques tel le récit de Gilgamesh, je concevais le destin comme arbitraire, noir, effrayant, je ne me représentais pas l'univers sans Saddam Hussein, son absolutisme, ses caprices, ses haines, ses rancœurs, ses humeurs, son intolérance, ses retournements ; il me passionnait ; je l'idolâtrais aussi vivement que je le redoutais. L'unique différence entre le monde des fables et la réalité, c'était qu'ici-bas, hors des pages, loin des royaumes enchantés, l'ogre s'appelait Saddam Hussein.

D'après moi, Dieu était le concurrent de Saddam Hussein, son concurrent direct. Beaucoup de points communs, guère de différences : à lui aussi, nous devions crainte, respect ; à lui aussi, les adultes adressaient plaintes discrètes et remerciements sonores ; lui aussi, il fallait éviter de le contrarier. A l'occasion, j'hésitais, je me demandais, en cas de dilemme, qui je suivrais : Dieu ou Saddam Hussein ? Cependant, en ce match d'influences, Dieu ne jouait pas partie égale avec Saddam. D'abord parce qu'il intervenait peu dans la vie quotidienne, surtout à Bagdad... Ensuite parce qu'il mettait plus longtemps que Saddam à se venger... encaissant sans broncher des insultes que Saddam punissait avant même qu'elles soient proférées. C'était ça, selon moi, la particularité de Dieu : moins sanguin, flegmatique, guère rancunier. Distrait. Oublieux peut-être... Je risquai une hypothèse : si Dieu tardait tant aux représailles, était-ce parce qu'il était bon ? Je n'en étais pas sûr quoiqu'une si persistante désinvolture penchât en sa faveur. Je tenais Dieu pour aimable, davantage que Saddam. Il possédait également l'avantage de l'ancienneté encore que, dans le champ de ma courte existence, Saddam eût toujours occupé le terrain. Enfin, je préférais les hommes de Dieu aux hommes de Saddam : les imams barbus aux paupières violettes qui nous apprenaient à lire dans le Coran, puis à lire le Coran, dégageaient une attention, une douceur, une humanité incomparables avec l'attitude des brutes baasistes, fonctionnaires suspicieux, généraux implacables, juges féroces, policiers expéditifs, soldats à la gâchette facile. Oui, aucun doute, Dieu savait mieux s'entourer que Saddam. D'ailleurs, Saddam lui-même semblait respecter Dieu. Devant qui s'inclinait-il ?

Loin de Saddam qui m'épouvantait, de Dieu qui m'intriguait, ma famille m'apportait la sécurité et l'aventure ; d'un côté, j'éprouvais la certitude d'être aimé ; de l'autre, quatre sœurs, une mère dépassée, un père fantasque maintenaient ma curiosité en éveil. Notre maison bruissait de cavalcades, de rires, de chansons, de faux complots, de vraies embrassades, de cris étouffés par les plaisanteries ; nous manquions tant d'argent et de méthode que tout posait problème, les repas, les sorties, les jeux, les invitations ; mais nous prenions plaisir à affronter ces embarras, voire à accentuer leur contrariété car, de manière très orientale, nous adorions compliquer ce qui, simple, nous aurait ennuyés. Un observateur extérieur n'aurait pas eu tort de qualifier d'« hystérique » le fonctionnement de la maison Saad, à condition qu'il inclue le bonheur intense procuré par l'hystérie.

Mon père contribuait à brouiller notre organisation par sa façon de parler. Bibliothécaire, fin lecteur, érudit, rêveur, il avait contracté dans les livres la manie de méditer en langage noble ; à l'instar des lettrés arabes raffolant de poésie, il préférait fréquenter la langue en altitude, là où la nuit se nomme « le manteau d'obscurité qui s'abat sur le cosmos », un pain « le mariage croustillant de la farine avec l'eau », le lait « le miel des ruminants » et une bouse de vache « la galette des prés ». Par conséquent, il appelait son père « l'auteur de mes jours », son épouse notre mère « ma fontaine de fertilité » et ses rejetons « la chair de ma chair, le sang de mon sang, la sueur des étoiles ». Dès que nous eûmes l'âge de bouger, mes sœurs et moi, nous nous sommes comportés en vulgaires gamins cependant que notre père décrivait nos actes avec des mots rares : nous nous « sustentions » au lieu de manger ; plutôt que d'uriner, « nous arrosions la poussière des chemins » ; lorsque nous disparaissions aux toilettes, nous « répondions à la convocation de la nature ». Or ses périphrases fleuries ne formaient pas des messages clairs ; parce que ses premières formules alambiquées ne rencontraient que bouche bée chez ses interlocuteurs, particulièrement chez nous, sa postérité, le patriarche Saad, agacé, bouillant de colère devant tant d'inculture, perdait patience et traduisait aussitôt sa pensée dans les termes les plus grossiers, estimant que, s'il s'adressait à des ânes, il leur causerait comme tel. Ainsi passait-il de « Peu me chaut » à « Rien à cirer », de « Cesse de m'emberlificoter, facétieux lutin » à « Te fiche pas de moi, crétin ! ». En fait, mon père ignorait les mots usuels ; il ne pratiquait que les extrêmes, vivant aux deux étages les plus distants de la langue, le noble et le trivial, sautant de l'un à l'autre.

Je me souviens qu'un samedi de janvier où, levés tôt, nous devions nous rendre chez un oncle qui séjournait loin, il me demanda en se rasant :

– Alors, mon fils, tel le divin Ulysse, tu frémis devant l'aurore aux doigts de rose, non ?

– Pardon, Papa ?

– Tu ne te gèles pas le cul à cinq heures du matin ?

Résultat : j'adorais la compagnie de notre père car il s'exprimait toujours de façon imagée.

A ma mère, je n'avais pas l'impression d'obéir ; je l'aimais tant que, quoi qu'elle décidât, je tombais d'accord. Nous constituions une personne avec deux corps : ses souhaits devenaient mes désirs, ses soupirs pouvaient couler en larmes de mes yeux, sa joie me procurait l'extase.

Quoique surprises par cette entente singulière, mes sœurs la respectaient. Comme j'étais l'unique garçon et qu'elles concevaient, elles aussi, leur future vie auprès d'un mâle unique, elles justifiaient par le sexe mon statut privilégié et ne me jalousaient pas ; au contraire, elles rivalisaient pour décrocher ma préférence.

On comprendra donc que j'ai poussé au Paradis. Cet enclos merveilleux peuplé de femmes dévouées, d'un père cocasse, d'un Dieu en voyage et d'un despote tenu à distance respectueuse par les murs de notre foyer, abrita mon bonheur jusqu'à mes onze ans.

Si l'enfance s'accommode des maîtres absolus, l'adolescence les débusque et les hait. La conscience politique me poussa avec les poils.

Mon oncle Naguib, le frère de ma mère, fut arrêté un matin par les hommes du Président. Ecroué, torturé une fois, remis en prison, torturé une deuxième fois, redéposé au fond d'une cellule, affamé, il finit par être jeté à la rue cinq semaines plus tard, faible, infirme, en sang, une carcasse de viande destinée aux chiens affamés. Une voisine le reconnut heureusement, chassa les animaux et nous prévint à temps.

A la maison, ma mère et mes sœurs prodiguèrent à Naguib leurs soins affectueux pour qu'il guérisse, d'autant qu'il avait déjà perdu un œil et une oreille. Fiévreux, délirant, cauchemardant en rafales, Naguib geignit pendant plusieurs jours avant de retrouver l'usage de la parole. Il nous raconta ce qui lui était arrivé. Son récit se révéla sommaire : les colosses l'avaient insulté, assoiffé, privé de nourriture, frappé pendant des heures en se dispensant de lui exposer ce qu'ils lui reprochaient. « Traître ! », « Espion », « Porc à la solde de l'Amérique », « Salaud payé par Israël », voilà les rares mots qu'il avait saisis entre les coups de ceinture, les coups de pied, les coups de matraque cloutée. Des insultes banales, chez nous. Naguib avait deviné qu'on le croyait coupable, mais coupable de quoi ? Il souffrait tant qu'il avait supplié ses tourmenteurs de l'orienter, leur promettant qu'il avouerait ensuite tout ce qu'ils voudraient, oui, tout, juste pour stopper le mal. En vain ! Naguib les décevait, telle fut l'unique idée claire qu'il éprouva entre ses douleurs : le torturer décevait ses bourreaux.

Il fut éjecté de sa geôle sans que des explications accompagnent sa libération davantage que son arrestation.

Connaissant notre oncle Naguib, brodeur de pantoufles, nous savions qu'aucun trait de sa personne n'offrait le flanc à la suspicion puisqu'il n'était ni kurde, ni juif, ni chiite, ni lié à Israël, pas amoureux de l'Amérique, dénué de liens avec l'Iran. Il n'était coupable de rien. Il était seulement coupable d'être suspect.

A ce moment-là, nous le devenions tous, suspects…

D'ailleurs, le martyre de l'oncle Naguib n'appartenait-il pas à une tentative délibérée, architecturale, systématique de faire régner la terreur ? Aux yeux de l'ombrageux Président, tous les Irakiens se révélaient suspects, oui, tous suspects ! « Si vous complotez contre Saddam, nous, les hommes de Saddam, nous le saurons toujours. Peu importe que nous nous trompions parfois, mieux vaut tuer un innocent que laisser prospérer un coupable. A bon entendeur, salut. Il vous reste à vous aplatir dans la soumission et le silence. »

A onze ans, je mesurai l'injustice que subissait mon pays, j'y devins sensible, et la révolte se creusa une place dans ma poitrine qui s'élargissait. Je décidai alors que moi, à la différence de l'oncle Naguib, je donnerais aux hommes du Président de légitimes raisons de me soupçonner et que, s'ils me coinçaient un jour, s'ils me rôtissaient avec des fils électriques, s'ils m'enfonçaient la tête dans une baignoire jusqu'à la noyade, ils ne me supplicieraient pas pour rien tant j'aurais activement lutté contre eux.

Un jeudi, mon père passa devant ma chambre et m'aperçut, occupé à me cogner les poings contre les murs ; certes j'endommageais plus mes articulations que les parois, mon combat confondant ses ennemis, mais je ne pouvais cesser de frapper.

– Chair de ma chair, sang de mon sang, sueur des étoiles, que fais-tu donc ?

– Je suis en colère.

– Contre quoi porte ton ire ?

– Saddam Hussein.

– Boucle-la. Suis-moi.

Il me prit par la main et m'emmena dans un réduit aménagé sous la maison. Là, je découvris le trésor de mon père, les livres que, quelques années auparavant, on lui avait demandé de retirer de la Bibliothèque, et qu'il avait conservés, au lieu de les envoyer au ministère pour destruction, entreposés sur plusieurs rayonnages dans notre cave, dissimulés derrière de vieux kilims.

Il y avait plusieurs genres de volumes interdits, les uns parce qu'ils étaient kurdes, les autres permissifs de mœurs, les autres chrétiens ; de façon cocasse, des ouvrages fréquentant les extrêmes – des sermons religieux ou un conte érotique – franchissaient, au regard de la censure baasiste, la même ligne rouge, celle de la provocation, de sorte que l'évêque Bossuet et le marquis de Sade se retrouvaient frères en infamie, condamnés à griller, voisins de broche, en enfer. L'avantage de cette chasse aux œuvres menée par le Parti, c'était qu'il en fallait si peu pour qu'une publication fût proscrite que mon père avait récupéré une belle collection où trônait le meilleur de la littérature européenne, essayistes français, poètes espagnols, romanciers russes, philosophes allemands, ainsi que, accaparant deux étagères, les récits policiers d'Agatha Christie sous prétexte que, l'Irak ayant été naguère sous domination britannique, il fallait se débarrasser aussi de la plus célèbre romancière anglaise.

En m'offrant l'accès à son secret, mon père finissait, ou plutôt commençait mon instruction. Fier de son pays, amoureux de sa riche histoire millénaire, évoquant Nabuchodonosor comme s'il l'avait rencontré la veille, il haïssait le régime actuel et avait le sentiment, en préservant ces volumes, de perpétuer, en dépit de Saddam Hussein qu'il traitait d'usurpateur, la tradition irakienne, civilisation érudite qui avait inventé l'écriture et s'était montrée avide de cultures étrangères. Il appelait sa bibliothèque clandestine « ma Babel de poche », tant elle lui apparaissait, en plus exigu, reproduire la tour babylonienne où se rendaient autrefois les curieux du monde entier, pèlerins devisant en de multiples langues.

De ce jour, j'attrapai le goût de la lecture, ou de la liberté – ce qui s'équivaut –, et employai mon adolescence à repérer le bourrage de crâne idéologique qu'on nous infligeait au lycée, à m'en protéger, tentant d'apprendre à penser d'une façon distincte, par moi-même.

Mes sœurs se mariaient. A cette époque-là, je découvris que, bien qu'évoluant parmi des femmes, je n'étais pas une fille. Parce que les filles, elles n'ont que ça en tête, se marier, ça les obsède : imaginer le prétendant idéal, puis une fois le fiancé dégoté, préparer la cérémonie ; après les noces, elles vont jusqu'à quitter la maison familiale – oui, c'est à ce point-là – pour se consacrer au mariage ; au mariage, pas au mari, car l'homme – à l'instar des mâles – il n'a pas que ça à faire, il travaille, il discute, il rejoint autour d'un thé à la menthe ses amis qui jouent aux dés, aux dominos, aux échecs. Oui, les filles sont ainsi, et mes sœurs n'échappaient pas à la coutume.

« La famille s'élargit », clamait ma mère, les larmes ruisselant sur ses joues, et cela signifiait « La maison se vide ». Elle ignorait pourtant dans quelle mesure elle avait raison, loin de soupçonner que notre bibliothèque, la « Babel de poche », se vidait, elle aussi, car mon père, modeste fonctionnaire, bravait le danger en monnayant des volumes interdits pour financer chaque fête de mariage.

J'avais déjà gagné deux beaux-frères – Aziz et Rachid –, trois nièces et neveux lorsque, en août 1990, Saddam Hussein déclencha la guerre contre le Koweit.

Non seulement l'expédition échoua, mais mes sœurs aînées se couvrirent de voiles noirs, leurs maris ayant succombé au combat. Veuves, elles revinrent vivre à la maison avec leurs bébés. Mon père vendit quelques meubles sous prétexte de réaménager l'espace.

Commença alors le blocus économique. En représailles contre la politique agressive de Saddam Hussein – reproche que je partageais, ô combien –, les Nations unies décidèrent de placer l'Irak sous embargo.

Je ne sais si les politiciens nantis, ventrus et indignés qui ont décrété cette sanction se représentèrent un instant comment nous, Irakiens, nous allions l'endurer ; j'en doute, c'est l'unique excuse que je leur déniche. Censé accabler Saddam Hussein, l'embargo ne pesa que sur nous, gens du peuple. Le dinar perdant plus de mille fois sa valeur, nous partions régler nos courses avec des liasses de vieux billets cachées dans des sacs-poubelle ou des valises de carton ; quoi acheter d'ailleurs ? Il n'y avait rien à vendre. Beaucoup de citadins retournaient vivre à la campagne. Sans le

paquet distribué chaque mois par le gouvernement
– farine, huile de cuisine, thé et sucre –, nous serions
morts de faim ; grâce au rationnement, nous nous
contentions d'en souffrir. A Bagdad, la peur régnait,
s'amplifiait, plus la seule peur de Saddam Hussein,
non, la peur d'être volé la nuit si l'on possédait un
bien qu'on n'avait pas encore troqué : le chauffeur de
taxi couchait dans sa voiture, un pistolet sous son
flanc, derrière la porte de son garage cadenassée ; les
familles effectuaient des tours de garde pour éviter
qu'on leur dérobât un sac de riz, une caisse de
pommes de terre. Mais la peur la plus aiguë, celle qui
rôdait au creux de chaque esprit, c'était la peur de
tomber malade.

C'est ce qui arriva aux enfants de mes sœurs. Cho-
quées par la disparition de leurs époux, les jeunes
mères fournissaient-elles un lait avarié ? Dégageaient-
elles une tristesse, une anxiété contagieuses ? Leurs
petits allaient d'infection en diarrhée prolongée.

Chaque fois, j'accompagnais la mère et les nourris-
sons au dispensaire. La première fois, le médecin nous
donna une prescription qui se révéla insuffisante, faute
du médicament adéquat. La deuxième fois, il refusa de
soigner la fillette qui, pourtant, crachait ses poumons
devant lui si on ne lui glissait pas de l'argent sous la
table – grâce à un bijou de mariage que ma mère
gagea, nous l'avons sauvée. La troisième fois, il nous
annonça que, lui apporterions-nous l'or des émirs sur
une brouette, il serait incapable de mettre la main sur
les médicaments nécessaires puisque le pays en manquait – l'innocente décéda. La quatrième fois, le médecin se tenait seul, accoudé à la fenêtre, dans une pièce
vide, le dispensaire ayant été déserté par ses collègues

partis à l'étranger, abandonné par les infirmières qui n'avaient plus les moyens de s'y rendre en voiture ; il attendait un patient qui voulût bien lui acheter son stéthoscope afin de nourrir sa famille. Le bambin mourut aussi.

En quelques années, l'aînée de mes sœurs avait perdu son mari à la guerre, puis sa fille et son fils suite à l'embargo. Lasse, la face creusée, la peau terne, les mains sèches, l'œil éteint, à vingt-cinq ans elle ressemblait à une vieille femme.

Tout Irakien qui a survécu à cette période – il est vrai que mouraient d'abord les poupons – assurera à ces messieurs des Nations unies que l'embargo s'avère le meilleur moyen de punir un peuple déjà malheureux en renforçant ses dirigeants. Du ciment pour la douleur ! Du béton à consolider les dictatures ! Avant l'embargo, les Droits de l'homme n'étaient pas respectés en Irak ; pendant les dix années d'embargo, ils ne le furent pas davantage mais s'y ajoutèrent l'impossibilité de s'alimenter, la difficulté d'être soigné, une recrudescence de la polio, la multiplication des vols et le développement de la corruption. En ôtant sa totale puissance au despote, et par conséquent son entière responsabilité, l'embargo disculpait Saddam ; si une denrée manquait, c'était faute à l'embargo ; si une réparation tardait, c'était faute à l'embargo ; si de grands travaux publics s'interrompaient, c'était faute à l'embargo. Loin de fragiliser le persécuteur, l'embargo obtenait l'effet inverse : Saddam Hussein redevenait l'homme providentiel, le seul recours irakien contre les barbares hostiles. Néanmoins les habiles politiciens qui ont condamné notre peuple à souffrir davantage vieilliront tranquilles dans leur pays, j'en demeure certain, couverts d'honneurs, décorés pour leur action humanitaire, jouissant d'un sommeil que n'entamera jamais le souvenir des horreurs qu'ils ont provoquées et qu'ils ignorent.

Quelques fois, pendant cette période, j'ai caressé l'idée de partir en Europe ou aux Etats-Unis ; j'y ai songé mollement, dénué de désir, presque par paresse, comme on envisage une solution mathématique, car j'avais remarqué que les familles qui comptaient un de leurs membres hors frontières affrontaient mieux la pénurie : deux dollars glissés dans une lettre pouvaient corriger un destin. Je m'en étais ouvert à mon père.

– Tu ne crois pas que je réussirais mieux ailleurs ?

– Réussir quoi, mon fils, chair de ma chair, sang de mon sang, sueur des étoiles ?

– Ma carrière. Avocat ou médecin, peu importe. Si j'émigrais ?

– Fils, il y a deux catégories d'émigrants : ceux qui emmènent trop de bagages, ceux qui partent léger. A quelle classe appartiens-tu ?

– Mm…

– Ceux qui emmènent trop de bagages pensent que, en se déplaçant, ils vont arranger les choses ; en réalité, pour eux, les choses ne s'arrangeront jamais. Pourquoi ? Parce que c'est eux, le problème ! Ils le transportent, le problème, ils lui font voir du pays, ils lui font prendre l'air, sans le résoudre ni l'affronter. Ces émigrants, ils bougent mais ils ne changent pas. Inutile qu'ils s'éloignent, ils ne se quittent pas ; ils rateront leur vie ailleurs tout aussi magistralement qu'ici. Ce sont les mauvais émigrants, ceux qui déambulent chargés d'un passé de plusieurs tonnes, avec leurs dilemmes effleurés, leurs défauts niés, leurs déficiences masquées.

– Et les autres ?

– Ils voyagent léger parce qu'ils sont prêts, souples, adaptables, perfectibles. Eux sauront profiter d'une modification du paysage. Ce sont les bons migrants.

– Comment savoir si l'on fait partie des bons ou des mauvais ?

– A ton âge, quinze ans, c'est beaucoup trop tôt.

Je n'en parlai plus, n'y songeai plus. Entre des cours qui se raréfiaient – lorsque nos professeurs n'avaient pas fui en Jordanie, nous étudiions, privés de cahiers et de crayons, accroupis sur le sol de la classe, partageant à trente élèves un unique manuel scolaire –, j'allais vendre des feuilles d'encens aux portes des ministères afin de rapporter quelques dinars et je me passionnais pour les tracas de mon pays.

Des rumeurs couraient sur la santé de Saddam Hussein. Un jour, on lui avait diagnostiqué un cancer ; six mois après, on le prétendait terrassé par un infarctus ; puis un virus très rare l'avait rendu aveugle ; enfin, une hémorragie cérébrale le clouait au lit, muet, paralysé. Or des photographies récentes ou de nouvelles apparitions télévisuelles démentaient ces informations : il prospérait, le Guide du peuple, poil noir, abdominaux bridés par un corset, empâté, superbe, ignorant la famine. Au mépris de l'évidence, des convaincus s'obstinaient : « Ne soyez pas naïfs, le parti Baas nous présente un sosie, un des nombreux sosies du Président. » La tyrannie, elle, ne demeurait pas un leurre… Malgré les démentis, les rumeurs revenaient, colportées à la vitesse du débit arabe, constituant notre oxygène, des formes fugitives mais rémanentes d'espoir, l'espoir d'en finir avec lui. Ceux qui les inventaient entraient en résistance, pas en résistance active – trop dangereuse –, en résistance imaginative ; ils localisaient d'ailleurs les cancers avec beaucoup d'à-propos, larguant toujours la tumeur sur une zone stratégique de Saddam Hussein, une de celles que nous souhaitions voir disparaître en priorité, sa gorge, son cerveau, la palme de la fréquence revenant au gros côlon.

Si aucune maladie ne venait à bout du dictateur, murmuraient certains, peut-être les Américains, eux, qui s'armaient contre lui, allaient-ils y parvenir.

Même si les Américains n'étaient pas une maladie.

Quoique…

Mais n'allons pas trop vite.

2

Pendant que son peuple crevait de faim, Saddam Hussein bâtissait de nouveaux palais.

Il aimait aussi pleurer et fumer des cigares, sans que l'on sût jamais si c'était la fumée qui déclenchait ses larmes ou l'irruption d'un sentiment humain.

– Chair de ma chair, sang de mon sang, sueur des étoiles, Saad mon fils, je constate que, depuis Nabuchodonosor, notre pays a produit beaucoup de rois dominateurs, de conquérants belliqueux indifférents aux besoins des citoyens ; Saladin et Saddam Hussein en viennent grossir la liste. Eh bien, je crois en avoir trouvé la raison…

– Oui ?

– C'est à cause des palmiers.

– Des palmiers ?

– Des palmiers. Tous les problèmes de l'Irak viennent des palmiers.

– Ah…

– J'irai même plus loin : les palmiers sont à l'origine des problèmes qui affectent le monde arabe.

– Tu te moques ?

– Nous croyons à la difficulté politique, alors qu'elle

est horticole. Si nous peinons à accéder à la démocratie, c'est à cause des palmiers.

J'attendis que mon père se décidât à expliquer ; avec lui, la moindre conversation empruntant tours et détours, il fallait apprécier le suspens.

– Pas étonnant qu'un des premiers parlements de l'histoire humaine se soit formé en Islande, près du pôle Nord, dans une vallée rocheuse encombrée de neige et de glace : il n'y avait pas de palmiers ! Tu t'en souviens ? C'était au IXe siècle.

– Je m'en souviens comme si c'était hier, Papa.

– Sous nos latitudes, c'était évidemment impossible.

– A cause des palmiers !

– A cause des palmiers, mon fils, chair de ma chair, bipède miraculeux qui me déchiffre si bien. Chez nous, les palmiers donnent le mauvais exemple. Comment le palmier pousse-t-il, en effet ? Il ne s'élève vers le ciel que si on coupe ses parties basses ; à ce prix, il grimpe et règne, majestueux, dans le ciel bleu. Chaque souverain arabe se prend pour un palmier ; afin de se dresser et de se développer, il se coupe du peuple, s'en détache, s'en éloigne. Le palmier favorise le despotisme.

– D'accord. Alors que faire ? Acheter du désherbant ?

Il rit et nous resservit du thé.

Dans la pièce contiguë, mes sœurs et ma mère, bruyantes, passionnées, imperméables à nos discussions d'hommes, préparaient deux nouveaux mariages.

– Nabuchodonosor, Saladin, Hussein... nous manquons de médiocres. Dès l'aube de l'Irak, nos dirigeants pratiquèrent le culte de la grandeur.

– Papa, je ne vois pas ce que Saddam Hussein a de grand !

– La paranoïa. Là, il nous dépasse tous.

Comme soudain contaminé, mon père, inquiet, baissa le ton ; après un coup d'œil panoramique dans la pièce ombreuse où il conversait, seul avec moi, il poursuivit :

– Personne ne sait plus où il vit ni où il dort tant il craint les attentats. Des doubles apparaissent en public. Avant, il décourageait les rebelles par la terreur, maintenant, il les décourage en se dissolvant dans le paysage.

– Je sais, soupirai-je en lui cachant qu'à l'université j'avais adhéré à un groupe de résistants clandestins au sein duquel nous ambitionnions de tuer Saddam Hussein.

– Après avoir massacré ses ennemis, il a assassiné ses opposants, puis ses amis, puis ses collaborateurs ; aujourd'hui, son entourage se réduit à sa proche famille ; j'attends le moment où il va les exterminer aussi.

– C'est l'enseignement essentiel que Saddam nous aura laissé : dans le pire, on peut toujours faire mieux !

Nous nous sommes esclaffés car on rigole beaucoup en dictature, le rire appartenant au matériel de survie.

Mon père continua, le front dévasté par les rides :

– Voici ce qu'il a détruit dans ce pays : la confiance. Parce qu'il ne se fie à quiconque, il a instauré une société qui lui ressemble, une communauté où chacun a peur, où chacun redoute la trahison, où le citoyen se surveille en surveillant ses voisins, où ton prochain demeure ton lointain, un traître, un délateur, un ennemi en puissance. Ce paranoïaque nous a infectés, l'Irak est devenu plus malade que lui. Si cela cessait, serions-nous capables de guérir ?

L'ombre de la guerre s'étendait sur le pays.

Depuis que des terroristes islamistes avaient agressé les Etats-Unis en pulvérisant deux tours avec leurs trois mille occupants, nous, les yeux tournés vers le ciel, décomptions les jours avant l'attaque de l'armée américaine. Certes, les Irakiens n'avaient pas de lien direct avec l'effondrement des immeubles à New York en septembre 2001 mais nous sentions que ce scandale avait armé le bras du président Bush et, qu'après l'Afghanistan, il le dirigerait vers nous.

Au contraire de mes camarades, je le souhaitais.

Au contraire de mes camarades, je voyais d'éventuels libérateurs dans les G.I. qui débarqueraient chez nous.

Au contraire de mes camarades, je n'avais jamais nourri de répugnance envers les Etats-Unis ; la bibliothèque paternelle, notre « Babel de poche », m'avait retenu de développer ce travers.

Lors de nos conciliabules clandestins, dans l'arrière-salle des Délices, je me taisais ; je savais qu'aucun des étudiants ne me comprendrait puisqu'ils n'avaient pas eu la chance de bénéficier de lectures différentes. Quoiqu'ils voulussent supprimer Saddam Hussein, leur détestation des Etats-Unis formait une part capitale de leur culture politique, la part contestataire.

Car le tyran avait déployé une ruse payante : après son arrivée au sommet, il n'avait laissé qu'une seule idéologie se développer librement, l'anti-américanisme ; cette haine, il ne la réprimait pas davantage qu'il ne la favorisait, il en avait abandonné le contrôle ; c'était un os jeté au peuple, lequel pouvait le ronger à sa guise. De temps en temps, si cela épaulait ses fins, le dictateur persuadait les Irakiens qu'il partageait leur rancœur : il s'était servi de l'anti-américanisme contre l'Iran autrefois, contre les Emirats arabes à l'occasion, contre Israël en permanence ; maintenant que Bush les menaçait, lui et son programme nucléaire, Saddam mobilisait cette aversion pour brouiller les alliances et se relégitimer auprès de nous ; ainsi, ses pires adversaires avaient avec lui un ennemi en commun.

À l'Université, une seule personne avait aperçu, ou plutôt flairé derrière mon silence, ma position. Il s'agissait de Leila. J'aurais parié qu'elle adoptait mon point de vue.

Leila me fascinait. Issue d'une famille comptant quatre frères aînés, elle m'offrait mon double, moi qui succédais à quatre sœurs. Entraînée à la compagnie des garçons, elle s'était glissée avec aisance dans notre groupe et, lorsqu'elle n'assistait pas à ses cours de droit, elle nous rejoignait au café où nous consacrions des heures à rebâtir les civilisations.

C'était une femme qui fumait avec volupté.

Quiconque a vu Leila glisser une cigarette entre les doigts, la renifler d'un geste preste sous ses narines frémissantes, approcher le briquet du tabac, les prunelles brillantes, la nuque tendue, le visage dévoré par l'attente, les lèvres gonflées qui semblent chuchoter « Tu vas voir, ma belle, combien tu embaumeras dès que tu brûleras », sait ce qu'est avoir rendez-vous avec le plaisir. Etincelles. Grésillements. Même le papier gémissait de joie. Ensuite Leila portait la cigarette à sa bouche, aspirait avec la rigueur d'une musicienne, fermait les paupières, renversait la nuque et l'on avait l'impression que la cigarette la pénétrait ; à cause d'une contraction, de quelques spasmes – sa poitrine se soulevait, ses épaules se livraient au canapé, ses genoux s'écartaient –, on sentait que son corps entier appelait la fumée, l'accueillait, la buvait, consentant à son envahissement. Lorsqu'elle rouvrait les yeux, les cils papillonnants, l'iris imprécis, elle évoquait une favorite qui émerge, tremblante, surprise, le pourpre aux joues, d'une nuit d'amour avec le sultan ; on aurait dit, l'espace d'une seconde, qu'elle craignait de ne pas s'être rhabillée. Puis la main qui tenait la cigarette passait devant la bouche, ses lèvres attiraient l'objet, le saisissaient, et la fumée émanait de sa gorge, de ses narines, souple, dolente, flâneuse, d'un blanc magnifique qui contrastait avec la chair sombre dont elle s'échappait.

Pendant des heures, Leila inspirait et expirait, régulière, telles les vagues de l'océan sur la plage ; à chaque occasion, cela paraissait aussi bon qu'une première fois.

Par intermittence, elle semblait redécouvrir que nous étions là ; elle concentrait alors son iris dilaté sur nous afin que nous remarquions que, malgré l'aventure qu'elle vivait avec cette cigarette, elle nous suivait, elle nous soutenait, elle se plaisait parmi nous. Si elle ne parlait guère, elle écoutait somptueusement. Chacun guettait l'approbation de son œil bistré ; pas un garçon qui ne se lançât dans un raisonnement sans chercher son acquiescement ; si nous improvisions parfois des discours chatoyants, c'était pour l'éblouir : son silence sonnait avec plus d'intelligence que nos paroles.

Nous avions besoin d'elle, besoin qu'elle soit là, parmi nous, essentielle et menue, comme le noyau d'un fruit.

On l'aura deviné, nous étions tous un peu amoureux d'elle ; moi je l'étais beaucoup.

De peur d'un refus, je ne déclarais pas mon adoration ; je me contentais de regards brûlants, d'effleurements prolongés de nos mains. Souvent, je poussais un immense soupir en la fixant ; à une lueur qui surgissait dans ses pupilles, je sentais qu'elle recevait mon message.

Un camarade ne partagea pas ma discrétion.

C'est elle qui me l'apprit, un soir où je la raccompagnais jusqu'à l'entrée de sa rue ; elle me jeta l'information du bout des lèvres, comme une nouvelle banale.

– Bashir m'a proposé le mariage.

Je restai planté sur la chaussée puis m'écriai :

– Quand ?

Elle haussa les épaules, surprise par ma réaction, réfléchit.

– Vendredi dernier, à onze heures trente du matin. A moins que ce ne soit à onze heures trente et une, voire trente-deux... Peut-être onze heures trente-trois... Veux-tu que je lui demande de me le repréciser ?

Je courbai la tête, confus.

– Pourquoi me dis-tu ça ?

– Tu as raison, rétorqua-t-elle, pourquoi ?

Elle me sourit. Je me détournai et ajoutai, le menton tremblant :

– Que vas-tu faire ?

– A ton avis ?

Je bouillais. A chacune de mes questions, elle opposait une nouvelle question, souhaitant que je me dévoile. C'était trop subtil vis-à-vis d'un garçon amoureux. Presque cruel.

– Es-tu impatiente de te marier, Leila ?

– Pourquoi ? Tu as une solution ?

Je commençais à saisir sa stratégie mais je n'arrivais pas à me convaincre qu'elle me tendait autant la main ; je m'accusais d'entretenir des illusions.

– Quand lui donneras-tu ta réponse ?

– Sans doute un vendredi matin, à onze heures trente. C'est un horaire parfait pour ce genre d'événements, non ?

J'affectai d'être absorbé par la contemplation d'un nuage, au-dessus d'un haut portrait de Saddam Hussein sur lequel s'étaient posés trois oiseaux noirs.

– Et quelle sera ta réponse ?

– Ça dépend, Saad.

– De quoi ?

– De ma réflexion. Et des éléments qui m'auront aidée à me décider.

– Ah oui ?

– Oui. Ça dépend de toi, par exemple.

– De moi ?

– De toi. Qu'est-ce que tu en penses ?

– De Bashir ? C'est un con !

Elle sourit, heureuse.

– Bashir, un de tes meilleurs amis, est un con ?

– Un con fini !

– Depuis quand ?

– Depuis vendredi dernier à onze heures trente, ou onze heures trente et une, voire trente-deux... les sources divergent.

Elle rit franchement. Elle appréciait. Jamais je n'étais allé si loin dans l'aveu de mes sentiments. J'insistai à ma manière :

– Quel culot, ce Bashir ! Le sournois déclare son béguin en douce, dans notre dos, sans nous prévenir.

– Pourquoi ? Il aurait dû vous envoyer un carton ?

– Il sait que beaucoup d'entre nous... sont...

– Sont ?

– Comme lui... amoureux de toi.

Elle frissonna.

– Ce n'est pas loyal, insistai-je. Il nous prend de vitesse.

– Nous ?

– Nous.

J'avais chaud au point de m'évanouir. Quoique je sache ce que je devais dire, j'en étais incapable. Rien à faire. Ça ne sortait pas.

Elle attendit, puis présuma que je ne réussirais pas à briser ma réserve.

– Et toi, Saad, que faudrait-il pour que tu aies le courage de confier ton amour à une femme ?

– Une guerre !

J'avais crié cela sans réfléchir.

Elle renversa la gorge en arrière, soulagée, aspirant l'azur.

– Parfait, la guerre ne saurait tarder. Bonsoir, Saad.

– Bonsoir, Leila.

Ce soir-là, je ne parvins pas à dormir ; elle non plus, ainsi que me le prouvèrent le lendemain ses paupières mauves.

Par la suite, nous ne bavardâmes pas davantage que les mois précédents ; en revanche il existait désormais entre nous un secret qui rendait le silence lourd de désirs, riche d'avenir, tendu comme le fil de l'arbalète avant que parte la flèche ; nous partagions le plus prometteur des silences.

A travers la voix de son président Bush, les Etats-Unis se montraient menaçants. Même Saddam Hussein avait perçu le danger, puisque, pour éviter – ou différer – l'affrontement, il avait laissé pénétrer sur notre sol des experts des Nations unies censés vérifier que l'Irak ne possédait pas l'arme nucléaire.

A l'issue de leurs inspections, ils rédigèrent un rapport. Bush ne crut pas à leur conclusion négative. Nous, pas davantage. Nous étions persuadés que Saddam détenait l'arme suprême ; sinon, à quoi aurait servi que nous souffrions tant ? La seule justification à ce pouvoir fort qui nous accablait, lequel avait exterminé une partie de la population, c'était qu'il fût fort, justement, le plus fort. Entre nous, nous échangions des airs entendus : bien sûr que Saddam possède la bombe, tant mieux s'il la dissimule !

Car, hormis une grappe de pacifistes et quelques mères qui craignaient pour leurs fils, tout le monde souhaitait la guerre.

Après dix ans d'embargo, le Bagdad de mes vingt ans ne ressemblait plus au Bagdad de mon enfance. S'il y avait toujours de larges avenues, elles demeuraient désertes ; y circulaient parfois de vieux taxis, aux toits surchargés de matelas et de sacs, qui rapportaient de Jordanie les denrées introuvables ici ; en dehors de quelques ruines, les rares voitures dignes de ce nom qui s'aventuraient en ville, blindées, intouchables, appartenaient aux hiérarques du régime. Les hôpitaux, ancienne fierté de l'Irak, évoquaient des paquebots échoués, ascenseurs rouillés, matériel usagé, salles malpropres, pharmacies vides, personnel fantôme. Partout il devenait difficile de travailler puisque non seulement l'électricité était coupée huit heures par jour mais la dévaluation de la monnaie avait aplati les salaires au point de les rendre insignifiants. Au détour d'une rue, nous surprenions nos professeurs d'université occupés à vendre des sodas, des paquets de biscuits ; nos parents avaient soldé ce qu'ils possédaient de précieux, bijoux, peintures, bibelots, livres ; après les meubles du salon, certains s'attaquaient aux éviers, aux fenêtres, aux portes, qu'ils liquidaient ; nous habitions des maisons froides, sombres, nues. Ma mère n'utilisait pas l'eau du robinet, souillée par des canalisations hors d'usage, sans la filtrer et la faire bouillir ; du reste, elle employait peu de son temps à cuisiner, faute de denrées ; en revanche, elle et mes sœurs dépensaient la journée à mettre la main sur un navet, une salade peu fournie, ou une maigre cuisse que nous proclamions « d'agneau », sans certitude qu'elle ne fût pas de chat ou de chien. A cause de la chasse aux rats ou à l'animal domestique, traverser notre quartier devenait une épreuve pour le nez, tant chaque recoin regorgeait de cadavres évidés, carcasses abandonnées à la pourriture, charognes qui ajoutaient leur pointe de décomposition à l'odeur vague, générale, des égouts saturés et des stations d'épuration obsolètes.

« Que les Américains lâchent des bombes ! Ça ne peut pas être pire, on n'a plus rien à perdre ! » marmonnait-on. Qu'on fût partisan de Saddam ou opposant, que l'Irak achève les combats victorieux ou vaincu, on s'accordait à penser que seule la guerre mettrait fin à l'embargo.

Au-delà, les avis divergeaient.

Comment en aurait-il été autrement ? Nous étions différents.

Plus grave encore : chacun de nous portait en lui plusieurs êtres différents.

Qui étais-je moi-même ? Irakien ? Arabe ? Musulman ? Démocrate ? Fils ? Futur père ? Epris de justice et de liberté ? Etudiant ? Autonome ? Amoureux ? Tout cela ; pourtant tout cela résonnait mal ensemble. Un homme peut rendre plusieurs sons selon qu'il laisse parler telle ou telle voix en lui. Laquelle devais-je privilégier ? Si je me considérais d'abord comme irakien, alors je devais nous défendre contre l'envahisseur américain et devenir solidaire de Saddam. Si je me regardais en démocrate, autant m'allier avec les Yankees et renverser le potentat. Si je me situais en musulman, je ne supportais ni les mots, ni le style, ni la croisade du chrétien Bush contre l'islam. Si je favorisais mes idéaux de justice et de liberté, je devais au contraire embrasser Bush pour mieux étrangler Saddam le satrape. Cependant l'Arabe en moi ne devait-il pas se méfier de l'Occidental sans scrupules qui lorgnait ma terre ou le jus noir de ma terre, le pétrole, en particulier de cet Occidental-là, l'Américain qui défendait Israël sans condition, y compris quand Israël violait ses engagements envers les Arabes de Palestine ? Sitôt que je m'exprimais, je constituais donc un orchestre à moi seul, mais un orchestre aux timbres et aux instruments discordants, un tintamarre.

Certes, à un instant précis, face à un interlocuteur concret, je savais me contenter d'un solo : ne retentissait alors plus qu'un seul Saad en moi, je me simplifiais, et privilégiais par exemple le Saad démocrate… Cependant si l'on avait enregistré pendant une journée mes solos successifs et qu'on les avait passés simultanément, on aurait entendu de nouveau le chaos, une symphonie dissonante, le vacarme dû au choc de mes identités.

Je confiai mes tiraillements à mon père.

— Papa, autrefois je me reprochais de changer souvent d'idées ; aujourd'hui je me rends compte que c'est inévitable.

— Tu as raison, mon fils. Le plus difficile dans une discussion, ce n'est pas de défendre une opinion, c'est d'en avoir une.

— Et une seule !

— Oui car nous avons tous plusieurs personnes en nous. Seul l'imbécile croit qu'il est l'unique occupant de sa maison.

— Comment s'y prend-il ?

— Il a bâillonné plusieurs parts de lui et les a verrouillées dans des placards. Du coup, il pérore clairement, d'une voix singulière.

— C'est enviable, non ?

— C'est toujours enviable d'être un crétin.

Père insista pour que je me reverse du thé. Je peinais à recouvrer mon calme.

— Oui, fils, nous souhaiterions débiter un discours simple, ferme, définitif, qui nous persuaderait de servir la vérité en tranches. Or plus l'on progresse en intelligence, plus on perd cette ambition ; on dévoile ses complexités, on assume ses tensions.

— J'aimerais ne pas me contredire.

— C'est pourtant à cela qu'on reconnaît le crétin, il ne se contredit jamais. Pourquoi traite-t-on de cloches les imbéciles ? Parce que la cloche ne donne qu'un son.

— Eh bien, moi, je ne suis même pas une bonne cloche. Seulement une cloche fêlée.

— Fils, il n'y a que lorsqu'une cloche est cassée

qu'elle sonne juste : parce qu'elle donne alors plusieurs sons à la fois.

Au café des Délices où les étudiants s'affrontaient sans nuance, le tohu-bohu atteignait le maximum de volume, donnant l'impression que le pays allait entrer en guerre civile avant l'arrivée du premier missile américain, tant les passions antagonistes conduisaient chaque entretien au bord de l'affrontement physique. Les sunnites s'accrochaient à la ligne de Saddam Hussein par peur de perdre leur influence, tenant pour chiites ceux qui se montraient plus réservés ; certains pourtant refusaient de tomber dans l'extrémisme qu'énonçaient les violents islamistes, tandis que quelques Irakiens téméraires, partisans notoires de la démocratie et du pluralisme, s'indignaient au nom des absents, les Kurdes, les chrétiens ou les juifs, dénonçant pour eux ce qu'enduraient les Kurdes – ceux qui avaient survécu aux massacres –, les chrétiens – ceux qui n'étaient pas partis – ou les juifs irakiens – en restait-il un seul ?

Soit parce que je m'abîmais dans mes contradictions, soit pour me rapprocher de la femme que j'aimais, j'avais rejoint le silence de Leila. Si nous parlions, c'était en dehors du café pendant que je la raccompagnais, et rarement de politique. Après m'avoir confessé que son père avait été tourmenté et emprisonné plusieurs années pour une simple homonymie – il portait le patronyme d'une grande famille chiite ennemie de Saddam Hussein –, elle avait refermé la porte sur le sujet. En revanche, elle devenait intarissable sitôt qu'elle abordait son amour de la langue anglaise qu'elle pratiquait à la perfection. Nous nous découvrîmes un penchant commun pour Agatha Christie.

– Rien ne me tranquillise autant que la lecture d'un de ses romans, m'avoua-t-elle. C'est rassurant.

– Rassurant ? Pourtant, les journaux l'appelaient « la reine du crime » !

– Quoi de plus apaisant qu'un monde où il n'y a que des crimes domestiques, raffinés, artistiquement mis en scène, exécutés par des criminels intelligents usant de poisons sophistiqués. Pour nous, ici, qui vivons dans un univers de brutes où la force domine, c'est délicieux, d'un exotisme enchanteur.

– Tu as raison. En plus, ses intrigues ont un début et une fin, chaque problème rencontre sa résolution ; la paix revient après l'élucidation du crime.

– Voilà ! Des rides momentanées sur une eau calme… Quel paradis ! J'adorerais vivre en Angleterre. A ma retraite, je deviendrais une vieille dame charmante qui résout des énigmes criminelles entre la confection d'une tarte aux pommes et la taille de mes géraniums.

Le jour de mars 2003 où les Américains entamèrent la guerre contre l'Irak, je fus sans doute l'homme le plus heureux de la terre car l'Amoureux l'emporta sans partage. Il opéra un carnage sur les divers personnages qui auraient dû réagir en moi, il trucida l'Irakien, l'Arabe, le musulman. Pendant quelques heures, je ne songeai qu'au signal que Bush m'avait donné : c'était le jour des déclarations, de guerre ou d'amour !

Lorsque je vis que Leila ne s'était pas rendue à l'université, je courus chez elle. Aussitôt que j'eus sifflé deux fois au bas de son immeuble, elle apparut à la fenêtre du troisième étage, coiffée, maquillée, les yeux humides.

– Tu viens ? criai-je. Je dois te parler.

A peine parvenait-elle au bas de l'escalier que je la saisis dans mes bras, la plaquai contre le mur du hall et détaillai avec feu ce visage parfait, la lèvre ourlée, la dent petite.

– Leila, je t'aime.

– Moi aussi.

– Et je veux t'épouser.

– Enfin…

Je l'embrassais. Nos bouches fondaient.

– Leila, je t'aime.

– Tu l'as déjà dit.

– C'est si facile maintenant.

– Au fond, il te fallait juste une guerre.

– Leila, je t'aime.

– Répète-le-moi jusqu'à la nuit des temps.

Le soir, rentré à la maison, je devais afficher sur mes traits un bonheur indécent. Mes sœurs et ma mère, épouvantées par ce conflit susceptible de les priver de leurs hommes, crurent que l'ivresse du combat m'avait contaminé et me toisèrent, hostiles. Mon père fut plus rapide à m'interroger.

– Saad, chair de ma chair, sang de mon sang, on dirait que tu reviens de La Mecque.

– Papa, je suis amoureux.

Il éclata de rire et alerta les femmes pour leur annoncer, hilare :

– Saad est amoureux.

– Qui est-ce ? On la connaît ? demandèrent, réjouies, mes sœurs.

– Non. Elle s'appelle Leila. Elle étudie le droit à l'Université avec moi.

– Et… ?

46

Mes sœurs me harcelaient, elles voulaient en savoir plus, elles souhaitaient surtout apprendre comment un homme amoureux décrit celle qu'il aime.

– Allons, Saad, quand es-tu tombé amoureux ? Pourquoi ?

– Si vous la voyiez fumer…, répondis-je en extase.

Le fou rire familial dura jusqu'au soir ; ma mère, inquiète à l'idée que j'allais la quitter pour une étrangère, se laissa gagner par l'allégresse ; d'autant que, vers minuit, nous étions déjà, Leila et moi, affublés d'un sobriquet par ma dernière sœur, « la torche et le pompier ».

J'ose l'écrire, et tant pis si l'on me hait : pour moi, rien ne fut jamais plus excitant que cette guerre ! Alors que les troupes américaines progressaient vers Bagdad en état de siège, malgré les barrières et les couvre-feux, nous nous retrouvions plusieurs fois par jour, Leila et moi, nous nous jetions l'un contre l'autre, nous nous embrassions, nous brûlions, nous pressions le partenaire à la limite de le broyer, éprouvant toujours davantage de difficultés à ne pas faire l'amour. A notre religion, à nos familles, nous devions de nous retenir ; quand, au plus fort de l'envie, j'allais oublier la promesse, Leila m'implorait, en preuve d'amour, de renoncer ; lorsque c'était elle qui me suppliait de céder, je lui chuchotais à l'oreille : « Je ne veux pas que ma femme me reproche de lui avoir manqué de respect jeune fille. » Au moment où cela devenait impossible, nous nous séparions, violents, furieux, et il nous fallait marcher vite, longtemps, chacun de son côté, pour nous apaiser. Dans Bagdad en feu, à cause des combats, des menaces, des bombardements, des sirènes qui lançaient de longues ondes de panique, nous nous trémoussions tels deux requins excités par le sang, nos corps bouillonnant d'une vie indécente. Peut-être la nature a-t-elle prévu cela ? Peut-être, dans sa sagesse animale, a-t-elle glissé l'envie derrière la peur, un désir vif, érectile, décuplé par le danger, une tension irrépressible qui assure le triomphe du sexe sur la mort ? Bref, la guerre était infiniment plus érotique que la dictature.

Après quelques jours de combats, les chars américains envahirent la capitale où régnait un sentiment de débâcle. La plupart des Bagdadis se considéraient déjà vaincus ; même ceux qui se réjouissaient de la destitution de Saddam estimaient humiliant de ne pas en être venus seuls à bout, d'avoir eu besoin de ces Américains haïs ; de plus, les pertes humaines devenaient lourdes.

Cependant les promesses américaines affluaient, autant que les provisions, la foule avait envie d'oublier, de se réjouir, si bien que le jour où, place Ferdaous, on renversa la statue de Saddam Hussein, nous étions nombreux à pleurer et hurler sincèrement de joie.

Avec ces trente tonnes de bronze qui chutaient à terre, c'étaient trente années de plomb qui mordaient la poussière. La tyrannie s'achevait. Mes camarades et moi, nous allions avoir droit à un avenir libre, démocratique, sans arbitraire. Mon cœur sautillait dans ma poitrine. J'ai crié à en perdre la voix, j'ai hurlé tous les slogans proposés à nos gosiers jeunes, enthousiastes. Malgré la présence excessive des marines et des journalistes étrangers, nous fraternisions. Oh, que j'avais hâte de rejoindre Leila pour lui raconter l'événement !

A huit heures du soir, après avoir embrassé plus de personnes qu'en une vie, les paumes en sang d'avoir donné tant de coups de massue à l'effigie du despote, pleurant de bonheur sur plusieurs épaules inconnues, je quittai cette euphorie à regret et me dirigeai vers le quartier de Leila.

En m'approchant de sa rue, je compris de suite ce qui s'était passé.

Au lieu de son immeuble, béait un espace vide, encombré de poussière et de fumée noire. Le bâtiment avait été atteint par un tir de roquette. Il n'en subsistait que des pierres éparses, des blocs de ciment au papier peint décollé, du plâtre en poudre et des poutrelles tordues qui tendaient leurs bras torturés vers le ciel.

– Leila !

Je me précipitai sur les gravats et hurlai son nom avec le peu de voix qui me restait.

– Leila !

En me déchirant la gorge, je fonçai vers les badauds, je parcourus les boutiques voisines, j'entrai dans les immeubles attenants.

– Leila !

Je ne la trouvai nulle part.

Saisi de panique, je revins sur les ruines et arrachai sa pelle aux mains d'un sauveteur.

– Leila !

Une voix retentit dans mon dos :

– Leila est morte, monsieur.

En me retournant, je reconnus le gardien rachitique, à la moustache poivre et sel, qui, cent fois, m'avait vu raccompagner Leila chez elle.

– Ibrahim ?

– Oui, monsieur Saad. J'étais au café d'en face lorsque tout est arrivé. Comme vous le savez, Leila et ses parents habitaient au troisième étage. C'est là que la roquette a percuté, c'est le niveau qui s'est enflammé et qui, le premier, a cédé.

– Vous… vous en êtes sûr ?

– Je suis désolé, monsieur, désolé.

Il baissa la tête, brisé de chagrin.

Dans les rues proches, on entendait la liesse, la musique et les pétards qui célébraient la chute du Saddam en bronze. Le crépuscule, lent et doré, amenait un vent frais des montagnes et Bagdad, heureuse, se préparait à danser toute la nuit.

3

– Comment vais-je la pleurer si je ne l'ai pas vue morte ?

Toussotant de gêne, mon père cherchait à maîtriser son émotion avant de me répondre. Je poursuivis :

– Je suis plus froid qu'une pierre. Je ne sens pas, je ne pense pas, je n'ai plus envie de rien.

– Bois un peu de thé.

Pour ne pas le contrarier, je reçus le verre d'une main molle.

La maison ne résonnait d'aucun bruit ; je savais ce silence factice ; logiquement, ma mère et mes sœurs devaient se terrer dans la pièce voisine, respiration coupée, oreille plaquée contre la cloison, espérant que mon père emploierait les mots adéquats. Depuis trois semaines – depuis la mort de Leila –, je demeurais prostré dans l'appartement, sans proférer plus d'une demi-phrase par jour, victime d'une apathie qui affolait ma famille. M'ayant assis en tailleur face à lui, sur notre unique tapis, mon père avait mission de me réconforter.

Après vingt-six jours de combat, le 1er mai 2003 au matin, le président Bush claironna sa victoire. Le nôtre de président, Saddam Hussein le terrible, ne riposta pas, rat tapi dans une cave ; et ce seul silence prouvait que Bush l'emportait. Les combats officiels avaient cessé. L'armée d'envahisseurs voulait désormais que nous l'envisagions comme une armée de libérateurs. Dans ma famille, nous étions prêts à lui accorder ce crédit.

– La guerre est finie, fils.

– Mon bonheur aussi, Papa.

Il me tapota l'épaule, incapable de répliquer, déconcerté de se découvrir en telle empathie avec moi.

– Tu es jeune.

– Et alors ? m'exclamai-je avec violence. On ne souffre pas quand on est jeune ?

– Si. Cependant on a encore un avenir ; la vie pourra reprendre le dessus. Tu ne reverras jamais Leila mais tu rencontreras d'autres femmes.

– C'est ça : une de perdue, dix de retrouvées ! Tu crois à ce que tu dis ?

– Non, pas une seconde… Cependant… voyons… je n'ai quand même pas tort de t'assurer que des décennies t'attendent. Compare avec un homme de mon âge par exemple ; moi, si ta mère disparaissait, je n'aurais plus le temps de…

– Toi, tu auras vécu trente ans avec elle !

– Pardonne-moi. Je me force à débiter des pensées consolantes. La vérité, c'est que je suis si effondré que je n'en pêche pas une. Alors, comme un crétin, je recycle des banalités que j'ai entendues mille fois en espérant que… Oh, pardonne-moi, Saad, pardonne-moi ! En fait, j'ai mal pour toi et je ne sais pas quoi te dire, mon garçon.

Sans s'en douter, il venait enfin de prononcer les mots justes : les paupières fourmillantes, je me réfugiai vers lui, blottis ma tête contre son flanc et je sanglotai longuement, lentement, immobile comme un corps qui saigne.

Une détonation rompit cette paix. Les femmes paniquées déboulèrent dans la pièce.

– Ça recommence !

Ma mère tremblait.

Sautant sur mes jambes, je me penchai à la fenêtre et reniflai l'air alentour.

– Selon moi, c'est au moins à cent mètres d'ici. Ça ne nous touchera pas. Ne sois pas inquiète, Maman.

– Tu as raison, Saad ! Mon fils est triste à crever, sa fiancée est pulvérisée, la ville est plongée dans le chaos, les bombes explosent sans qu'on sache d'où elles viennent, il faudrait se saouler tous les soirs pour dormir tant la ville est devenue bruyante mais ça va bien, je ne dois pas m'inquiéter !

Personne ne pouvait contester son irritation : depuis que l'affrontement était protocolairement terminé, la situation empirait. A la guerre de territoires succédait la guerre civile. Il n'avait fallu que quelques semaines pour que tout le monde devînt l'ennemi de tout le monde ; ainsi que mon père l'avait pressenti, l'Irak sans Saddam Hussein ne guérissait pas, le pays restait paranoïaque, la maladie aggravait ses ravages.

Les sunnites, qui dirigeaient la société du temps de Saddam, s'opposaient au retour en grâce des chiites, naguère minorisés, lesquels, fort logiquement, étaient promus aux postes stratégiques par les forces d'occupation. Bagdad avait été divisée en zones chiites, zones sunnites, zones américaines, l'ensemble devenant une vaste aire d'insécurité où l'on communiquait par balles ou par explosifs. Inspirés par les méthodes terroristes d'al-Qaida, les attentats-suicides se multipliaient. Aucune journée, aucune nuit ne s'écoulait sans peur car chaque acte devenait dangereux : se rendre au marché exposait aux bombes humaines, emprunter le bus exposait aux voitures piégées, traverser la rue exposait aux balles perdues, rentrer chez soi derrière ses murs ne protégeait pas des tirs de roquettes.

Absorbé par mon chagrin, j'étais réticent à m'impliquer dans ces conflits. Outre que je ne sortais plus, que mes cours étaient suspendus, que j'évitais le café des Délices, mes idées barbotaient dans la confusion ; je n'avais qu'une impression claire : inutile d'agir, nous devrions toujours subir.

Un matin, en entamant ma toilette, je remarquai trois points sombres sous mes pieds, que je montrai aussitôt à mon père.

– Des verrues, fils.

– Je n'en ai jamais eu !

– Souvent, les verrues apparaissent après qu'on a conduit un mort en terre.

– Cela vient des cercueils ? Des cadavres ?

– Non.

– De toute façon, je n'ai accompagné personne en terre…

– Choc émotif, fils. J'usais d'une métaphore pour te suggérer que les verrues naissent des chagrins.

– Reçu cinq sur cinq ! Je suis traumatisé, c'est ça ?

– Les verrues sont des fleurs que les âmes tourmentées font éclore sur leur peau.

Attrapant mon pied d'une main, ajustant ses lunettes de l'autre, il examina les trois marguerites opaques.

– Il y a deux solutions pour les supprimer : soit tu enduis ta peau d'une décoction de citron dans du vinaigre blanc, soit tu les nommes.

– Je choisis le remède numéro un. Je ne vois pas comment je baptiserais mes verrues…

– Pourtant, ça marche aussi. J'avais un ami qui a trimballé une verrue pendant dix ans, une solide, une tenace, une persistante, dont aucun grattage, aucune potion ne venait à bout. Le jour où il l'a qualifiée de Fatima, elle a disparu.

– Fatima ?

– Fatima, sa mère, une épouvantable mégère qui l'avait martyrisé sans qu'il se l'avouât auparavant. Dès que tu repères le juste titre d'une verrue, celui qui explique son origine, tu l'effaces.

– Ça t'est déjà arrivé ?

– Oui.

Il rougit, diminua sa voix.

– J'ai développé une verrue pendant mes deux premières années de mariage avec ta mère.

– Tu as trouvé son intitulé ?

– Oui.

– Eh bien ?

– Saad, chair de ma chair, sang de mon sang, sueur des étoiles, me promets-tu le secret ?

– Sur ma tête.

– Ma verrue s'appelait Myriam. Une jeune fille que j'aurais souhaité épouser. Juste avant ta mère.

– Avant ?

Il devint écarlate et murmura en détournant les yeux :

– Presque.

Je reçus la confidence avec un sourire attendri puis

commençai à réfléchir : comment mes verrues s'appelaient-elles ?

— Papa, les verrues portent-elles toujours des prénoms de femmes ?

— Les verrues d'hommes, souvent. Mais ne te focalise pas là-dessus : il y a aussi des verrues qui s'appellent Remords, Opium ou Double Scotch.

Je traînais donc trois verrues. Qu'exprimaient-elles ? J'avais l'embarras du choix, question tourments… Paix ? Bonheur ? Liberté ? Avenir ? Amour ? Enfants ? Etudes ? Travail ? A moi, tout posait désormais problème. Trop triste pour pratiquer l'introspection, je demandai à ma mère de me préparer la lotion au vinaigre citronné.

Nous aurions pu nous acclimater au chaos – nous nous étions bien habitués à la dictature –, oui, nous aurions tenté de l'endurer, d'y survivre, à condition que le chaos, même s'il nous tracassait au quotidien, nous épargnât. Or, un jour de juin 2003, le chaos s'attaqua à la famille Saad.

Comment raconter une tragédie ? Je rapporterai simplement les événements, un procès-verbal sans pathos, sans émotion, les énonçant dans l'ordre implacable qui fut le leur.

En milieu de matinée, ce 12 juin 2003, il fut décidé que les hommes, mon père et moi, se rendraient au marché, perspective d'autant plus attrayante qu'elle nous permettait de rejoindre sur leur lieu de travail les maris de mes deux plus jeunes sœurs, l'un vendant du tabac, l'autre gardant l'entrée d'une boutique de vaisselle.

Assis à la terrasse d'un café, nous avons bavardé une bonne heure avec mes beaux-frères, profitant du soleil, pas encore écrasant comme il allait le devenir pendant l'été – jusqu'à cinquante degrés.

– Mes fils, nous sommes si bien entre hommes que nous avons oublié la tâche que nous ont confiée les femmes : remplir nos paniers.

A cet instant-là, un individu se mit à fendre la foule, rapide, bousculant les passants.

– Encore un voleur qui s'enfuit, m'exclamai-je.

Mon beau-frère, le vigile du magasin, se redressa, vif.

– J'espère qu'il ne sort pas de chez mon patron !

Inquiet, il bondit dans la foule.

– Je vais t'aider, proposa mon deuxième beau-frère qui le suivit.

Nous les regardions progresser vers le fuyard, lequel se comportait avec bizarrerie, davantage comme un fou que comme un voleur ; non seulement sa course, une fois à droite, une fois à gauche, n'avait pas de direction, mais il riait à pleines dents, les globes cramoisis, effectuant des gestes étranges sous son ample djellaba.

Soudain, alors que mes beaux-frères allaient l'aborder, le voleur s'immobilisa, fixa le ciel, renversa la tête et poussa un rugissement.

Un éclair blanc.

Une détonation.

Déflagration.

Le sol vibra. Les piliers sur lesquels nous étions appuyés tressaillirent. Perdant l'équilibre, mon père tomba près de moi et je le rattrapai juste avant qu'il ne se cogne le crâne à terre.

Le temps que je le relève, la panique s'était emparée de la foule. Des hurlements retentirent de partout.

Hurlements de surprise. Hurlements de panique. Hurlements de souffrance.

Une bombe venait d'exploser.

Celui que nous avions pris pour un voleur qui détalait était une bombe humaine, un militant portant sous sa djellaba une ceinture d'explosifs dont il avait déclenché le détonateur au cœur du marché.

— Mes gendres ! gémit mon père.

Je montai sur la table pour tenter d'apercevoir la scène. Autour du point où le terroriste s'était immolé, il y avait une bouillie de chair et de sang. Spontanément, je détournai le visage.

— Je ne sais pas.

— Quoi ?

— Je ne sais pas, Papa. C'est horrible.

— Allons chercher des secours !

A toutes jambes, nous quittâmes le café pour gagner une plus vaste artère.

— Va à gauche, décréta mon père, il y a parfois des ambulances devant la résidence. Moi, je vais à droite, prévenir les Américains.

Et Papa s'est précipité vers un planton de soldats.

Que lui est-il passé par l'esprit ? Pourquoi a-t-il crié en arabe plutôt qu'en anglais ? Pourquoi n'a-t-il pas écouté leurs menaces lorsqu'ils lui demandèrent de ne pas s'approcher ? Je crois qu'il était bouleversé, anxieux de sauver des vies ; il ne se rendait même pas compte qu'il ne leur parlait pas dans leur langue.

Il s'élança vers eux en vociférant, la voix instable, étranglée par l'émotion, les bras en l'air, les yeux exorbités. Il haletait si fort qu'il n'a pas entendu leurs appels lui ordonnant de stopper ; il voulait agir si vite qu'il n'a pas vu le G.I. qui le couchait en joue ; il était si soucieux des blessés qu'il n'a pas imaginé représenter une menace pour ces Texans perdus dans Bagdad la folle, effrayés par le bruit de l'explosion, craignant à chaque seconde un nouveau kamikaze. Il a donc galopé vers eux en ignorant les mises en garde, les sommations.

Voilà. J'ai eu la douleur de deviner ce qui allait arriver et c'est arrivé.

Les détonations ont retenti.

Papa a couru encore quelques pas.

Puis il s'est effondré. Comme étonné.

Il est mort sur le coup. Abattu sans rien comprendre.

Moi, j'avais un goût de sang dans la bouche. Je voulais hurler, foncer sur les militaires, les insulter, venger le meurtre, mais déjà l'un d'eux avait constaté son erreur, et, signifiant au plus jeune de stationner près du corps, il emmenait les fantassins, sans se retourner, vers la place où s'était produite l'explosion quelques minutes avant. Pour eux, mon père se réduisait à une bavure…

Je ne raconte pas la suite, la récupération difficile du cadavre, l'évanouissement de ma mère, la découverte de mes beaux-frères – ou ce qu'il en subsistait –, les larmes de mes sœurs.

Moi, je n'en avais pas, des larmes, je les retenais dans une réserve que je viderais lorsque j'aurais achevé mon devoir, une fois que j'aurais accompli les actes officiels, donné les soins qu'on doit aux morts, organisé leur toilette funèbre, déposé leurs ossements en terre.

Nous exposâmes les trois corps à la maison. Tout le quartier vint rendre hommage à mon père comme s'il s'agissait d'un saint. Là, devant tant de ferveur, de tendresse, d'affection sincère envers l'homme que j'avais le plus aimé au monde, j'eus beaucoup de mal à rester digne, surtout quand l'hommage venait d'inconnus ; plusieurs fois, j'eus envie de redevenir l'enfant que j'avais été dans ses bras, l'enfant qu'il croyait ne pas savoir consoler et qu'il consolait si bien.

Trois jours après la disparition de mon père, à l'aube, à l'heure où traditionnellement, dans la salle de bains, nous discutions côte à côte en achevant notre toilette, je m'essuyais les pieds ainsi qu'il me l'avait inculqué, en les saupoudrant de talc, lorsque son fantôme m'apparut.

Il s'assit sur le tabouret, soupira, me sourit en me regardant finir mes soins.

— Alors, fils, comment se portent les fleurs de tes soucis ?

— Papa, parle clair.

— Tes verrues, crétin !

— Toujours là. Pour l'instant, je les soigne avec les potions…

— Bien sûr, susurra-t-il avec l'air de celui qui connaît la suite mais ne veut pas la déflorer.

Il soupira de nouveau.

— Fils, es-tu certain que ce sont eux, les Américains, qui m'ont tiré dessus ? Ne s'agirait-il pas plutôt de terroristes planqués en embuscade, à l'arrière, des partisans de Saddam Hussein ?

— Non, Papa. Ce sont eux.

— Tu te trompes. Je pense que les baasistes étaient tapis à droite, dans la rue qui mène chez l'épicier, sous l'auvent en tôle, et qu'ils s'apprêtaient à viser les Américains. J'ai reçu les balles à leur place.

– Ah oui ?

– Oui. En réalité, je leur ai sauvé la vie, aux Américains.

– Non, Papa, tu as été tué par des balles américaines. C'est une erreur, une tragique erreur, ce sont eux qui t'ont exécuté.

– Vraiment ? Tu en as la preuve ?

– Oui. J'ai tout vu.

– Ah…

– Et puis, qu'est-ce que ça change, balle américaine, balle irakienne, balle chiite, balle sunnite ou balle perdue ? Tu es mort.

– Non, ce n'est pas pareil. Désolé. J'ai été descendu par nos libérateurs. C'est rude, comme idée. Surtout pour moi qui n'ai jamais sombré dans l'anti-américanisme. Va falloir que je m'habitue, fils, va falloir que je m'habitue. Tu me diras, j'ai le temps…

Il disparut.

J'aurais aimé lui dire que, nous aussi, nous allions devoir nous habituer, nous habituer à son absence qui nous ravageait, nous habituer à perdre foi en nos libérateurs.

En revanche, j'étais satisfait qu'il ne m'ait pas questionné davantage sur ses derniers instants car je lui aurais alors avoué ce qui m'était arrivé pendant la scène. Par je ne sais quel prodige de télépathie ou d'empathie, pendant ces quelques secondes, j'avais perçu mon père avec les yeux des Américains effrayés ; oui, je n'avais pas suivi seulement le spectacle de mon point de vue, à moi, le fils, mais également du point de vue des G.I. Qu'avaient-ils aperçu ? Un Arabe !

Soudain un Arabe leur fondait dessus, en gigotant de façon incohérente, en vociférant cette langue rude, hachée, vibrante, qu'ils ne comprennent pas ! Un Arabe ! Un sale Arabe ! Un étranger d'Arabe ! Un terrifiant Arabe à qui on ne peut se fier sous peine d'exploser avec lui ! Un de ces fichus Arabes sur lesquels il faut mitrailler avant de réfléchir ! Un de ces exaltés d'Arabes chez qui on allait devoir s'éterniser pour obéir au président Bush, installer la démocratie et pomper le pétrole ! Un de ces merdeux d'Arabes qui s'obstinent à parler arabe, à penser arabe, à fabriquer des mioches arabes et à vivre en territoire arabe ! Un putain d'Arabe : mon père !

Ma mère donnait l'impression de maîtriser les événements. Loin de se plaindre, séchant ses larmes, elle affrontait la situation nouvelle et réorganisait notre existence à la maison. Désormais, elle n'agissait qu'en mère, plus en épouse – l'épouse, il était clair qu'elle était morte le même jour que mon père. Mes sœurs l'escortaient avec difficulté, telles des somnambules, continuant la croisière de la vie sur un paquebot fantôme, passagères solitaires, toutes veuves, sans argent, avec leurs petits sur les bras.

Devenu chef de famille, je remplaçai mon père et tentai de subvenir à nos besoins. J'abandonnai l'idée d'achever mes études pour parer au plus pressé : trouver du travail, décharger des caisses, nettoyer des cuisines, garder des magasins la nuit, n'importe quoi. D'un accord tacite, nous n'évoquions plus l'avenir entre nous : attelés à survivre, nous nous contentions d'aujourd'hui et de demain matin comme unique horizon

Un soir cependant, ma mère s'approcha de moi tandis que je m'allongeais, épuisé, les reins en compote, sur ma natte et me lança :

– Mon fils, je veux que tu partes. C'est devenu l'enfer ici.

Son visage avait été tellement lavé par les tragédies qu'il était devenu un masque placide, inexpressif, ne vibrant plus d'aucune émotion.

– Maman, si tu séjournes en enfer avec mes sœurs, j'y reste avec toi.

– Saad, je crois que tu nous serais plus utile à l'étranger. Ici, l'avenir n'a pas d'avenir. Si tu partais ailleurs, tu travaillerais mieux et moins, tu t'enrichirais, tu nous enverrais des dollars.

Me tournant contre le mur, je lui opposai mes épaules et mon silence : c'était hors de question, je refusais même de considérer cette solution.

Durant ces mois précaires, la plus vive de mes nièces, Salma, six ans, m'accompagnait à tout nouveau poste que j'occupais : chargée de savoir où j'étais à chaque heure de la journée, elle effectuait la navette entre l'appartement et moi, renseignant l'assemblée des femmes, les tranquillisant sur mon sort, attestant que j'avais bien mangé la salade qu'elle m'avait apportée, annonçant à quelle heure je rentrerais. Parce que cette fillette me rejoignait partout avec son sourire radieux et se plaisait en ma compagnie, je m'attachai à elle d'une façon inattendue. Ne représentait-elle pas le seul être humain avec lequel je prenais le temps – quelques secondes – de rire, de bavarder, de plaisanter ? Une fois, ravi de la voir après une tâche exténuante, je l'avais appelée sans réfléchir « Ma petite fiancée ». La gamine avait tant rougi, touchée au plus profond de son cœur, que, saisi de pitié pour cette pucelette qui ne connaîtrait jamais son père, je pris le pli de m'écrier toujours « Mais voici ma petite fiancée ! » sitôt qu'elle apparaissait, enjouée, à la porte d'un hangar ou d'une grange.

Parfois, je grondais ma mère.

– Tu ne dois pas envoyer Salma en estafette à travers la ville ! C'est trop dangereux ! Elle pourrait se trouver coincée par des fanatiques, recevoir un éclat de bombe, récupérer une balle perdue, je ne sais quoi. Je m'inquiète…

– Alors, Saad, tu devrais comprendre combien nous, tes sœurs et moi, sommes inquiètes pour toi ! Salma nous apaise plusieurs fois par jour. Sans elle, nous imaginerions à chaque heure que tu es mort. C'est un ange qui nous protège tous.

– Salma nous protège mais nous ne la protégeons pas.

– Tu ne veux plus la voir ?

– Je n'ai pas dit ça non plus. Simplement, je m'inquiète.

De peur d'être privé de Salma, je n'allais jamais au bout de mon raisonnement ni de ma colère. Ainsi, plusieurs fois par jour, la mignonne venait illuminer les lieux sombres, encrassés et puants, où je gagnais avec peine quelques dinars.

Pour soulager sa conscience, l'être humain fantasme le pire, ce qui le distrait d'ouvrir les yeux sur la réalité qui advient : je commis cette erreur, j'en trimballerai le remords ma vie durant.

Salma ne fut pas victime des convulsions politiques de Bagdad ; elle se blessa à un clou, tout bêtement. Lorsqu'elle me montra sa cuisse écorchée, elle s'amusait elle-même de son étourderie. Elle rit davantage pendant que je pratiquais des passes magiques sur sa blessure en me prétendant un mage doté de pouvoirs surnaturels puis quand j'achevais de dissiper la douleur par un baiser retentissant sur sa peau douce.

Personne ne prêta attention à ses premiers symptômes car, tous mal nourris, angoissés, épuisés, nous ne nous portions pas bien. De plus, la fillette possédait une telle gaieté, tant d'énergie, qu'elle toisa de haut l'infection qui l'envahissait.

Lorsqu'elle s'affaiblit au point de garder le lit, on crut à un rhume, au pire une grippe. On se borna à lui administrer un lait chaud enrichi d'un jaune d'œuf, on lui prescrivit aussi quelques écorces des montagnes qui stimulaient les forces. On se rassura en affichant un bel – et lâche – optimisme.

Un matin, à son teint verdâtre, à sa fièvre, nous soupçonnâmes qu'une septicémie la dévorait.

On décida que j'irais travailler pendant que mes sœurs chercheraient un médecin et que ma mère toquerait chez les voisins pour réunir l'argent des soins. Hélas, à la fin du jour, elle n'avait constitué qu'un pécule grotesque et mes sœurs n'avaient pas déniché un seul médecin qui exerçât encore : pendant le chaos d'après-guerre, les quelques praticiens privés qui subsistaient à Bagdad avaient émigré en Jordanie, au Liban ou en Syrie. On n'avait repéré qu'une seule adresse, celle du docteur Ben Saïd, dans les beaux quartiers, mais il fallait d'abord déposer une caution de cinquante dollars au concierge, condition autorisant à pénétrer dans son cabinet. Impossible pour une famille pauvre.

– Je m'en occuperai moi-même, déclarai-je à mon retour, le soir, excédé, en découvrant la situation.

J'enveloppai Salma dans une couverture, la serrai

contre ma poitrine et partis dans les rues de Bagdad à la recherche d'un hôpital ouvert.

J'en trouvai plusieurs béants, car vides, désaffectés. Je parvins enfin à un dispensaire en activité où deux jeunes médecins me reçurent. Ils pâlirent en auscultant Salma.

– Son état est alarmant, monsieur, me dirent-ils avec humanité, il faut l'hospitaliser au plus vite. Ici, nous n'avons plus de lits ni de médicaments. Allez du côté américain. C'est la seule solution. Vous ne devez ni hésiter ni perdre une seconde.

Ils m'expliquèrent où me rendre. C'était à plusieurs kilomètres. Si j'y allais à pied, je marcherais plusieurs heures ; si j'y allais en voiture, je n'aurais plus d'argent après avoir payé la course.

Je risquai le tout pour le tout : je hélai un taxi et m'y vautrai, Salma tremblant contre moi. Le véhicule brinquebalant gronda dans les avenues désertes et s'arrêta à cent mètres de l'emplacement.

– Stop, moi je ne vais pas plus loin, avertit le chauffeur. Les Américains ont peur des Arabes et de chaque véhicule qui rôde. Ne comptez pas sur moi. Ils ont la gâchette bien trop nerveuse.

Je descendis, m'avançai vers le barrage, accablé – j'avais dormi trois heures la nuit précédente, travaillé quatorze heures de suite, et j'étais mortellement inquiet pour Salma.

En progressant, je songeai à mon père. Surtout, ne pas me comporter comme lui. Ne pas les effaroucher, ne pas aller trop vite, ne pas esquisser de gestes brusques, ne pas parler arabe.

Lorsque j'accédai à cent mètres des barrières, les soldats dirigèrent un projecteur sur moi, braillèrent quelque chose entre eux, m'ordonnèrent de rebrousser chemin.

Je m'arrêtai.

Pour me convaincre, quatre hommes surgirent, saisirent leurs armes, et me répétèrent de partir.

– Je ne vous veux pas de mal. Je suis venu avec une enfant parce que j'ai besoin de vous. Je veux la présenter à vos médecins. Ce sont les gens du dispensaire qui m'ont envoyé ici. Je vous en prie : c'est une question de vie ou de mort.

Profitant de ma formation universitaire, j'avais utilisé mon plus bel anglais, sachant que je les surprendrais par ma maîtrise de la syntaxe et de la prononciation.

Au lieu de les calmer, cette perfection les inquiéta. Ils se regardèrent, sceptiques, puis me dévisagèrent comme un individu louche.

Je rabâchai plusieurs fois mon récit, les suppliant de croire à ma bonne foi. Ce faisant, je gagnais du terrain.

Soudain, l'un d'eux vociféra.

– Attention, il a une bombe dans les mains. Alerte !

Aussitôt, j'entendis le cliquetis des armes.

– Non ! Ne tirez pas ! Ce n'est pas une bombe, c'est ma nièce. Ma nièce !

– Posez le paquet à terre. Posez le paquet à terre et mettez-vous mains en l'air.

– Ce n'est pas un paquet, c'est une petite fille.

– Posez le paquet. Posez vite le paquet sinon je fais feu !

La nervosité les rendait irritables. Je vis le moment où ils allaient nous mitrailler, Salma et moi, comme ils avaient abattu mon père, juste par frousse, ou par prudence – quelle différence ?

Sur le bitume, je posai délicatement Salma, brûlante de fièvre, exténuée, lourde, qui dormait en cet instant.

Obéissant ensuite à leurs commandements, je reculai de cinq pas.

Ils s'approchèrent du tas suspect, armes pointées, inquiets, méfiants, prêts à décharger.

– Ne visez pas ma nièce, s'il vous plaît, ne visez pas ma nièce, implorai-je à bout de nerfs.

« Pourvu qu'elle ne bouge pas, qu'elle ne gémisse pas, qu'elle ne les voie pas, pourvu qu'elle demeure inconsciente de ce qui advient, ce soir, autour d'elle », songeais-je, les mâchoires serrées jusqu'à saigner.

L'un d'eux, le plus héroïque du groupe, s'inclina sur le paquet, puis avec le canon de son fusil, précautionneux, écarta la couverture et dévoila la frimousse de Salma.

– C'est une gosse ! cria-t-il à l'arrière.

Ce cauchemar allait-il enfin cesser ?

Le capitaine répondit, retranché derrière le barrage.

– Vérifiez avec le détecteur !

Quoi ? Que leur prenait-il maintenant ? Un nouveau soldat apportait à bout de bras une sorte d'aspirateur en acier qu'il brandit au-dessus d'elle.

– Ça ne sonne pas ! C'est sain !

Là, je ne pus m'empêcher de corriger ces mots.

– Non, ce n'est pas sain ! C'est ma nièce et elle est malade ! S'il vous plaît, j'ai besoin de vos docteurs.

Il y eut un temps de flottement, d'indécision.

Soulagés de leur panique, ils venaient de comprendre ce que j'expliquais depuis vingt minutes. Je recommençai toute l'histoire avec mon accent le plus châtié.

Ils se taisaient.

Le capitaine finit par lâcher, presque à regret :

– Vérifiez-le, lui aussi.

On m'accosta en m'intimant de ne pas bouger, on m'ausculta au détecteur à métaux, on investigua une deuxième fois à la main.

– C'est bon.

– O.K., laissez-le entrer.

Je me penchai vers Salma, la repris dans mes bras, embrassai ses tempes chaudes et lui soufflai en arabe :

– Tu vas voir, ma petite fiancée, on va y arriver.

Elle ne réagit pas. M'entendait-elle ?

Des hommes nous escortèrent dans l'enclave américaine. On ne se serait pas cru à Bagdad : c'était une ville différente à l'intérieur de la capitale dévastée, une ville moderne, intacte, éclairée, ornée de fontaines et de parterres fleuris. De certaines fenêtres glissaient des musiques langoureuses aux violons sirupeux, d'une autre un orchestre de rock'n'roll. Habitant un quartier ravagé et ne travaillant que dans des zones en perdition, je n'aurais jamais imaginé cela possible.

Salma désormais ne bougeait plus. Etait-ce à cause des réverbères qui se ployaient sur notre chemin vers l'hôpital, il me semblait que sa peau arborait une couleur insolite ; cependant, elle respirait encore, j'en étais sûr.

Aux urgences, un médecin militaire nous reçut, signifia aux soldats qu'ils pouvaient rejoindre leur poste, et m'ordonna de déposer Salma sur un lit recouvert d'un drap en papier.

Je le laissai l'examiner ; quand un soupir lui échappa, pour tromper mon angoisse et lui rappeler que je parlais anglais, je lui demandai doucement :

– Alors, docteur, qu'est-ce qu'elle a ?

Il se tourna vers moi, sembla soudain me découvrir.

– Une septicémie généralisée, mon garçon. C'est très grave.

– Elle va guérir ?

Il scruta mes yeux en prononçant, lentement, ces mots :

– Je vais lui administrer une piqûre, histoire d'avoir la conscience tranquille en sachant que nous aurons tout essayé, mais ne nous illusionnons pas : c'est trop tard, mon garçon.

Je m'effondrai, sans un mot, sur une chaise.

Il s'occupa quelques instants de Salma puis me prit par l'épaule.

– Mettez-vous tous les deux dans la pièce d'à côté. Posez l'enfant dans le lit et prenez le fauteuil. Je reste dans les environs.

Après notre installation dans la chambre, il rabattit la porte avec précaution.

Je lui désobéis : je n'abandonnai pas Salma sur le matelas mais la gardai contre moi, sur ma poitrine, en priant Dieu de l'épargner.

Juste avant le matin, je ressentis un excès de fatigue et me décidai à fermer les paupières quelques secondes.

A l'aube, quand je me réveillai, ma petite fiancée gisait, morte, entre mes bras.

– Cette fois-ci, c'est trop, Saad, je ne pleurerai pas.

Ma mère ne bronchait pas.

Après que j'eus rendu Salma à ma sœur, notre mère avait attrapé des traits sévères, impassibles, et cette froideur me glaçait plus que tout.

Elle m'observait avec intensité.

– Saad, je ne veux pas que ta vie s'arrête bien avant ta mort. Or c'est ce qui se passe ici.

– La vie est dure, certes, mais…

– C'est peut-être un signe de Dieu que tu n'aies plus de femme à ton goût ici : cela indique que tu dois prendre soin de ta famille. Il n'y a plus de temps à perdre. Si tu veux nous aider, tu t'expatries.

– Mais…

– N'ergote pas : tu dois partir.

– Vous n'avez pas besoin de moi ici ?

– Avec mes jambes, j'aurais couru aussi bien que toi d'un hôpital à un autre. Ce qui nous manquait, c'était l'argent. Si nous avions des dollars, nous aurions pu entrer chez le docteur Ben Saïd, nous aurions eu droit à des antibiotiques. Je ne veux plus revivre ça. Mon fils, je ne t'en supplie pas, je l'exige : émigre. Tu es jeune, vif, intelligent et fort. Tu travailleras à l'étranger et tu enverras tes économies. Il n'y a que toi qui nous sauveras.

– Vous laisser seules ? Penses-tu que Papa serait d'accord ?

Elle me considéra, hésita, regarda un instant derrière elle pour s'assurer que ses filles ne l'entendraient pas.

– J'en ai discuté avec lui, il est d'accord.

– Quand ?

– Hier soir.

Elle inclina le front, craignant ma réaction. Pensait-elle que j'allais la traiter de folle ? Je la réconfortai aussitôt :

– Ah, il n'y a pas que moi ! Tu le vois, toi aussi ?

Elle releva la tête et m'observa d'un air sévère, comme si j'avais proféré une bêtise.

– Naturellement, Saad, que je le vois. Tous les soirs,

après mon infusion. Il a commencé le troisième jour après son décès.

— Trois jours, toi aussi…

— Trois jours.

— Qu'a-t-il fait pendant ces trois jours ?

— Je ne sais pas. Il s'est habitué à être mort, je pense. Ou il a cherché le chemin menant ici. Il reste très discret là-dessus. Avec toi aussi ?

— Avec moi aussi.

— Bref, il s'est pointé le troisième soir et je peux te dire que je ne l'ai pas accueilli avec des compliments, je l'ai même copieusement engueulé pour sa balle perdue.

Nous nous taisions, tenant chacun à garder secrets nos échanges avec le fantôme de Papa, cette part intime de nous nichée à la croisée de notre personnalité et de nos souvenirs.

Je l'embrassai.

— Merci, Maman, de ta confiance. Je vais partir.

— Où vas-tu aller ?

Je songeai à Leila et répondis, sans réfléchir :

— En Angleterre.

4

Comment parcourir des milliers de kilomètres lorsqu'on n'a pas un dinar ?

Ce matin-là, les nuages, faute de pouvoir empêcher le soleil de se lever, le repoussaient avec mauvaise humeur, lui opposant leur inertie de plomb, laissant suinter une lueur sale, grise, pauvre de lumière autant que d'ombre. De ma salle de bains, par la lucarne, j'apercevais les toits mornes, les terrasses encombrées de paquets, de linge, de matelas, telles des caves. Pas un chat, pas un oiseau. Seule la voix du muezzin, amplifiée par les haut-parleurs de la mosquée qui nasalisaient son timbre mat, coupait cette torpeur.

Comment parcourir des milliers de kilomètres lorsqu'on n'a pas un dinar ?

J'achevai de me raser avec un antique savon à barbe, lequel me permettait, grâce au parfum de santal mêlé de cèdre, de m'imaginer en compagnie de mon père, puis je commençai à soigner mes pieds.

Comment parcourir des milliers de kilomètres lorsqu'on n'a pas un dinar ?

– On vend, fils.

– Ah, tu es là ?

A son habitude, mon père, en maillot de corps et pantalon de pyjama, s'était assis sur le courtaud tabouret de bois.

– Oui, chair de ma chair, sang de mon sang, je suis là avec toi et je tente d'alléger tes soucis. Au fait, tes verrues ?

– Ça ne s'arrange pas.

– Tu m'étonnes ! Comptes-tu vraiment partir ?

– Tu es au courant…

– J'estime bien légère cette décision. Garde confiance, les problèmes vont progressivement recevoir leurs solutions.

– Le chaos triomphe, Papa !

– Allons, c'est passager.

– Non, Papa, tu t'illusionnes. Ça peut durer, ça n'ira pas mieux demain, ça peut même empirer demain. Donc, quand on n'attend plus de progrès, on part.

– Mm, je vois le raisonnement : ça n'ira pas mieux demain mais ça ira mieux ailleurs.

– Voilà.

– Si je résume la différence entre nous deux, fils, moi je suis un optimiste qui dit « demain », toi tu es un optimiste qui dit « là-bas ». Tu as l'optimisme déployé dans l'espace tandis que moi je l'ai planté dans le temps.

– Ne minimise pas la distance entre ton attitude et la mienne. Ton optimisme sédentaire, c'est le fatalisme.

– Et ton optimisme nomade, c'est la lâcheté de la fuite.

– Contrairement à ce qu'affirmait Maman, tu désapprouves cette décision.

Embarrassé, il se racla la gorge.

– Au début, je préférais que tu restes ici mais… hum… tu sais qu'avec ta mère, on n'arrive pas à discuter longtemps… elle finit toujours par t'emberlificoter, te couper de tes premières idées et te coincer dans les siennes.

– Je me suis souvent demandé, Papa, si tu n'étais pas faible.

– Eh bien, maintenant, demande-toi si ce n'est pas toi qui le deviens, faible.

Je reçus sa réponse comme un uppercut au menton. Avant qu'il ne m'adressât ce coup, je n'avais pas remarqué que j'écrivais un nouvel épisode du roman séculaire dans lequel les hommes prétendus libres et autonomes exécutent les désirs des femmes qui tiennent leur foyer. Pour dissimuler mon embarras, j'aiguillai l'échange sur les tracas pratiques.

– Un billet Bagdad-Londres, c'est inenvisageable : d'abord ça n'existe plus ; ensuite je n'obtiendrai pas de visa – je n'ai déjà pas de passeport ; enfin, je n'ai pas réuni la somme, ni pour le voyage ni pour m'installer à Londres. L'argent, le point noir réside là, d'ailleurs ! Si je n'en manquais pas, je contacterais des passeurs. Il paraît que, rue des Bouchers, contre mille dollars, ils te transportent à l'étranger.

– Qu'ils disent… La seule certitude, c'est qu'ils te soulagent de mille dollars.

– De toute façon, je ne dispose pas de mille dollars.

– Vends quelque chose.

– Quoi ? Les bijoux de Maman se sont envolés depuis longtemps. Tes livres, ils ne trouveront pas d'acquéreur. Quant aux meubles, ceux qui subsistent, on en a besoin et on n'en tirerait rien. L'appartement ?

– Non, fils. Qui désirerait un appartement à Bagdad

à l'heure actuelle ? Autant s'acheter direct une concession au cimetière.

– Alors ?

– Alors je pensais que tu pouvais te vendre, toi. Ta force. Ta jeunesse. Ton ardeur.

– Je ne suis pas certain de comprendre…

– Tu n'as que toi de monnayable, mon garçon. Il y a des domaines où on a besoin de jeunes gens intrépides.

– Tu insinues que…

Nous fûmes interrompus par Maman, laquelle entra, furtive, récupérer un peigne dans la salle de bains ; très pudique, Papa, qui n'avait jamais accepté de partager sa nudité avec un autre que moi, disparut.

Néanmoins, j'avais saisi son message. Qu'avais-je à vendre ? Ma vie… En ce moment, les fanatiques s'en montraient avides consommateurs. Mon père me proposait de devenir terroriste. Rallier al-Qaida, le mouvement islamiste qu'on savait puissant et organisé, dont une branche vivace s'était développée sur le sol irakien ? Avec son aide, à son service, on passait des frontières interdites.

Soudain, la situation me parut claire : il fallait que je me présente aux groupes armés clandestins ; ou plutôt que je feigne de m'enrôler contre un voyage au Caire.

Dans ma confusion, je ne songeai pas qu'on rejoint le terrorisme par fièvre, non par calcul, que je mettais de la froideur et de la stratégie – certains nomment « cynisme » cette recette – à m'approcher d'une activité qu'on épouse par horreur ou adoration, vengeance ou ambition, toujours avec passion.

Je me rendis à la mosquée qui se tassait derrière l'ancien lycée de mes sœurs, petit édifice sans faste ni style, dont, à mots couverts, à grand renfort d'allusions, de silences et de points de suspension, les camarades d'Université m'avaient suggéré que… si l'on voulait… eh bien c'était là !

Mêlant mes prières au guet, j'étudiai pendant des heures la population qui fréquentait l'endroit, ceux qui y venaient pour s'adresser au ciel, ceux qui s'y rendaient pour comploter.

Quand je fus sûr de mon analyse, à la mi-journée, j'abordai un homme haut, robuste, au nez aigu, à la barbe dure, le pivot autour duquel s'agitaient les jeunes gens au sang bouillant.

– Je veux me rendre utile.

– Je ne te connais pas.

– Je m'appelle Saad Saad.

– Je te répète que je ne te connais pas. De quoi parles-tu ? Pourquoi à moi ?

– Ou je suis fou, ou je sens que tu m'épauleras. Mon père est mort sous les balles américaines, mes beaux-frères aussi ; je subviens seul aux besoins de ma famille, quatre sœurs, une mère, trois neveux et deux nièces.

– Et alors ?

– Je hais les Américains.

Son sourcil eut un sursaut imperceptible. Le poil noir et l'œil bleu, dans un contraste qui indiquait la violence d'un tempérament sanguin, tout ombre ou tout soleil, il aboya :

– Et alors ?

– Je veux devenir nécessaire.

– Tu l'es déjà, frère, si tu t'occupes de ta famille.

– Ce n'est pas assez. Je veux plus. Je veux tuer. Je veux me battre.

Les mots jaillissaient seuls, je les découvrais au fur et à mesure que je les prononçais. Certes, à l'origine, mon discours avait été fabriqué de façon volontaire, mais une partie de moi le produisait sans effort, une partie de moi s'y exprimait, une partie de moi ne mentait pas, voire s'épanouissait en ces paroles d'exécration.

Il m'écouta déblatérer pendant une dizaine de minutes sans décrocher. De temps en temps, il jetait un rapide coup d'œil aux autres. «Le connaissez-vous?» demandaient ses pupilles noires; les rôdeurs secouaient négativement le front.

Enfin, il soupira et me coupa :

– Pourquoi aujourd'hui ?

– Que…

– Comment ne t'es-tu pas engagé avant pour défendre ton pays? Pourquoi n'es-tu pas déjà embusqué derrière une barricade?

Je n'avais pas prévu cette question; cependant la part virulente en moi, celle qui se voulait islamiste, trouva sans difficulté l'explication :

– Je respectais mon père qui tenait à ce que j'achève mes études de droit. C'était un homme pieux, vénérable, si brave que j'aurais été un porc de lui désobéir. Maintenant qu'il est mort – assassiné par ces salauds d'Américains –, je n'ai plus de raisons de me freiner.

Convaincu, il hocha le chef.

– A sept heures, ce soir, devant le café Saïd.

Et il s'éloigna avec une prestesse hallucinante, rapidité qui attestait qu'auparavant il avait vraiment pris le temps de m'écouter.

«C'est gagné !» pensai-je. Quoiqu'il restât beaucoup d'inconnu sur mon chemin, j'attendis le soir avec fébrilité en me posant cent questions : comment éviter qu'ils me confient une mission ici ? Comment les inciter à me pousser hors des frontières ? La suite des événements allait m'apprendre que, parmi ces cent questions, je ne m'étais pas posé la bonne. Mais j'anticipe…

A sept heures, je me postai devant le café Saïd où je me morfondis en éprouvant le sentiment d'être épié ; plusieurs sbires traversaient la place, à dessein me semblait-il, ils déboulaient, me dévisageaient, puis repartaient ; peut-être des informateurs envoyés pour m'identifier.

A huit heures, l'homme à la barbe découpée en mâchoires de requin surgit, passa sur ma droite et me glissa, sans s'attarder :

– Suis-moi comme si tu ne me connaissais pas.

Il progressa dans un dédale de rues, puis vira quatre fois autour d'un bloc de bâtiments. Quel sens avait cette déambulation ? Me signalait-il à quelques-uns ? Vérifiait-il que personne ne me filait ?

Enfin, il se précipita en courant dans une venelle. Je m'y engouffrai, craignant de le perdre, lorsqu'un coup de poing m'arrêta et m'envoya à terre.

– C'est lui !

Le colosse qui m'avait étalé me désignait à quatre autres colosses, lesquels se jetèrent sur moi, me bâillonnèrent, me lièrent jambes et bras. Après quoi, ils me lancèrent dans le coffre d'une voiture, aussi négligemment qu'un ballot de linge. L'un m'ordonna de tasser ma tête. Le capot s'abattit sur moi.

Noir complet.

Moteur. Route. Cahot. Coups de freins. Accélération. Point mort. Palabres. Moteur coupé. Cris. Insultes.

Cavalcade. Portières qui claquent. Redémarrage. Moteur. Route. Chemins. Cahot. Pierrailles. Long trajet. Stop.

La lumière revient, c'est celle d'une lampe-torche dans la nuit. Elle m'aveugle. Les hommes m'aident à sortir, coupent les liens enserrant mes chevilles et me commandent de les suivre. Où suis-je ?

On entre dans une bâtisse, on descend au sous-sol, on ouvre une porte, on me balance. Le battant se referme. C'est une cellule.

Voilà, fin du voyage.

J'ignorais où je me trouvais et pourquoi.

Plusieurs heures s'écoulèrent encore, heures que je mis à profit pour m'apaiser, tenter de cerner la situation. On se méfiait. On me testait. On voulait me montrer à ceux qui reconnaîtraient en moi un agent des Américains ou, pis, un agent des Israéliens. Pourvu que je ne leur rappelle personne ! songeais-je. Souhaitons que la nature ne m'ait pas joué la crasse de me doter d'un sosie…

Devinant qu'un interrogatoire musclé allait bientôt suivre, je m'y préparai, le redoutant autant que l'espérant. Il fallait que je leur inspire confiance, que je les convainque que j'étais des leurs, que je ne laisse parler, au fond de moi, que le Saad qui haïssait les Américains, les assassins de son père. Puisque ce Saad-là existait, je devais verrouiller les autres Saad – les Saad plus réfléchis, les Saad nuancés – à double tour derrière une porte capitonnée.

Lorsque j'eus perdu la notion du temps – par faim, par soif, par angoisse –, quatre hommes vinrent me chercher et l'on me poussa devant un bureau. L'homme qui trônait derrière une machine à écrire commença à aboyer :

– On t'a reconnu, chien ! On sait qui tu es ! Tu as marché vers ta tombe en t'adressant à nous.

Cette vocifération me confirma qu'ils ignoraient tout de moi, qu'ils en étaient exaspérés. Courage !

– Je veux être des vôtres.

– Qui crois-tu que nous sommes ?

– Ceux qui luttent contre l'Amérique.

– Tu es ami des Américains !

– Je les hais, ils ont tué mon père.

– Nous avons des preuves.

– Sûrement pas.

– Tu me traites de menteur ?

– Ni toi ni personne ne pourra jamais prouver que j'aime les Américains puisque je les hais.

L'échange dura, vif, violent, haché, pendant trois heures, durant lesquelles je ne me laissai pas démonter une seconde.

On me renvoya dans ma cellule, non sans m'avoir insulté.

Quelques instants plus tard, on m'accorda un morceau de pain, une gourde d'eau. Tiens, puisqu'on voulait que je vive, l'examen avait dû se révéler positif.

En me nourrissant, je me laissai aller à l'euphorie. Assurément, après leurs enquêtes et cette épreuve, ils allaient m'intégrer parmi les troupes de novices.

Cette perspective montrait bien ma naïveté.

Sitôt que j'allai mieux, on revint me chercher, on m'emmena dans une autre salle et là, dès que j'avisai les fouets et les ceintures de cuir, je compris ce qui m'attendait.

Terrorisé à l'idée de souffrir, je m'engourdis dans une frayeur qui me rendit si inexpressif que je dus donner l'illusion d'avoir du cran. La torture commença. Je criai, je hurlai, je me débattis, mais je ne quittai pas le personnage que je m'étais assigné : celui qui haïssait l'Amérique et les Américains. Plusieurs fois on s'adressa à moi en hébreu ou en persan, en me proposant d'abréger mon martyre, pour déterminer si je connaissais ces langues ennemies ; à chaque fois, je m'y rendis sourd. Les coups reprenaient néanmoins.

Un instant, alors que ma peau entaillée me brûlait, que j'apercevais mon sang en flaque sur le sol, je reçus dans les reins un nouveau coup si fort que j'entrevis une lumière soudaine, intense, j'éprouvai une sorte d'extase inopinée et perdis connaissance.

Le lendemain, je me réveillai dans une chambre à plusieurs lits. Seul couché parmi des hommes armés qui vaquaient çà et là, dans les pièces alentour, sans me prêter attention, je saisis qu'on m'avait remonté de la cave, ce qui était une promotion. Un adolescent vêtu de blanc, sans doute muet, me donna de l'aspirine et soigna mes plaies.

En milieu de journée, l'homme au masque de barbe revint et s'assit près de moi.

– Bonjour, Saad.

– Bonjour. Vous avez une drôle de façon de traiter vos amis.

– Salutaire. Nous ne sommes pas certains que nos amis soient bien nos amis.

– Et dans mon cas ?

– On verra.

Je traduisis que j'avais franchi quelques barrières.

– Que sais-tu faire ?

– Physiquement, pas grand-chose.

– Des brutes, des colosses, nous en avons déjà.

Nous manquons d'autres compétences, plus intellec-
tuelles. Tu as accompli ton droit ?

– Presque.

– Combien de langues pratiques-tu ?

– L'anglais et l'espagnol. Quelques rudiments de
russe aussi.

J'hésitais à étaler mes compétences linguistiques.
Ma subite franchise allait-elle m'attirer des ennuis ?

Il conclut :

– On a besoin de gens comme toi. Tu rejoindras ta
mère et tes sœurs dès que tu pourras marcher.

– Et après ?

– Tu poses trop de questions.

Il disparut.

Après trois jours de convalescence, on me banda les
yeux, on me poussa dans une voiture étouffante de
chaleur qui, en me ballottant, rouvrit certaines de mes
plaies ; déterminé à convaincre mes ravisseurs de mon
héroïsme, je m'abstins de tout cri et toute grimace ;
m'échappèrent quelques gémissements quand le châssis s'enfonçait dans les trous.

Quelques heures plus tard, on m'expulsa ; le véhicule redémarra ; en ôtant mon bandeau, je reconnus le
café Saïd.

Je m'approchai de l'unique réverbère qui fonctionnait encore et je distinguai une face tuméfiée dans une
vitrine. En découvrant mes yeux pochés, ma lèvre fendue, les taches bleues et jaunâtres qui ombraient ma
peau, mes cheveux collés aux croûtes des cicatrices, je
ris. Longtemps. Avec bruit. Et avec complaisance. Au
fond, j'étais assez fier de moi.

D'une démarche lente, difficultueuse, je progressai

vers mon quartier. En passant le coin, je remarquai un garçon qui arpentait notre rue ; il se figea dès qu'il me vit.

– Saad Saad ?

– Oui.

– Bonsoir, je suis Amin, le cousin de Leila.

Je le regardai, et, soudain, la douleur déferla sous mon crâne, ça cognait, j'avais mal. Au lieu de lui répondre, je grimaçai en me saisissant les tempes.

– Tu ne te sens pas bien ?

Je me laissai tomber sur le sol, dos au mur. Il s'accroupit à mon niveau et me dévisagea. Pendant ce temps, la douleur s'éloignait, par vagues lentes, comme à regret.

– Ça va aller…

– Tu t'es battu ? s'enquit-il avec un respect intimidé.

– Non, je sors d'un stage.

En quelques phrases, sans réfléchir, je lui débitai la leçon que j'avais ressassée ces derniers jours : je voulais me dévouer à mon pays, je luttais contre l'oppresseur américain, je donnerais ma vie pour le chasser et rétablir un gouvernement qui respecte notre pays et le Prophète, bref, par réflexe, je lui resservis le refrain susceptible d'éloigner la souffrance.

Après quelques moues d'étonnement, il approuva de la tête. Le silence s'installa. Par instants, il lorgnait, gêné, autour de lui, comme s'il se demandait ce qu'il fabriquait ici. Du coup, je lui posai la question :

– Tu étais venu avec une intention précise ?

– Non…

– C'est un hasard qui t'amène ici ?

– Non plus… j'étais… j'étais juste venu te dire que… moi aussi… comme toi… je regrettais Leila.

– Comme moi ? Sûrement pas !

– Comme un cousin… Excuse-moi, je me rends compte que c'était une idée idiote. Aucun de nous deux n'a envie de…

– Oui, c'est inutile ! conclus-je.

Sur ce, je me relevai, le saluai et montai chez moi sans me retourner, sans suspecter non plus le vrai motif de sa visite ; celui-ci, je n'allais l'apprendre que plusieurs années après.

Ma famille me chahuta car elle avait imaginé le pire, et, après quelques éclaircissements déguisés, je me laissai soigner, câliner par les femmes ; sur l'essentiel, je n'avouai rien, informant simplement ma mère que j'avais tenté une démarche qui me permettrait d'émigrer.

A l'aube, la plante des pieds en feu, je me traînai à la salle de bains où je préparai, dans une cuvette d'eau chaude, une mixture à base de citronnelle et de graines de moutarde. Lorsque je plongeai mes talons dans le liquide, mon père surgit.

– Tu ne vas quand même pas faire ça ?

– Un bain de moutarde ?

– Non, terroriste !

Par les orteils, le bien-être m'envahit. Je m'y abandonnai quelques secondes avant de murmurer :

– C'est bien ta suggestion, non ?

– Putain, fils ! Pourquoi n'es-tu pas fichu de piger ce que je raconte du premier coup ?

– Parce que tu n'es pas clair du premier coup ! Tout le monde sait ça. Toi aussi d'ailleurs.

– Nom d'une pipe, je ne t'ai pas conseillé d'entrer dans un mouvement terroriste.

– « Vends ton corps, ta jeunesse, ta force », ça signifiait quoi ? Si j'avais été une fille, j'aurais imaginé que tu m'envoyais au bordel. Heureux que je sois un homme…

Ma mère passa la tête et me demanda avec une contenance inquiète :

– Ça ne va pas, Saad ?

– Si, Maman.

– Tu parles seul.

– Non, je parlais avec…

Je m'arrêtai. Elle devina. Ses yeux tournèrent autour de la pièce vide.

– Ah, il était là ?

– Oui.

– Dis-lui que je l'embrasse et que je l'attends, ce soir, pour l'infusion.

– Je n'y manquerai pas.

Quand ma mère disparut, mon père mit quelques minutes à réapparaître. Quoique affichant une face boudeuse, il s'était calmé.

– Pardonne-moi, fils. Je me suis mal expliqué, je ne voulais pas te pousser au terrorisme.

– Dommage. Ce n'est pas une mauvaise solution.

– C'est une solution nauséabonde. Saad, mon fils, chair de ma chair, sang de mon sang, connais-tu les commandements du parfait terroriste ?

– Non.

– Ils sont au nombre de sept. Crois-tu être capable de les adopter ?

– Continue.

– 1. N'avoir qu'une idée. A partir de deux idées, on commence à réfléchir ; or le fanatique sait, il ne pense pas. 2. Détruire ce qui s'oppose à cette idée. Ne jamais admettre des points de vue différents, encore moins divergents. 3. Abattre ceux qui s'élèvent contre cette idée. Les contradicteurs ne méritent pas d'exister car ils représentent un danger pour l'idée, la sécurité de l'idée. 4. Considérer que l'idée vaut mieux qu'une vie, y compris la tienne. Etre fanatique, c'est avoir rencontré une valeur comptant davantage que les individus. 5. Ne pas regretter la violence car elle constitue la force agissante de l'idée. La violence a toujours les mains propres, même si elles dégoulinent de sang. 6. Estimer que toutes les cibles touchées par ta juste violence sont coupables. Si l'une d'elles se trouvait par hasard être d'accord avec toi, le terroriste qui s'est immolé, alors ce n'est pas une victime innocente, c'est un deuxième martyr. 7. Ne pas laisser entrer l'hésitation en toi. Dès que tu sens qu'un scrupule s'infiltre, tire : tu tueras également le doute et la question. A bas l'esprit critique.

– Bravo, Papa, bien vu. D'où puises-tu cette connaissance ?

– J'ai observé ceux qui débarquent ici, au royaume des défunts ; avec cette nouvelle mode des kamikazes, il en arrive plusieurs grappes chaque jour.

– As-tu discuté avec eux ?

– Fils, tu ne discutes pas avec un terroriste, tu prêtes l'oreille en approuvant de la tête. D'ailleurs, ça ne dialogue pas, un terroriste, ça monologue.

– Là-bas aussi ?

– Où, là-bas ?

– Chez les morts ?

– Etre mort ne rend ni plus intelligent, ni plus intéressant.

Les yeux au ciel, il poussa un soupir déchirant avant d'ajouter :

– Les écouter a constitué pour moi une olympiade

d'ennuis. Maintenant réponds à ma question : es-tu capable d'adopter ces sept commandements ?

— Non, évidemment.

— Alors interromps cette mascarade, mon garçon, éloigne-toi vite. Lorsqu'on a laissé l'intelligence et l'humour fleurir en soi, il y a des sottises auxquelles on ne peut souscrire.

— Pourtant, c'est aisé de laisser parler sa haine.

— Certes, mais tes haines sont trop variées pour être cohérentes. D'un côté, tu détestes les Américains qui m'ont tué. De l'autre, tu abomines les fanatiques qui ont rendu veuves tes jeunes sœurs. Comment choisir entre deux haines qui ne peuvent se cumuler ?

— Autant se débarrasser de la haine ?

— Voilà. L'autre matin, quand nous avons été dérangés, je voulais te proposer une autre démarche : te mettre au service de certains trafics qui ont besoin d'hommes vifs et braves. Te souviens-tu de mon ami Chérif el-Hassad ?

— Du Musée ?

— Oui. Va donc voir son frère, Fahd el-Hassad. Ce n'est pas quelqu'un de recommandable, loin de là ; cependant, dans les temps troublés que nous vivons…

— Fahd el-Hassad ?

— Une belle fripouille qui désespère les siens, en particulier ce pauvre Chérif. Il pourra t'être utile…

En m'approchant du Musée, à l'ouest de la ville, où je ne m'étais pas rendu depuis plusieurs années, je crus commettre une erreur. Des murs défoncés, des fenêtres fracassées, des grilles éventrées imposaient l'idée que le bâtiment, bien que moderne, était désaffecté ; je retrouvai cependant à l'entrée de service, derrière son exiguë guérite, Chérif el-Hassad, l'ami de mon père, un des plus anciens gardiens.

– Saad, mon garçon, tu as la gueule aussi salement arrangée que le Musée.

– Bonjour, Chérif.

– Comment vas-tu depuis l'enterrement de ton pauvre père ? Et ta mère ? Et tes sœurs ? Et tes nièces ? Et ton neveu ?

Quand j'eus exaucé sa curiosité concernant ma famille, après que, pendant la demi-heure suivante, il m'eut narré la curée dont les collections avaient été victimes – quinze mille pièces saccagées ou volées sous les yeux négligents des soldats américains –, j'attaquai le sujet.

– Avant de mourir, mon père m'a soufflé qu'en cas de besoin, je pourrais m'adresser à ton frère.

– Fahd, ce voyou, ce bon à rien ! Plutôt mourir que me rappeler son nom ! Ton père n'a jamais pu dire ça !

– Si, Chérif. Il méprisait ton frère, il ne me l'a pas caché, mais il m'avait conseillé, en cas d'extrême besoin, d'insister auprès de toi.

– Ça va si mal que ça ?

Lui racontant mes dernières semaines, je n'eus pas besoin d'exagérer pour l'attendrir et obtenir qu'il fît un effort de mémoire.

– Tiens, rejoins mon frère là, grommela-t-il en me glissant un bout de papier. Il opère à Babylone, comme les parasites de son espèce.

Après avoir négocié avec un voisin, contre plusieurs heures de bricolage, qu'il m'emmène en camionnette à Babylone, j'y arrivai bientôt et ne m'attardai pas dans la cité que je connaissais car, comme chaque écolier irakien, j'avais été obligé, lors d'une balade en car, de visiter la Babylone rose reconstruite par Saddam Hussein, un décor à l'antique pour parc d'attractions, où tout était faux et le paraissait. J'allai sonner à la porte de Fahd el-Hassad, lequel vivait dans une colossale villa, attenante à son magasin de souvenirs touristiques.

— Je suis envoyé par votre frère.

— Je n'ai pas de frère, rétorqua l'énorme marchand.

— C'est bien de lui que je parle.

Et je tendis le papier griffonné par Chérif dont il reconnut l'écriture.

À regret, l'obèse m'introduisit chez lui où je traversai plusieurs patios fleuris avant de m'asseoir sur des coussins dans une pièce fraîche embaumant le jasmin.

Au richissime commerçant, j'expliquai ma misère, ma détermination, ma résolution de me rendre à l'étranger. Il m'écoutait avec une indifférence affectée ; cependant, je percevais bien qu'il me jugeait, me jaugeait, m'évaluait. Quand il se fut assuré que j'étais à sa merci, il consentit à prononcer quelques mots :

— J'ai développé un commerce avec l'Egypte. J'envoie des objets au Caire. Tu sais conduire, naturellement ?

Cette question ne signifiait pas « As-tu le permis ? » mais « T'es-tu déjà assis derrière un volant ? », sans quoi je n'aurais pas acquiescé ; comme les garçons de ma génération, je manœuvrais des véhicules depuis l'âge de quatorze ans sans avoir jamais étudié le code de la route, ni suivi de cours ; chez nous, on sait piloter à partir du moment où l'on touche un volant, la voiture fait le conducteur, point.

— Travaille quelques semaines avec moi au magasin, et puis, si tu conviens, tu participeras à un convoi vers l'Egypte.

J'acceptai sur-le-champ.

Pendant cette période d'apprentissage, je devinai qu'il voulait surtout tester mon honnêteté – ou plutôt ma malhonnêteté – car il vérifiait que j'adhérerais sans critique ni réticence à ses embrouilles.

Sous les apparences d'une boutique de cadeaux, Fahd el-Hassad tenait un commerce d'antiquités clandestin. Cet homme avait organisé sa vie comme sa maison : en oignon. Lorsqu'on enlevait une couche, on en découvrait une nouvelle, et ainsi de suite, presque à l'infini… Chez lui, une issue cachait une issue, une chambre dissimulait une chambre secrète, un meuble en abritait un autre, plus étroit, plus précieux. Sa boutique de poteries protégeait un atelier de fabrication, lequel, à son tour, masquait une salle de recel. Car le magasin d'antiquités comportait deux départements : les vrais faux et les faux faux.

Les vrais faux étaient des copies sorties de son atelier qu'il faisait passer pour vraies et qu'il vendait aux naïfs, plutôt nombreux du reste.

Les faux faux étaient des pièces volées qu'il faisait passer pour fausses afin de les présenter et les déplacer sans danger, mais que les collectionneurs sérieux reconnaissaient, appréciaient, et achetaient à leur vraie valeur, c'est-à-dire à prix d'or.

La guerre puis l'après-guerre avaient offert un millenium à Fahd, car les musées, les sites et les palais du pouvoir avaient été pillés. Il en parlait sans complexe.

– Sans moi, Saad, le monde de l'archéologie aurait périclité. Sans moi, les maraudeurs auraient dispersé les pièces, les auraient perdues, endommagées, cassées, car ces salopards, qui ne connaissent rien à rien, ne prennent aucune précaution. Le trafic, d'accord ; le vandalisme, non ! Très vite, j'ai informé ces brigands que je ne les dénoncerais pas, que je fermerais ma bouche, que j'offrirais de beaux billets neufs, verts, afin d'alléger leur conscience et de les débarrasser de leur butin. Sans moi, Saad, c'étaient les trésors de l'humanité qui partaient en fumée, des bijoux assyriens, des ivoires du VIIIᵉ siècle, des briques émaillées d'Ishtar ornées du *mushklushu*, des tablettes pictographiques, des tablettes mathématiques, même un bas-relief du palais de Nimrod.

Bien que je l'aie soupçonné d'avoir commandité plusieurs razzias en envoyant des hommes de main, j'écoutais bouche bée sa version. Soit qu'il fût fou, soit qu'il jouît de son cynisme, il se prenait avec sincérité pour le plus éminent conservateur d'antiquités mésopotamiennes qui eût jamais existé. A l'en croire, le Musée national, s'il renaissait un jour, devrait porter son nom.

Malgré sa faconde, je le comprenais mieux que les terroristes que j'avais approchés. Fahd était un individualiste qui ne songeait qu'à lui, sa fortune, sa jouissance, sa réussite ; il me semblait plus aisé à cerner que les fanatiques prêts à se saborder avec des innocents au milieu d'un marché ; son escroquerie avait un aspect sain, pépère, apaisant en regard des folies qui embrasaient certains.

Quand il fut sûr que les scrupules ne m'étouffaient pas, il m'annonça le prochain voyage convoité :

– Tu vas aller en voiture au Caire avec Habib et Hatim. Vous y acheminerez discrètement quelques pièces qui viennent de Hatra, la ville parthe. Ce que j'exige de vous, c'est que vous évitiez les postes de douane et les agents des frontières ; si on vous arrête, vous ne me connaissez pas. En dehors de ça, vous mettez le temps que vous voulez, vous passez par où vous voulez, du moment que vous livrez à l'adresse que je vous indique. Rendez-vous mardi. Ça te va ?

Voilà, j'avais gagné. En quelques mois, j'avais trouvé le moyen de m'enfuir d'Irak.

Je retournai trois jours chez moi, à Bagdad, pour divulguer la bonne nouvelle à ma famille.

La soirée que nous passâmes ensemble, mes sœurs et ma mère se forcèrent à considérer qu'il s'agissait d'une bonne nouvelle. L'angoisse grignotait notre joie ; la peur de nous perdre et de ne plus nous revoir ternissait nos échanges, au lieu de rendre les rapports tendres, affectueux, cela les rendait froids, contrôlés, compassés. Mal à l'aise, malheureux, j'hésitais entre détaler ou renoncer à mon départ.

A minuit, ma mère vint dans le réduit aveugle où je couchais et s'agenouilla devant moi, une petite couverture pliée sur ses paumes.

– Pardonne-moi, Saad, tu nous quittes demain et je n'ai pas un sou à te donner. Les autres mères qui ont vu s'expatrier leurs fils leur ont procuré de l'argent pour voyager, moi, je ne possède rien. Je suis une femme déplorable, je ne peux pas t'offrir davantage que cette couverture, je n'ai jamais été une mère à la hauteur.

Je l'embrassai en lui disant que jamais je ne serais d'accord avec ce qu'elle pensait. Elle pleura contre mon épaule. Ses larmes avaient un goût triste, amer.

Puis je m'emparai de la dérisoire étoffe en lui déclarant :

– Je ne la perdrai jamais. Lorsque je m'installerai en Angleterre, je l'encadrerai, cette couverture, je la placerai sous verre autour d'un bois travaillé à la feuille d'or, je l'exposerai au milieu de mon salon, au-dessus de la cheminée. Chaque année, le 1er janvier, je la désignerai à mes enfants et je leur expliquerai : « Regardez ce tissu, c'est la couverture de votre grand-mère. En apparence, on dirait une vieille carpette très moche ; en réalité, c'est un tapis volant. Sur elle, j'ai traversé les continents pour m'établir ici, vous donner une belle vie, avec une excellente éducation, dans un pays prospère et en paix. Sans elle, vous ne seriez pas là, tous, heureux, autour de moi. »

– Adieu, Saad, mon fils.

– A bientôt.

Et je l'embrassai pour la dernière fois.

5

Rapide, vive, la Jeep aspirait la route et rejetait, derrière elle, la poussière.

Debout, j'avais sorti mon torse nu du toit ouvrant pour mieux éprouver la vitesse, avaler les kilomètres et boire le vent qui me désaltérait.

Comme nous ne rencontrions personne, Bagdad s'évanouissait à jamais derrière nous, nous nous évadions en des paysages nouveaux, rassurants, complices ; si nous n'avions pas croisé quelques bornes ni suivi le tracé de sentiers, j'aurais pu croire que nous traversions un territoire vierge, neuf, inconnu, créé pour nous le matin même. A certains moments, entre deux ronronnements de moteur, parce que les rochers filaient comme des bancs de poissons sur mes côtés, je me sentais ivre, invincible.

Habib et Hatim, mes deux compagnons de voiturage, avaient si souvent pratiqué ce trajet qu'ils savaient quels chemins emprunter pour éviter barrages ou contrôles.

– Tu es très à l'aise au volant, m'exclamai-je dans l'oreille de Habib. Où as-tu appris à conduire ?

Il rit.

– Est-ce qu'on passe un permis pour baiser ? C'est aussi naturel pour un homme de piloter que de faire l'amour. Tu entends, Hatim, ce que le gamin demande ?

– Ouais, *man* !

On s'arrêta à l'orée d'un désert.

– Pause, déclara Habib. On se repose un peu.

– Ouais, *man* !

– Saad, va remplir tous nos bidons au puits qui se trouve là-bas, derrière les rochers.

– Avec plaisir, m'écriai-je.

– Bien, *man*.

J'étais heureux d'avoir enfin une tâche à accomplir. A quoi servais-je ? Pourquoi Fahd m'avait-il ajouté à ses convoyeurs ordinaires ? Habib et Hatim connaissaient leur travail et se débrouillaient mieux que je ne l'aurais pu.

Tandis qu'ils s'allongeaient sous un arbre pour fumer – « oh, *man*, que c'est bon » –, je m'activai sans m'économiser entre la voiture et le puits, cent mètres plus haut. Lorsque je remplis le dernier bidon, sachant que j'avais achevé mon devoir, je décidai de prendre quelques minutes avant de retourner au coffre et de me laver les pieds dans la mare qui clapotait auprès de la margelle.

Pendant que je me massais les orteils, mon père vint s'asseoir à ma droite.

– Alors, mon fils, te voilà séjournant chez les Lotophages ?

– Les quoi ?

– Les Lotophages.

– Tu ne peux pas parler comme tout le monde ?

– Non, j'évite.

– Ça ne te gêne pas de ne pas être compris du premier coup ?

96

– Ça m'enchante. Repérer l'imbécile, détecter l'ignare, traquer le médiocre a toujours constitué un de mes plus savoureux régals.

– Pourtant, Papa, les mots ont été inventés pour que les hommes se comprennent.

– Sottise, les mots ont été inventés pour que les hommes se distinguent et se reconnaissent entre élus.

– Charmant ! Ainsi, moi qui ne te saisis pas toujours, tu me juges inférieur à toi ?

– Voilà. Ça aussi, cela appartient à mes jouissances.

– Tu es odieux.

– Non, je te forme, je t'élève, je te peaufine. N'as-tu pas remarqué que je ne cesse de te fréquenter quoi que tu piétines ?

– Mm…

Au loin, le soir s'annonçait au fléchissement de la lumière, emplissant le désert d'un étrange silence, suspendant les murmures d'une vie déjà si ténue. L'ombre, peu à peu, surgissait au pied des roches, bleue, grise, révélant des reliefs et des profondeurs ignorés. J'avais l'impression que la nuit ne descendait pas du ciel mais montait de la terre, déployant une tristesse mortelle, plus pénétrante que le froid, une tristesse sans couleurs, une tristesse à faire hurler les loups.

Je me retournai vers mon père et lui souris.

– Je constate que tu as choisi de me suivre. Vas-tu voyager avec moi jusqu'à Londres ?

– Tu risques d'avoir besoin de moi, non ?

– N'iras-tu plus visiter Maman ?

– Provisoirement.

– Elle va être triste.

– Elle était déjà triste avant que je ne le lui explique : tu lui manques, Saad.

Soudain, j'eus honte d'avoir éprouvé tant d'ivresse à fuir Bagdad en entamant mon périple. Papa perçut ma nostalgie teintée de culpabilité et bouffonna :

— De toute façon, ta mère ne m'écoute pas davantage depuis que je suis mort que de mon vivant. Que je sois là ou pas, elle néglige mes réponses et pérore à ma place. J'ai donc décidé qu'il était plus utile que je t'accompagne, fils.

— Merci.

— Ne te réjouis pas trop vite. Je t'escorte mais je n'approuve pas l'excursion que tu entreprends. Je la soupèse avec sévérité. Tu n'es pas un modèle, mon fils !

— Un modèle de quoi ?

— Pas un modèle d'Irakien. Imagine qu'ils fassent tous comme toi : il n'y aura plus d'Irak.

— Il n'y a déjà plus d'Irak depuis longtemps.

— Fils !

— Avant d'être un modèle d'Irakien, je me soucie d'être un modèle d'homme. Je veux pouvoir travailler, gagner de l'argent, aider ma famille, assurer la survie des femmes qui travaillent à la maison et des enfants qui ont besoin d'apprendre. Trouves-tu mon comportement indigne ?

— Non, mais je pensais à mon pays…

— Tu as tort. Qu'est-ce qu'un pays ? Un hasard auquel je ne dois rien.

— Fils, ne me brouille pas la tête ! Ce voyage que je continue à blâmer commence mal, avec ces deux brûlés irresponsables et la cargaison que cette ordure de Fahd vous a confiée !

— Quoi ? Trafic d'œuvres d'art ? Il y a pire.

— Oui, il y a pire et nous pataugeons dedans !

– Je ne comprends pas.

– Comme d'habitude ! Je t'ai tout dit mais tu n'as rien saisi.

Il disparut, me laissant dans un inconfortable malaise, torturé par une intuition au goût amer.

Après une demi-heure pendant laquelle je réfléchis – en vain – aux doutes qu'il avait déposés au fond de moi, je retournai vers mes compagnons. Ils fumaient avec sérieux, silencieux dans l'ombre du soir.

– Oh, *man*… oh, *man*… oh, *man*…

Hatim, extatique, tirait sur une pipe en contemplant la fumée monter vers le ciel qui s'assombrissait. Habib ne prononçait pas un mot mais semblait tout aussi émerveillé en biberonnant la sienne.

– Voilà, les gars, j'ai rempli les bidons. Nous repartons ?

– Non, Saad, on va bivouaquer ici.

– Oui, *man*.

– C'est de la qualité numéro un, cette fois, de l'excellent, du sublime, du pur de chez pur !

– Oui, *man*.

Ils soupirèrent, incapables d'ajouter un mot.

Je protestai contre cette décision. Nous ne pouvions pas nous permettre de lambiner autant. Pourquoi nous arrêter ? Nous devions rester mobiles, mouvants, échapper chaque instant au repérage. Sinon, quel intérêt de se déplacer à trois ? Il était bien convenu avec Fahd que nous nous succéderions au volant.

Allongés, souriants, paisibles, ils semblaient ne pas m'entendre. Tenant leurs yeux trop ouverts entre des paupières rigides, rougies, comme celles des insomniaques, ils reniflaient de façon chronique, et s'essuyaient les yeux avec le tissu de leur manche.

Un vent d'angoisse suintait de l'obscurité.

Plus le temps passait, plus ils aspiraient la fumée avec une avidité de gloutons.

Je m'avançai pour provoquer une réaction :

– Répondez-moi, nom de Dieu ! Que se passe-t-il ?

– Tiens, *man*… prends une taffe, tu comprendras.

En m'approchant de Hatim et en me penchant vers sa main, je découvris ce qui était arrivé. Trois des colis que nous transportions, déposés à même le sol, avaient été décachetés malgré l'ordre formel de Fahd, laissant apparaître une machination diabolique.

Fidèle à sa méthode, le rusé marchand avait fabriqué des paquets russes – sur le modèle des poupées russes, ces poupées en bois qui contiennent d'autres poupées plus petites jusqu'à l'ultime, pas plus grosse qu'un dé à coudre. Si nous transportions officiellement des statuettes destinées aux touristes, nous savions qu'elles contenaient officieusement des plaquettes sumériennes datant de deux mille cinq cents ans ; or ce leurre dissimulait encore une autre réalité : nous transportions une cargaison de drogue.

Habib et Hatim l'ignoraient-ils ? Sûrement pas puisqu'ils avaient dépiauté les paquets sans attendre.

– De l'opium ?

Ils rirent doucement, presque avec précaution, d'une voix cotonneuse, rêche et douce. J'étais donc le seul à être bafoué.

– Tiens, Saad, tire, c'est du bon de chez bon !

– Oui, *man*, tire !

L'espace d'une seconde, je faillis céder à leur proposition. Après tout, pourquoi ne pas en profiter ? Quitte à être arrêté pour transport de stupéfiants, autant en avoir goûté avant, non ?

La fureur me retint.

– Vous le saviez ?

– Tu parles !

– Oui, *man*, oui, on le savait.

– Pourquoi acceptez-vous ?

– Tire une taffe et tu comprendras.

– Oh oui, *man*, oui.

– Ces voyages-là, c'est ce qu'il y a de meilleur dans notre vie.

– Le meilleur, *man*.

– Le problème, c'est que, la dernière fois, on a tellement exagéré qu'on a mis plus de trois mois à rejoindre Le Caire. Le gang de Fahd était persuadé qu'on s'était fait la malle avec la cargaison entière. Alors qu'on avait juste fumé un peu. Un peu beaucoup.

– Trop, *man*, trop !

– Bref, le patron s'est fâché : il t'a imposé. Nous, on commence à être accros, ça devient difficile.

– Non, c'est facile, *man*, c'est facile.

– Tu vas voir, Saad, on va s'arranger, toi et nous : on te montrera le chemin, on te commentera la route, les points à éviter et, contre ça, tu nous laisseras fumer.

Ensuite, il n'y eut plus moyen de soutenir une conversation. L'encre de la nuit nous figea. Auprès du feu de camp que j'improvisai, les deux hommes n'appartenaient plus au monde qui les entourait ; la drogue arrachait de leurs corps immobiles des râles, des gémissements, des flammes, des extases ; vers minuit, Habib eut même un entretien avec un ange.

Blotti contre un éboulis de rochers, protégé par mon sac de couchage, je ne pouvais m'empêcher de respirer à longs souffles l'odeur de l'opium, cherchant à atteindre cette jouissance par mes seules narines ;

puis, furieux de céder à la tentation, je me tournai vers la montagne et essayai, pour me purifier, d'aspirer l'arôme minéral du roc et des étoiles.

Enfin arriva l'aube glaciale et, sur les deux corps délirants, la lumière offensante du jour.

– En route, expliquez-moi le chemin, les amis.

Je vis le désarroi dans leurs grandes prunelles errantes. Ils mirent longtemps à reprendre leurs esprits, saisir où ils se trouvaient, me reconnaître, se rappeler où ils devaient aller.

Prenant le volant, je les installai à l'arrière où ils eurent d'abord l'air de deux poissons hors de l'eau. Je démarrai. Trois ou quatre cahots plus tard, ils dégurgitaient. Je les aidais à se soulager. Encore trois ou quatre arrêts plus tard, ils dormaient à poings fermés.

Comme j'avais enlevé mes chaussures pour conduire, mon père ne tarda pas à surgir sur le siège du passager et ronronna, émerveillé, en touchant les commandes de ses doigts épatés.

– J'adore ces voitures rustiques dotées de quatre roues motrices.

– Les quatre-quatre ?

– Comme tu dis. Avoue que tes amis les Lotophages ne sont pas beaux à voir, ce matin !

– Comment les appelles-tu ?

– Saad mon fils, chair de ma chair, sang de mon sang, sueur des étoiles, tu sais très bien qui sont les Lotophages car je t'ai lu plusieurs fois l'histoire dans ta jeunesse. Allons, souviens-toi. Tu me la demandais avidement tant tu l'aimais.

– Moi ?

– « Le dixième jour, Ulysse et ses compagnons abordèrent le pays des mangeurs de fleurs appelés

Lotophages. Ces hommes dévorent du lotos au cours de leurs repas. Or quiconque en goûtait le fruit, aussi doux que le miel, ne voulait plus rentrer chez lui ni donner de nouvelles mais s'obstinait à rester là, parmi les Lotophages, à se repaître de lotos, dans l'oubli du retour. »

– Ah oui, l'*Odyssée*…

– L'*Odyssée*, fils, le premier récit de voyage qui marque l'humanité. Un voyage écrit par un aveugle, Homère, ce qui prouve qu'on décrit mieux avec l'imagination qu'avec les yeux.

– Le lotos fait oublier le retour… Crois-tu que, toujours, la drogue fait oublier le but ?

– Parfois, elle obtient mieux encore, fils : elle fait oublier qu'on n'a pas de but.

Je réfléchis pendant plusieurs kilomètres.

– Ce n'est pas pour moi, conclus-je, ni lotos, ni opium, ni cocaïne, ni une autre substance.

– Content de te l'entendre dire.

A ce moment-là, Hatim et Habib gémirent.

– Stoppe, fiston, ils sont en train de se chier dessus.

Je freinai et j'ouvris la porte arrière. Glissant hors du véhicule, ils rampèrent vers le fossé. Pendant qu'ils se vidaient, bruyants, mon père leva les yeux au ciel.

– Là, je dois avouer que c'est un des rares avantages de la condition d'outre-tombe : mort, on a la tripe tranquille.

Ils revinrent vers la voiture et exigèrent de fumer.

– Non, nous n'avons pas le temps !

– Saad, si tu t'y opposes, nous ne te livrons pas nos raccourcis et nos détours. Tu ne verras jamais Le Caire.

– Jamais, *man*, jamais !

– D'accord, fumez…

Avec une dextérité d'intoxiqués en manque, ils chargèrent leur pipe et commencèrent à tirer des bouffées.

– Ah, *man*, ah !

– Ouais…

– Ouais, *man*, ouais…

– Ouais !

Agacé, mon père haussait les épaules et leur tourna le dos, s'absorbant dans la contemplation du paysage, sable et rochers.

– Lamentable, comme dialogue ! Leur éloquence tient en des « ouais » et des *man*, monosyllabes et onomatopées sur lesquels ils tirent à répétition comme un singe secoue le cocotier. Ah, quelle triste époque… Regarde-les bien et écoute-les, fils, qu'au moins tu sois dégoûté. La déchéance, on la repère chez les autres, pas chez soi ; elle n'est laide qu'affichée sur la figure d'autrui. La drogue, si on l'expérimentait sur ses proches, on n'en prendrait jamais.

Pendant une semaine, le voyage continua ainsi, sur un rythme chaotique, accumulant interruptions volontaires – « il faut qu'on fume, *man*, qu'on fume » – et interruptions forcées – Habib et Hatim se vidangeaient par tous leurs orifices. Assidu, mon père était fasciné par les diarrhées et les vomissements.

– Extraordinaire, fils, extraordinaire, cette capacité du corps humain à se débarrasser de ce qui l'encombre. On regrette que ces deux-là ne puissent pas chier par les oreilles ; au moins, ils se purgeraient de leurs idées pourries.

104

– Papa, pour se vider la tête, encore faudrait-il qu'ils aient de la cervelle !

– Tu as raison, fils. Dieu est grand : il laisse de l'air entre les oreilles de ceux qui n'entendent pas.

Malgré leur état – ils avaient du mal à repérer les heures, les jours, parfois du mal à se tenir propres, leurs élucubrations devenaient de plus en plus nébuleuses –, Habib et Hatim surent toujours m'indiquer le chemin, se réveillant à temps, réflexe vital pour marchander leur plaisir, s'autoriser à retomber en extase hypnotique. Grâce à leurs astuces et à ma conduite infatigable, nous quittâmes l'Irak sans encombre, passâmes en Arabie saoudite où, après plusieurs jours de désert, puis de montagnes, nous parvînmes au bord de la mer Rouge, non loin du golfe d'Aqaba.

– Te rends-tu compte, fils ? La mer Rouge ! Je ne pensais pas venir là de mon vivant.

– Au fond, tu avais raison !

Mon père rit un long moment, un rire profond, loin de l'étincelle qui l'avait provoqué, un de ces rires interminables qui veulent juste rendre sonore et palpable le bonheur.

– Admire, Saad : un ami m'avait prévenu que, lorsqu'on observe les flots de la mer Rouge, on les trouve plus bleus que les autres flots, d'un bleu soutenu, pur, essentiel, sans compromission.

– Tu as raison. A quoi est-ce dû ?

– Ce n'est pas un effet du réel, c'est une conséquence des mots. «Bleu comme une orange», suggérait Eluard, un écrivain français, car l'orange est l'opposé total du bleu, un rouge qui se mouille de jaune. Le bleu de la mer Rouge paraît d'autant plus bleu qu'on l'appelle rouge. Cela ne tient pas à la chimie des vagues ou de la lumière, mais à la chimie poétique.

Il se retourna et considéra Habib et Hatim, affalés, les yeux figés, quasi inconscients.

– Si ça continue, ils vont fumer tout le chargement.

– A mon avis, Fahd al-Hassad a prévu le coup. Je suis sûr qu'il a caché la réserve la plus importante ailleurs dans la voiture, sous un pare-chocs, à l'intérieur d'un fauteuil, et la part que ces deux imbéciles croient voler n'est au fond que la portion que Fahd leur a destinée. Il faut beaucoup de psychologie pour devenir un éminent malfaiteur.

– Et le rester... Gloire à cette crotte de Fahd al-Hassad ! Et que Dieu ait pitié de lui.

Ces échanges de plaisanteries me permettaient de masquer mes vraies pensées : découvrant la mer pour la première fois, j'éprouvais une crainte puissante. Confierais-je mon sort à ces vagues ? Pourquoi n'apercevais-je pas l'Egypte de l'autre côté, à l'horizon ? Sur une carte, la distance semblait pourtant si ténue... Sinon dans une piscine, je n'avais jamais abandonné la fermeté du sol ; j'envisageais l'épreuve avec angoisse.

Il me fallut priver d'opium mes deux convoyeurs pendant une journée pour qu'ils mobilisent leurs esprits et se remémorent l'adresse du passeur censé nous embarquer avec notre fret vers la terre égyptienne.

Lorsque l'homme fut joint, un marin au long corps brun, couleur maquereau fumé, il nous donna rendez-vous pour le lundi suivant, à minuit.

Ce soir-là arrivé, je toisai les flots noirs, profonds, hostiles. « Voici mon tombeau, pensai-je en parcourant la dalle mouvante de marbre sombre qui s'étendait à l'infini. Dans quelques jours, je servirai de nourriture aux poissons. J'ai en trop mangé, c'est mon tour. »

Le marin s'approcha, souriant.

– Vous avez de la chance, nous aurons un temps de demoiselle…

– Qu'est-ce que ça veut dire ?

– Que même une demoiselle ne serait pas malade dans des conditions pareilles.

– Oh, les demoiselles, elles sont capables d'enfanter et d'accoucher, faut pas spéculer sur leur faiblesse ! Aucun homme ne supporterait ce qu'une femme endure… Porter un mouflet qui vous pèse sur la vessie pendant des mois, expulser d'entre ses jambes un paquet de quatre kilos qui vous brûle les entrailles, vous aimeriez ça, vous ? Avec le sang, les cris, les liquides douteux ? Eh ben elles, elles tiennent ! Pis, elles recommencent ! Alors temps de demoiselle, merci… Avez-vous déjà subi une césarienne ?

Surpris, il me dévisagea car il ne comprenait pas mes mots. A mes traits, il soupçonna que j'étais inquiet.

– Rassurez-vous, c'est une mer d'huile.

– Ah oui ? De l'huile bouillante, non ?

Je désignai le vent qui frisait les crêtes des vagues.

Il haussa les épaules, appela Hatim et Habib à la rescousse, et les trois entreprirent de charger la voiture sur le pont du bateau.

Pendant cette opération, je ne pouvais détacher mes yeux des flots. Rien qu'à regarder la surface dansante, instable, de l'eau, j'éprouvais un malaise.

Découragé, je m'assis en tailleur pour me masser les chevilles. Un raclement de gorge discret, puis un second, plus affirmé quoique encore timide, me signalèrent la présence de Papa derrière moi, debout sur le ponton.

— A plus tard, fils, je te retrouve de l'autre côté.

— Non !

— Un Irakien sur un bateau, c'est aussi incongru qu'une poule chez le dentiste ou un Ecossais à une fête de charité.

— Accompagne-moi, s'il te plaît.

— Je n'ai pas le pied marin. J'ai peur de prendre le relais de ces deux abrutis, Hatim et Habib, qui dégueulent autour de nous depuis quinze jours.

— Mais, Papa, tu ne vomiras pas : tu es mort.

— Etre mort n'empêche pas d'avoir de mauvais souvenirs. Au contraire, ça rend prisonnier des mauvais souvenirs. Tu ne me feras jamais monter sur un rafiot, point à la ligne. Rendez-vous de l'autre côté. J'irai en Egypte par mes propres moyens.

Il disparut promptement, échappant à mon emprise.

— On embarque ! cria l'escogriffe à la peau rissolée.

Quatre mains m'arrachèrent à ma prostration et me jetèrent sur le pont.

Après plusieurs jurons et une prière, le marin enclencha le moteur tandis que Hatim et Habib larguaient les amarres. Un parfum aigre d'essence envahit l'air salé.

Le bâtiment se mit à tanguer, hésiter, ballotter d'un flanc sur l'autre. En crachotant, soufflant, râlant, il avança, par à-coups, et s'éloigna des quais. Il se dandinait avec lenteur. J'avais l'impression que, plus faible qu'une coquille de noix, il n'arriverait pas à fendre les vaguelettes qui clapotaient dans le port ; cependant j'étais rassuré sur mon propre compte car je ne souffrais pas trop d'avoir quitté la terre.

Puis le moteur ronfla, le bateau prit de la vitesse, les balancements de la coque devinrent plus lents, plus longs, insidieux, je me sentis soulevé vers le ciel ; pendant une seconde, cela me sembla grisant, je me crus à la proue d'un vaisseau colossal, telle une sculpture glorieuse et fière qui toise les océans de haut, je n'avais plus peur, j'allais conquérir le monde quand, soudain, mon cœur bondit de ma poitrine jusqu'à mes lèvres.

Je m'effondrai au sol, hoquetai, dégorgeai de la bile. Mes membres ne répondirent plus. J'étais figé. Le plomb de la paralysie avait coulé sur moi.

– Mon Dieu, faites-moi mourir ! Tout de suite, mon Dieu. Tout de suite !

A ce moment-là, une main m'agrippa l'épaule et m'obligea à me retourner ; j'aperçus la face hilare de Habib qui, en gloussant, me proposa de l'opium.

Sans hésiter, j'acceptai d'un mouvement de paupières.

Il me tendit sa pipe. Je la biberonnai avec ardeur et sentis que, rapidement, je m'allégeais.

A la quinzième bouffée, la nacelle, à l'unisson de mon nouveau bien-être, se souleva au-dessus des eaux, tendit sa voilure, et se hissa vers les étoiles, piquant droit sur la lune.

Nous volions.

Habib riait.

Nous avions renié l'horrible océan pour flotter sur les cieux. Notre nacelle ne tanguait plus.

Lorsque nous eûmes atteint l'altitude d'un petit nuage solitaire, dodu, qui paressait en l'air, celui-ci, surpris, frémit en nous voyant, serra les fesses de peur, et s'enfuit, plus vif qu'un goujon.

Hatim cria « *Man*, oh *man* », mais le nuage ne se retourna pas.

Peu après, la lune se pencha vers moi, m'adressa un sourire tendre, ses yeux me rappelant ceux de ma mère et sa bouche celle de Leila. Je crois que la lune tenta même de m'embrasser lorsqu'un coup de vent, repoussant notre équipage, l'en empêcha.

De la suite, je ne me souviens pas…

6

Une semaine plus tard, Habib et Hatim me déposèrent, à demi conscient, au lieu de la livraison, un gras garage planté dans une banlieue du Caire si vaste, si bruyante, si animée, si riche d'odeurs saturées et variées, que je la pris aussitôt pour le centre.

– Bye, *man*, c'était un plaisir de voyager avec toi.

– Adieu, Saad. Dommage que tu ne veuilles pas persévérer, on formait une bonne équipe. Un seul conseil : ne retouche jamais à l'opium.

– Evite, *man*, évite. C'est trop grave, l'effet sur toi…

– T'as super-plané… Délire total ! On était presque jaloux, hein ?

– Ouais, jaloux, *man*, jaloux !

– Enfin, si tu changes d'avis, on reprend la voiture ici dans une semaine pour retourner à Bagdad. O.K. ? Une semaine. En attendant, salue ton père pour nous.

– Ouais, *man*, kisse ton père. Rigolo, le vieux, rigolo… Putain, ce qu'on s'est marrés !

Pour être certain de ne pas les retrouver, je marchai plusieurs heures, droit devant moi, enchaînant les rues inconnues, parcourant des routes construites sur des piliers par-dessus d'autres routes, longeant d'innombrables immeubles en parpaing dont le dernier étage restait inachevé afin d'en ajouter d'autres au fil des ans, cherchant à effacer en mon esprit tout repère concernant l'endroit où ils m'avaient laissé.

Pourquoi parlaient-ils de mon père ? Leur était-il apparu ? M'avaient-ils entendu dialoguer avec lui pendant mes délires ?

D'ailleurs, où était-il ? Je m'aperçus qu'il ne m'avait pas visité depuis plusieurs jours.

Je m'assis près d'une bouche d'égout, posai mes chaussures et me malaxai les pieds. Papa ne vint pas. Je recommençai. En vain.

Me boudait-il à cause de l'opium ? Avait-il échoué à traverser la mer Rouge ? Comment se déplacent les morts ? L'avais-je perdu en montant sur l'eau ? La drogue aurait-elle détruit la possibilité qu'il revienne ?

Confus, je repris ma marche erratique.

Mes professeurs m'avaient décrit Le Caire comme une ville immense, ce qui était loin d'être juste : en réalité, Le Caire s'étend sur une surface si large que je n'ai jamais pu atteindre les limites de cette immensité. Quand on débarque dans la capitale égyptienne, on doit abandonner l'idée qu'on dominera l'espace, sacrifier cette sensation provinciale, archaïque, de savoir toujours où l'on est, où l'on va, qui l'on rencontrera. Ivre de ma liberté nouvelle, émerveillé de ne plus craindre un attentat-suicide, une attaque, un bombardement, heureux de lever les yeux vers un ciel où ne rôdaient pas des hélicoptères militaires, béat de marcher sur un sol sans éboulis, gravats, clous, poutres, os suspects, je me contentais d'avancer, nez au vent, pour explorer Le Caire avec mes pieds.

Son vacarme m'enchantait, sa pollution me ravissait, je contemplais la couche de brouillard jaune qui couronnait les toits comme un précieux diadème en poussière d'or, j'y repérais les parfums raffinés, sensuels, excessifs, d'une opulente cité. Avec volupté, je regardais les gens trotter, conduire, travailler, paresser. J'observais sans me sentir observé. Avec les quelques dollars qui demeuraient dans ma poche, je parvenais à me restaurer ; entre mes six prières que j'exécutais, méticuleux, je flânais ; le soir, je m'écroulais sous un porche pour dormir.

J'étais perdu au Caire, et comblé d'y perdre aussi mon temps.

Au bout de quatre jours, il ne me restait plus qu'un dollar. Les gouttes couvrirent mon front, des frissons levèrent les poils sur mes bras. Saad, que t'a-t-il pris ? As-tu oublié la mission que t'a confiée ta mère ?

Mon sang venait de dissiper les effets anesthésiants de l'opium, et je me rendais compte que j'avais mis mon projet en danger. Fouillant mon sac, je retrouvai l'adresse notée sur un morceau de papier, demandai aux passants comment m'y rendre. Après plusieurs échecs, je changeai mon dollar contre quelques billets locaux et ordonnai à un taxi clandestin de m'y acheminer.

Il roula si longtemps, à travers tant de zones inconnues, que je craignis d'avoir confié mon sort à un escroc.

Quand il me déposa devant la plaque « Haut-Commissariat des Nations unies pour les réfugiés », je soufflai de soulagement, le payai et bondis sur le trottoir.

Comment m'étais-je imaginé la scène ? Je crois que, dans mes songes, je me voyais tirant la sonnette d'une grande, belle maison où un personnel stylé se précipitait pour m'introduire ; un haut-secrétaire des Nations unies me recevait aussitôt dans un bureau ombreux, j'y racontais mon histoire, mes souffrances puis l'on m'accordait le statut de réfugié ; après cela, la scène devenait brouillonne car je ne savais comment la rythmer ; disons que de gentilles femmes m'offraient une collation, voire deux, puis que je séjournais dans une chambre simple mais coquette le temps de quelques appels téléphoniques ; enfin le haut-secrétaire des Nations unies me recevait de nouveau pour me délivrer des papiers en règle, un visa, ainsi qu'un billet pour Londres, en s'excusant toutefois qu'à cause des restrictions budgétaires il ne fût pas au tarif de première classe.

Voilà ce que j'avais rêvé mille fois. La réalité allait me démontrer que j'étais nul en imagination. Nul, zéro pointé, recalé ! J'allais découvrir que ce n'était pas mon imagination que j'avais cultivée, mais ma bêtise.

Dans la rue où me déposa le chauffeur de taxi, des centaines de Noirs rôdaient, dormaient, attendaient devant l'Agence. Je parcourus plusieurs fois la chaussée pour comprendre ce qui se passait. Toute l'Afrique humiliée stationnait là, des Libériens, des Ethiopiens, des Somaliens, des Soudanais, des Dinka du Soudan au bassin haut perché sur leurs jambes interminables, des Sierra-Léonais aux membres mutilés, des familles entières fuyant les massacres du Rwanda et du Burundi.

Un moment, je butai contre un jeune Noir aux yeux très larges.

– Oh, pardon.

Il me regarda sans comprendre. J'insistai :

– Pardon, répétai-je, je vous ai bousculé.

Il écarquilla les paupières. Je lui indiquai le bâtiment.

– Comment rentre-t-on pour un entretien ? Y a-t-il une file ?

Il éclata de rire et je remarquai que ses gencives, d'un rose et d'une humidité incroyables, ne portaient des dents que d'un seul côté.

– Toi, tu viens d'arriver au Caire ! s'exclama-t-il.

– Oui.

Il me saisit par le bras et, comme si nous nous connaissions depuis toujours, m'expliqua ce qui m'attendait en déambulant. Quoique je détestasse ce qu'il m'apprit, la douceur avec laquelle il me débita les informations atténua ma rage : j'allais devoir prendre un numéro qui me permettrait dans quelques jours de m'inscrire pour obtenir un rendez-vous, rendez-vous qui aurait lieu six mois plus tard, et d'ici là, je n'aurai le droit ni de louer un lieu pour vivre ni de travailler.

– Pardon ?

– Non. Tu n'as pas le droit de travailler.

– Comment je fais pour me nourrir ?

– Comme tout le monde, tu travailles.

– Mais si je n'en ai pas le droit ?

– Tu travailles ! Tu vas même devoir travailler beaucoup pour manger peu.

Désignant, hilare, les centaines d'Africains qui s'agglutinaient autour de nous, il ajouta :

– La main-d'œuvre ne vaut pas cher, il y a concurrence ! Et les esclavagistes s'entendent à merveille avec les désespérés, plus personne n'a de scrupules.

Il rit encore et me présenta son étrange main aux doigts fort longs, chocolat sur le dessus, beige clair côté paume, comme si elle ne portait que la moitié d'un gant.

– Je m'appelle Boubacar. Mais si tu m'aimes bien, tu m'appelleras Boub.

– Salut, Boub.

– Est-ce que tu t'es rendu compte que je suis noir ?

– Pas partout, objectai-je en lui montrant l'intérieur de sa main.

Il haussa les sourcils, étonné.

– T'es un drôle d'Arabe, toi. Tout à l'heure, tu t'es excusé. Maintenant, tu plaisantes. Tu es un mec étrange.

– Désolé d'être poli.

– As-tu un endroit où loger ?

– Non.

– Je te propose mon squat.

Le soir même, Boubacar me conduisit dans un immeuble promis à la démolition, en marge d'un terrain vague, non loin d'une décharge à ordures, une ruine d'au moins un siècle où, occupant le troisième étage, lui et d'autres Libériens avaient installé leurs sacs, des matelas de récupération, un vieux réchaud à gaz. C'était sale, malodorant, exigu et chaleureux.

Dans les jours suivants, Boubacar entama un jeu qui l'amusait beaucoup : devenir mon guide, arpenter Le Caire comme s'il en était le cicérone officiel. Il m'initia à la vie d'un étranger en attente de papiers.

– Combien d'argent as-tu ?

– Plus rien, Boub, rien de rien.

– Alors tu pourrais faire le gigolo.

– Pardon ?

– Oui, tu es beau ! Enfin, pour un Blanc... En réalité, je devrais dire pour un verdâtre car je vous trouve,

116

vous les Blancs, plus verdâtres que blancs, non ? Surtout l'Arabe en hiver... Bon, donc, tu es beau, tu as beaucoup de dents, en te lavant tu devrais plaire. Moi, à ta place, je gagnerais mon argent comme ça.

– Attends ! Je ne vais pas me prostituer...

– Qui te parle de ça ? Je te propose de faire le gigolo dans un dancing, un club de femmes. Tu n'es pas obligé de coucher ni de simuler, tu n'as qu'à leur tenir compagnie au bar, danser et discuter avec elles. Un furtif baiser à l'occasion, en insinuant que tu souhaiterais plus. Un homme de compagnie pour femmes seules, en quelque sorte. Un truc propre.

– Comment veux-tu que j'y arrive ? Je suis mal habillé, je suis ennuyeux, je ne connais personne.

Il pirouetta et esquissa, félin ravi, quelques souples figures.

– Pas de problème, Saad : si tu fais le gigolo, moi je deviens ton maquereau. Contre cinquante pour cent de ce que tu empocheras, je te fournis les bons vêtements et les bonnes adresses.

– Tu plaisantes ?

– Non.

– Si ! Dix pour cent, pas cinquante.

– Trente pour cent.

– Vingt pour cent. C'est mon dernier mot.

– Vingt pour cent ? Tu connais un proxénète qui prend vingt pour cent ? Je serai le maquereau le moins cher du monde !

– Sans doute, mais moi, de mon côté, je serai aussi le gigolo le moins cher du monde.

Un éclat de rire scella notre accord.

Cet après-midi-là, Boubacar disparut quelques

heures et revint serrant contre lui un mouchoir qui contenait, entre ses plis, un morceau d'or.

– Boub, tu possèdes de l'or ?

– Je l'ai volé.

– Boub !

– Rassure-toi, je l'ai volé à un voleur. Donc, je ne suis pas un malfaiteur mais un justicier.

– Tu voudrais que je te croie ? Qui as-tu dépouillé ?

– Le fossoyeur.

– Le pauvre…

– Tu rigoles ? Lui-même dépouille les morts.

– Quoi ? Les morts se font enterrer avec leur argent, ici, en Egypte ?

– Non, avec leur or. Regarde : c'est une dent !

Deux heures plus tard, dans un souk, lorsque j'enfilai mes nouveaux vêtements pour vérifier leur coupe dans le miroir, je constatai la justesse du proverbe en portant le tissu à mes narines : l'argent n'a pas d'odeur.

– Costume noir sur chemise blanche fendue, Saad, t'as l'air d'un pro de la gigole !

Ensuite, Boub m'emmena dans un quartier populaire du Caire où il me désigna une entrée surmontée de néons rubis et saphir indiquant « La Grotte, dancing ».

– Voilà. Tu descends sur la piste, tu t'accoudes au bar et tu attends qu'une femme propose de te payer à boire.

– Viens avec moi.

– Tu plaisantes ? Moi, on ne me laissera pas entrer. C'est une boîte pour verdâtres.

J'hésitai. La nouveauté de la situation m'intimidant, je tentai de gagner du temps.

– « La Grotte »… drôle d'appellation pour un dancing, non ?

– Pas pour un dancing de femmes.

– Celles qui rentrent n'ont pas l'air jeune.

– Ne rêve pas, Saad, y a marqué « dancing », pas « paradis ».

Il me dévisagea en roulant ses grands yeux où il y avait plus d'émail immaculé que d'iris marron.

– Tu te dégonfles ?

Une naine de quatre-vingts ans aux paupières fardées de khôl et d'azur, le corps sans taille ni cou couronné d'une perruque rousse ébouriffante, passa devant nous en chancelant sur des talons trop fins. Au seuil de la boîte, elle se retourna et me lança une œillade m'engageant à la retrouver bientôt. Je gémis.

– Pire, je ne suis pas gonflé du tout.

Boub dut se tenir les côtes pour ne pas se casser de rire : grâce à sa bonne humeur, je me convainquis que rien de ce qui s'annonçait n'était grave et, après une large inspiration, je traversai la rue pour entrer à « La Grotte ».

La fille du vestiaire, une longue bringue osseuse qui ressemblait à un héron, me détailla sans vergogne, jaugeant au centimètre près les éléments de mon physique. Avec une moue condescendante, elle me signifia que l'examen se révélait concluant et me notifia, d'un mouvement de narines, l'escalier que je devais emprunter.

En descendant, je fus attaqué par les parfums des clientes qui rivalisaient, parfums sucrés, parfums fleuris, musc, ambre, tubéreuse, patchouli : à la dernière marche, je me sentais déjà saoul.

« La Grotte » déployait une vaste piste de danse, plancher rond autour duquel des tables et des chaises offraient la possibilité de boire et de se reposer. De courtes lampes aux abat-jour en tissu perlé distillaient une lumière rare, rose et tamisée tandis qu'un long bar occupait le mur du fond, nanti de quelques néons cramoisis qui, ajoutant leurs reflets de luxure aux bouteilles d'alcools forts, affichaient un caractère plus érotique, voire agressif. De voluptueuses coquilles marines renfermant des cierges bruns achevaient la suggestion.

Dans une niche, sur le côté gauche, un orchestre jouait des standards avec la fermeté compassée de l'automatisme, groupe composé de cinq musiciens hors d'âge en chemises et pantalons foncés, à la peau de momie, aux poils teints.

Mon arrivée braqua les regards sur moi. Une cinquantaine de femmes coquettes, maquillées, coiffées, la taille serrée dans des robes propices à la danse, battirent des cils en m'examinant. Toutes avaient dû voir le jour entre la naissance de ma grand-mère et celle de ma mère.

Ce détail me détendit.

Malgré moi, j'éprouvai une bouffée de tendresse pour ces femmes qui avaient déjà accompli une partie de leur vie, je les imaginai dotées d'enfants, de petits-enfants, de maris morts, impotents ou insupportables, je les aperçus, vacillantes, pitoyables mais joyeuses, à l'issue d'une existence ennuyeuse, et soudain la sympathie m'envahit.

– D'où viens-tu, beau ténébreux ?

La naine flamboyante n'avait pas attendu pour me harponner.

– De Bagdad.

– Ça tombe bien, je m'appelle Shéhérazade. Viens, je te paie un sorbet avec un thé.

Elle me conduisit tel un trophée jusqu'à sa table. Une vieille poupée blonde, qui cachait mal dans un sari la douloureuse surabondance des corps nourris de loukoums et de miel, commenta en grognant :

– Ce sont toujours les laiderons qui ont le plus d'audace.

A partir de cet instant, je coulai chaque après-midi des heures agréables à « La Grotte ». Quoique je dansasse peu – et mal –, les clientes se disputaient ma compagnie. A la différence d'autres gigolos qui jouaient davantage leur rôle – œillades assassines, excellents pas, cambrure avantageuse, galanterie minutieuse –, j'étais apprécié pour mon naturel paisible, ma gentillesse, la mémoire que je conservais de chaque conversation, le fait que j'étais sans doute le seul homme à ne pas me forcer à leur sourire. En réalité, j'éprouvais du plaisir à retrouver mon club de vieilles amies.

Rares étaient celles qui désiraient davantage que ce que je leur offrais. Dans la pénombre de « La Grotte », après des heures de préparation pendant lesquelles elles s'étaient attachées à crêper leur chignon, raffermir leur cou avec un collier de chien, peindre leur visage de fard, gainer leur ventre d'un corset puis enfiler des vêtements très ajustés qui leur rendaient un galbe, elles savaient qu'elles créaient l'illusion ; en se faufilant au dancing, elles pénétraient dans un théâtre où tout était faux, elles, moi, les danseurs, nos flirts, le glamour ; en glissant sur la piste, elles devenaient comédiennes, comédiennes d'elles-mêmes, jouant leur beauté, leur souplesse, leur jeunesse. Aucune n'aurait pris le risque idiot d'interrompre le spectacle en dénudant sa chair.

Boubacar se réjouit : je rapportais des miettes au squat. Mes compagnons africains, eux, éprouvaient d'énormes difficultés à survivre car ils craignaient de quitter l'appartement aux plafonds hauts, moulés, et pour éviter les contrôles de police préféraient se terrer entre ses lambris d'acajou arrachés, les vestiges de parquet, les tas de détritus. Quant aux courageux qui s'aventuraient dehors, lorsque le racisme ne les repoussait pas – sales nègres –, ils étaient exploités par des patrons odieux qui ne leur reconnaissaient ni le droit de se reposer, ni celui d'être payés d'un salaire décent, ni celui de protester, aucun droit sinon celui de se taire. A cela s'ajoutait un obstacle qui venait d'eux : ils refusaient d'apprendre l'arabe d'Egypte car cela aurait signifié qu'ils acceptaient de rester dans ce pays. Boub en était réduit à trier des déchets, ce qui lui octroyait à peine un repas rachitique.

A la nuit, parfois, parce qu'ils avaient bu une bière, les Africains me racontaient « l'origine ». Nous appelions « l'origine » le récit, entrecoupé de mauvaises toux, qui expliquait pourquoi chacun de nous avait fini par échouer ici. Leurs « origines » m'épouvantaient. En comparaison, mon enfance en Irak, mes deuils, notre misère, le chaos que j'avais fui paraissaient un conte de fées, un film de Bollywood. A les écouter, je voyais défiler les troupes de Taylor au Liberia nouveau, massacrant les femmes et les jeunes filles après les avoir violées, coupant ensuite à la machette les bras et jambes des anciens, puis abattant les jeunes hommes à la kalachnikov. Seul Boub se taisait, minéral, impénétrable, au point que je ne sus jamais si les dents qui lui manquaient témoignaient d'une violence ou d'un manque de soins.

Par contraste, « la Grotte » m'offrait un refuge futile et bienveillant. Très vite, je me rendis compte que je devais éviter d'intégrer ces histoires sinistres à mes bavardages avec les Égyptiennes ; d'ailleurs je n'avais pas besoin d'avoir de la conversation, il suffisait que je les écoute et que, par intermittence, je leur parle d'elles.

Un samedi où j'avais enchaîné deux mambos et trois cha-cha-cha, j'allai m'isoler dans un coin sombre, entre le bar et les toilettes masculines, j'enlevai mes chaussures, je me massai les pieds.

Une voix retentit à mes côtés :

– Eh bien, fils, je ne m'attendais pas à te rencontrer dans ce genre de gourbi…

– Papa, enfin te revoilà. Où étais-tu ?

– Je n'ai pas le droit de répondre à ces questions-là.

– Quel plaisir de te revoir après ces semaines ! Cela ne te gêne pas de m'accompagner ici ?

– Ah, tu permets, ça m'amuse… Pour une fois que tu m'emmènes dans un endroit rigolo ! Je n'avais jamais eu l'occasion de pénétrer ces lieux de mon vivant.

– Sûr ! ça n'existait pas en Irak.

– Va savoir ! Les affaires sont bonnes ?

– Molles. A la hauteur de mon intérêt. On me laisse des pourboires.

– Saad, chair de ma chair, sang de mon sang…

– Non, Papa, pas de discours, pas de morale. Ici, je ne fais rien de mal.

– Non, tu ne fais rien de mal, tu ne fais rien. Strictement rien. On ne peut pas critiquer ce que tu fais, on peut juste regretter ce que tu ne fais pas.

– Mon destin est en suspens, Papa : j'attends mon rendez-vous au bureau des Nations unies. D'ici là, il faut que je mange, non ? Et puis, j'envoie des mandats à Maman, à Bagdad.

– C'est vrai…

Accoudé au bar, quoique invisible aux femmes, il ne pouvait s'empêcher de prendre des poses avantageuses ou, l'œil coquin, de se lisser les moustaches.

– Oh, tiens, regarde la grosse, là-bas, avec les cheveux orange. Elle ne te rappelle pas Madame Ouzabekir ? C'est incroyable ! Tu ne veux pas aller lui demander si elle appartient à la famille ? Je me souviens que Madame Ouzabekir avait une demi-sœur en Egypte. Va te renseigner.

– Que veux-tu que j'aille lui dire ? Le spectre de mon père trouve que vous lui évoquez Madame Ouzabekir ?

– Ah oui, trait pour trait !

– Papa, soit elle pensera que je suis fou, soit elle croira que je la drague.

– Elle ne va pas te croquer.

Malgré quelques affectations vertueuses, Papa aimait beaucoup me rejoindre au dancing. Quand je songe à ces mois dans « La Grotte », je peine à m'y reconnaître : je n'y repère ni le Saad d'hier ni le Saad d'aujourd'hui, mais un être provisoire sans rapport avec mes aspirations ; insensible aux charmes des matrones que j'invitais à danser, poli, rigoureux, professionnel, je vivais à côté de moi-même. Puisque j'avais décidé de traverser Le Caire comme une escale pour Londres, je traversais aussi ma vie au Caire. Seul comptait mon rendez-vous.

Celui-ci eut enfin lieu. Lorsque, au «Haut-Commissariat des Nations unies pour les réfugiés », j'aperçus mon nom sur les listes placardées, avec une date, une heure, un numéro de bureau, je crus défaillir de joie. La confiance m'engourdit, j'allais réussir, j'allais obtenir le statut de réfugié.

Au matin du rendez-vous, Boubacar se comporta en coach.

– Charge la barque, Saad, privilégie les atrocités, rajoutes-en, emprunte-nous des malheurs, à moi, aux copains, reprends tout pour toi. Sinon, pour ces gens-là des Nations unies, il y aura toujours quelqu'un qui aura été plus désavantagé que toi.

– Boub, je ne veux pas mentir.

– Saad, il ne s'agit pas de recevoir un diplôme d'honnête homme, mais un certificat de victime. Il ne faut surtout pas que tu passes pour un mauvais réfugié, un profiteur.

– Je pense qu'avec la vérité, j'en ai bien assez pour qu'on m'octroie le titre de réfugié.

– Saad, ne sois pas niais. Les gens des Nations unies, si on leur explique qu'on fuit la pauvreté, qu'on veut décrocher un travail et envoyer de l'argent à sa famille pour qu'elle survive, on ne les intéresse pas. Ils ont besoin de spectacle, de scandales politiques, de massacres, de génocides, de dictateurs levant des armées de salauds maniant la machette ou la mitraillette. Si on dit juste qu'on crève de faim ou de désespoir, ce n'est pas assez. La mort avec sa faux, la famine, l'insécurité, l'absence d'avenir, ça ne les convainc pas !

– Je ne tricherai pas d'un seul mot. Si j'ai quitté l'Irak, c'est parce que je suis à la recherche d'une vie droite, sans compromis.

– Tu me fatigues. Tiens, donne-moi plutôt mes vingt pour cent.

– Voilà.

– Quoi ? C'est tout ?

– Gigolo au service minimum, je t'avais prévenu. Gigolo sans ambition. Pour récolter les gros billets, il faudrait que…

– M'enfin avant, Monsieur Saad Saad rapportait davantage ! Or Monsieur Saad Saad ne baissait pas son pantalon, que je sache ?

– Depuis que je t'ai remboursé ton investissement, je m'arrête après trois clientes et j'écoute la musique.

– Je savais que tu n'avais pas la vocation… mais à ce point-là !

– Boub, tu n'as pas davantage la vocation de maquereau !

– Moi ?

– Oui. Sinon tu aurais depuis longtemps retiré ta ceinture et tu m'aurais fouetté à mort.

– Je te signale que j'aurais l'air con si je portais une ceinture sur un survêtement ! Tu as pourtant raison, on reste des amateurs, toi et moi.

Il poussa un soupir puis ajouta, souple, en se dépliant :

– Ecoute-moi au moins pour un détail. Habille-toi en pauvre, pas en gigolo pour ton rendez-vous. Juré ?

Pour pousser la porte du bureau 21 derrière laquelle m'attendait la fonctionnaire des Nations unies qui allait décider de mon existence, je dus m'y prendre à deux fois.

La première, alors que j'allais frapper, j'interrompis mon mouvement car je me sentis défaillir. Peur ! Une crainte panique de la confrontation, une angoisse d'échouer… En un instant, mon corps se couvrit de sueur, mon souffle se bloqua, j'empestai. Sans hésiter, je courus aux toilettes, vomis mon déjeuner et utilisai ensuite les rouleaux de papier pour me sécher.

Devant la glace, au-dessus du lavabo, je vis un Saad blanchâtre, aux lèvres molles, aux paupières usées, puis, lorsque je me rinçai les doigts, j'aperçus Papa se glissant derrière moi.

– Saad, chair de ma chair, sang de mon sang, poussière d'étoiles, comment puis-je te secourir ?

– As-tu un remède contre la panique ?

– Oui. Décris-moi ce que tu penses.

– Je pense que, derrière la porte, mon destin m'attend. La femme qui va m'interroger – je sais que c'est une femme par l'hôtesse d'accueil – est une magicienne qui tient ma vie entre ses mains. Selon ce qu'elle pensera de moi, elle deviendra fée ou sorcière, bonne ou cruelle, car elle a le pouvoir de me métamorphoser en avocat anglais ou en porc vautré dans sa souille.

– Voilà. Maintenant que tu l'as dit, ça va aller.

Il disparut. Je repris le couloir conduisant à mon rendez-vous.

Après quelques coups sur le battant du bureau 21, je reçus l'ordre d'entrer.

Tandis que j'avançais, la fonctionnaire des Nations unies ne broncha pas, tête inclinée sur ses dossiers, m'indiqua d'un doigt l'unique chaise en face de son bureau. Ensuite, en soupirant, elle classa plusieurs feuilles dans différents dossiers, les empila, saisit de nouveaux documents, quelques pages vierges puis rapprocha son stylo de sa bouche.

Là, enfin prête, elle se décida à considérer ma présence et m'offrit son visage, deux nobles yeux sombres auréolés de généreux cheveux crantés qui descendaient jusqu'à ses épaules.

– Nom, prénom, nationalité, date et lieu de naissance ?

En m'asseyant, je découvris son nom décliné sur l'étiquette qui marquait son cartable en cuir : Docteur Circé.

7

Je déclinai mon identité en lui tendant les papiers que j'avais apportés. La tête penchée sur le côté, elle les consulta d'un air circonspect, presque sceptique, comme à regret.

En une seconde, j'eus l'intuition qu'elle ne m'aiderait jamais.

Elle sourit soudain et je pensai que je m'étais fourvoyé : non, je n'avais pas une ennemie devant moi.

Une fois qu'elle eut enregistré dans son dossier mes données élémentaires, elle releva la tête et me demanda, le crayon en l'air :

– Racontez-moi ce qui vous a poussé à quitter votre pays.

– Mon pays ?

– Oui, l'Irak est votre pays.

– Je n'ai pas l'impression d'être né dans un pays mais dans un piège. « Mon pays », cette formulation me semble bizarre. « Mon pays » ! L'Irak ne m'appartient pas, il ne m'a pas accueilli, ni accordé une place spécifique ; je n'ai guère été heureux en Irak, ou alors malgré l'Irak ; je ne suis pas certain que l'Irak m'aime, encore moins que j'aime l'Irak. Donc « mon pays »…

ça ne me convient pas. L'expression me choquerait plutôt…

A ma surprise, elle m'approuva. Elle s'adossa plus confortablement à son fauteuil et m'engagea à poursuivre d'une voix douce :

— Je me doute bien que vous ne l'aimez plus, ce pays, et que vous y laissez des gens que vous avez aimés, qu'ils soient vivants ou morts. Relatez-moi tout avec précision, s'il vous plaît. Nous prendrons le temps.

Pourquoi m'obstinais-je à percevoir en elle un être hostile ? Pourquoi ce début d'interrogatoire me donnait-il le sentiment d'être coupable ? Coupable, je ne l'étais pas ! Et coupable de quoi ?

Pour l'heure, il n'y avait rien de contestable ni de contesté, puisqu'elle s'abstenait de commentaire. Chasse ce soupçon, Saad, ne cède pas à la paranoïa, ce virus par lequel Saddam Hussein a contaminé ton peuple ! Redresse-toi, sois confiant, réponds.

Je lui narrai donc mon enfance sous le dictateur.

Sans l'ombre d'une retenue, elle nota, fiévreuse, ce que je disais ; cela la passionnait. Puis j'abordai l'embargo ; là, elle nota toujours mais les sourcils froncés, le front barré d'un pli. Enfin je détaillai la guerre, la prétendue paix après la guerre, la mort de ma fiancée, le destin de mes sœurs…

A mesure que j'avançais, je sentais son intérêt décroître. Eprouvais-je encore une illusion ? Saad, ne deviens pas méfiant ! Poursuis. Pourtant, il me semblait qu'elle n'appréciait pas ce que je peignais ; du coup, pour la convaincre, j'insistai davantage sur le chaos, les troubles, l'anarchie, ces distorsions qui rendaient désormais toute vie impossible à Bagdad. Son genou s'agitait sous le bureau.

J'achevai mon récit par l'assassinat de mon père, de mes beaux-frères et, non sans difficulté car les larmes me picotaient les paupières autant que la voix, par l'agonie de la petite Salma.

Concentrée, elle transcrivit cette dernière péripétie en quelques phrases puis me regarda, prête à recueillir la suite. Mon silence lui expliqua que l'histoire était finie.

Elle se racla la gorge, chercha une inspiration au plafond – qu'elle ne trouva pas –, se racla de nouveau la gorge, me fixa.

Comme elle tardait à parler, je m'exclamai :

– Êtes-vous médecin ?

– Non, pourquoi ? Avez-vous besoin de consulter un médecin ?

– Mais…

– Si ! Je peux vous arranger ça.

– Merci, je n'en ai pas besoin. Je voulais juste savoir…

– Pardon ?

– C'est bizarre. Pourquoi votre carte indique-t-elle « Docteur Circé » si vous n'êtes pas médecin ?

Elle sourit, soulagée.

– Je suis docteur en sociologie. A l'université, j'ai soutenu une thèse, un long mémoire de recherche comptant plus de trois cents pages, qui m'autorise à porter ce titre.

Mes épaules rentrèrent dans mon torse qui se tassa sur la chaise tant j'avais honte de moi. Comment moi, un étudiant en droit, pouvais-je montrer une telle naïveté ? Ma niaiserie étalait mon malaise. Calme-toi, Saad, et rassemble tes esprits !

– Où était-ce ?

– Aux Etats-Unis. Columbia University.

– Pourtant, vous n'êtes pas américaine ?

– Je crois que nous ne sommes pas là pour disserter sur moi.

Je me tus. De nouveau, je me sentais fautif.

Après un soupir, elle eut un geste d'ennui, prit le temps de réfléchir et me considéra.

– Monsieur Saad Saad, vous voudriez obtenir le statut de réfugié politique ?

– Oui.

– Pourquoi ?

– N'avez-vous pas écouté pendant une heure ?

– Pourquoi demandez-vous ce statut maintenant ?

– Pardon ?

– Il fallait le faire du temps de Saddam Hussein.

– Excusez-moi, j'étais un peu jeune alors, et pas encore résolu à fuir mon pays.

Elle dodelina de la tête, glissa d'un ton sec :

– Dommage.

– Quoi ? Vous n'allez pas transmettre mon dossier ?

– Si.

– Tel qu'il est ?

– Tel qu'il est. Mais je sais la suite qu'on lui donnera : négative.

– Pardon ?

– Monsieur Saad Saad, je préfère être franche avec vous : vous ne recevrez sans doute pas le statut de réfugié.

– Pourquoi ?

– Parce que l'Irak a été libéré par les Etats-Unis

d'Amérique. Parce que l'Irak est un pays libre aujourd'hui. Parce que l'Irak roule vers la démocratie. Il n'y a donc plus de problème.

Je demeurai terrassé. Inutile d'échanger davantage, je comprenais maintenant mon intuition initiale : Circé ne voulait pas entendre ce que je lui disais ! Elle ne l'avait noté que du bout des doigts, avec défiance, regret ; et ceux qui étudieraient son rapport se comporteraient pareillement, lisant du bout des yeux, avec défiance, regret. Comme elle, ils adoreraient le début et détesteraient la fin. A leurs yeux, les Occidentaux avaient libéré l'Irak du joug de son dictateur, ils condamnaient le désordre consécutif, ne s'en estimaient pas responsables et jugeaient même que c'était notre faute, à nous, les Irakiens, qui ne savions pas nous servir de la liberté qu'ils nous avaient offerte, à nous, les Arabes, les excessifs, les sauvages, les divisés, davantage coupables qu'eux. Comment n'y avais-je pas pensé plus tôt ?

Pour ne pas éclater en colère, je m'absorbai dans la contemplation de ma cheville gauche et songeai à mon père.

– Combien ai-je de chances ?

– Quasi aucune. Une sur dix mille.

– Je la prends ! Une chance sur un million, je la prends.

– Comprenez bien, monsieur Saad, qu'en termes administratifs, la procédure technique est engagée ; mais je pressens la réponse et je veux vous éviter une déception dans une vie déjà marquée par le malheur. C'est par humanité que je vous préviens.

– Par humanité ? Gentil de me le préciser…

– Vous le prenez mal mais je ne me moque pas de

vous, monsieur Saad, et je ne tiens pas à ce que vous perdiez ni votre temps ni votre précieuse jeunesse. Vous avez déjà beaucoup souffert.

– Bien aimable. Quel est votre conseil ?

– Retournez chez vous. Repartez en Irak.

– Retourner en Irak ? Pourquoi ? Pour attendre que les Américains et les Anglais le quittent, puis espérer qu'un nouveau dictateur s'empare du pays au nom du peuple, fasse installer son effigie en bronze sur toutes les avenues et tue ses opposants politiques, c'est ça ? Faut que je persévère ? Faut que j'assiste encore à quelques massacres ? Faut que je patiente jusqu'à ce que l'injustice redevienne flagrante ? Faut qu'un militaire réussisse un coup d'Etat ? Qu'un intégriste religieux noyaute le pouvoir ? A votre avis, combien d'années là-bas ? Combien faudra-t-il de temps pour qu'un salaud réussisse ça ? Cinq ans, dix ans, quinze ans ? Donnez-moi une approximation afin que je programme mon prochain rendez-vous ici !

Elle négligea mon esclandre et poursuivit d'un ton doux :

– Ne soyez pas pessimiste, la situation va s'arranger, c'est ma conviction. Ne cédez pas à un découragement provisoire. Gardez foi en votre pays, gardez foi en ceux qui l'ont libéré, gardez foi en sa capacité de reconstruction grâce à notre aide.

J'avais envie d'hurler « Et on vous paie pour dire des conneries comme ça ? » mais je percevais trop qu'elle était sincère, à la fois dans son refus de m'entendre et dans son désir de me conforter. Accablé, je m'entendis bougonner :

– Je ne retournerai jamais en Irak, jamais.

Me tendant la main, elle me remercia de ma visite,

me répéta que le dossier allait monter de commission en commission de sorte que je serais, dans quelques mois, avisé de la réponse.

En retrouvant le soleil de la rue, je m'immobilisai, groggy.

– Alors comment je fais, moi, pour aller en Angleterre ?

Quelques heures plus tard, à la nuit, épuisé de fatigue, je m'assis au bord du Nil, sous les murets d'une villa cossue où un bal se déroulait à la lumière dorée des torches ; de mon poste, j'entrevoyais à travers les plantations des costumes blancs et argentés qui virevoltaient sous les vibrations des tambours et la folie des youyous. Comment pouvait-on se montrer si insouciant ?

Je n'avais pas de place dans ce monde.

A mes pieds, les eaux du Nil rampaient, lentes, tranquilles, indifférentes.

Pourquoi ne pas sauter ? On peut se suicider dans le Nil ?

– Non, fils, ce n'est pas assez profond. Et le courant ne t'emmènera pas loin.

Papa m'avait rejoint. Je conclus avec tristesse :

– Donc tout va mal…

– Donc tout va bien !

Papa s'assit à côté de moi en me tapotant l'épaule, gêné, emprunté, sa gorge marmonnant des phrases aussitôt abandonnées. A son habitude, il se jugeait maladroit dans le rôle du consolateur tant il craignait de perdre la légèreté dans laquelle il évoluait à l'aise.

– Papa, ils t'ont tué et maintenant c'est moi qu'ils tuent.

135

– Non, ils tuent ton espoir. Ce qui abat. Mais moins.

Père tenta de cracher dans l'eau, sans y parvenir, puis reprit :

– En même temps, il faut reconnaître que ton espoir était assez bête, conviens-en.

Après mon humiliation, je n'admis pas ce ton cavalier. La rage me secoua.

– Selon eux, tout baigne : ils ne nous ont pas envahis, ils nous ont délivrés ; ils n'ont pas créé la confusion dans notre pays, ils butent sur des Irakiens incapables de recevoir la paix. Je croyais avoir affaire à des justiciers ; je me rends compte que je traite avec des vainqueurs. Papa, ils me détestent, ils détesteront toujours les gens comme moi : en demandant le statut de réfugié, je vomis sur leur action, je les vexe, je les insulte, je leur mets le nez sur leurs erreurs, je leur deviens insupportable.

Papa agita ses pieds au-dessus de l'onde.

– Ecoute, fiston, on ne va pas gémir la nuit ainsi. S'il y a un problème, il y a une solution.

– La solution, c'est que je me noie dans le Nil !

– Tu pourrais aussi te tuer avec un couteau à beurre.

Il gloussa et ajouta :

– Ou risquer une overdose de camomille.

Il se tapa les cuisses.

– A moins que tu ne te pendes à une toile d'araignée.

D'un geste, j'arrêtai son délire.

– Tu trouves ça drôle ?

– Moi, oui. Pas toi ? Bon, Saad, soyons simples, il n'y a que deux issues : soit tu rentres, soit tu passes outre.

– Rentrer ? Jamais. Ce serait me résoudre à échouer.

– Eh bien, tu vois ! Tu la connaissais, la solution ! On continue.

– On ?

– Oui, je t'accompagne.

A minuit, je rejoignis Boub au squat, me glissai jusqu'à son matelas sans réveiller les autres Libériens.
Dans la pénombre, je lui appris mon échec et mon
désir de tracer la route.

– Nous voilà à égalité, Saad. Ils m'ont refusé le statut de réfugié.

– Quand ?

– L'an dernier. Je te l'avais caché pour ne pas te
décourager.

– Quoi ? Toi aussi ? Ta famille exécutée sous tes
yeux, les tortures physiques, ta bouche mutilée, ça ne…

– Ils prétendent que je n'ai aucune preuve écrite de
ma naissance ni de ma nationalité.

– Autrement dit, ils t'accusent de mentir !

– Ça les arrange. Ils ne voient guère ce que l'Amérique pourrait gagner à héberger un Boubacar non
qualifié, non diplômé.

Il se gratta la tête d'un doigt vigoureux, comme si
cela l'aidait à en extraire les meilleures pensées.

– Tu sais, Saad, la dictature, au moins c'est clair, ça
joue franc jeu : on sait qu'il y a un pouvoir central,
total, qui exerce son arbitraire en toute impunité. En
Occident, c'est plus vicieux : pas de despote mais des
administrations bloquées, des règlements plus longs
que tous les annuaires téléphoniques, des lois concoc-
tées par des êtres bien intentionnés. A l'arrivée ? Les
mêmes réponses absurdes ! On ne te croit pas, tu ne
comptes pas, ta vie n'a pas d'importance. Si tu es
débarrassé du souci de plaire à un tyran, tu découvres
que tu ne conviens pas au système : trop tard, pas

conforme, manquant d'éléments officiels. Vous êtes né ? Non, puisque vous n'avez pas le certificat. Vous êtes libérien ? Prouvez-le, sinon restez-le !

— Viens avec moi à Londres.

— Je pensais partir à Jérusalem. Il paraît que les gens comme moi parviennent à dénicher un travail, puis, après plusieurs années, à décrocher leur régularisation. J'ai un cousin qui m'a proposé une place de plongeur dans un restaurant. Viens avec moi.

— Oublie. Un Arabe qui part s'installer en Israël, c'est comme un poisson qui part bronzer dans le désert. Suis-moi plutôt à Londres.

Jusqu'au matin, nous élaborâmes des plans. Bouleversé que je lui propose de voyager avec lui, Boubacar finit par adopter ma destination.

— Bon, conclut-il. Laisse-moi quelques jours. Je vais enquêter pour savoir comment faire. L'essentiel, c'est de mettre un pied en Europe. Après, on se débrouillera. D'ici là, mets plus d'énergie à sourire à ces dames, dans « La Grotte », nous allons avoir besoin d'argent.

Les jours suivants, je ne retrouvais Boub que pour le repas du soir – notre unique repas – au pied du squat. Pendant qu'il parcourait Le Caire à la recherche d'une filière, je m'escrimais à mériter des pourboires soit plus nombreux, soit plus conséquents.

Enfin, après un mois de travail intensif, Boub surgit devant moi à la sortie du dancing.

— Ça y est : j'ai le tuyau ! Suis-moi.

Fébrile, agité, roulant des globes effrayés autour de lui puis riant soudain, il m'entraîna dans un trajet interminable à l'issue duquel nous déboulâmes devant un stade de foot entouré de gradins qui recevaient plusieurs milliers de spectateurs.

– Voilà, c'est là.

– Quoi ?

– Notre moyen d'évasion.

Je cherchai autour de moi ce qui pouvait provoquer cet espoir en Boub. Il ricana d'un rire aigu, douloureux, le rire d'un homme qui n'a pas dormi son compte et dont les nerfs sont usés.

– Explique-moi, Boub, s'il te plaît.

De ses mains bicolores, il désigna le panneau monumental qui encadrait l'entrée du stade.

Au milieu d'un carton de dix mètres sur quatre, neuf rockeuses aux yeux charbonnés, aux cheveux en pétard, habillées en « Lolita chez le croque-mort », nous narguaient du haut de leur photographie en nous tirant une méchante langue tandis que, à côté des vignettes placardant « concerts complets » et « supplémentaires », de hautes lettres gothiques aux brillances métallisées annonçaient comme une évidence terrorisante « Les Sirènes ».

8

Il y a des rêves qui nous tiennent endormis et des rêves qui nous tiennent éveillés.

Mon désir de partir me donnait une énergie inépuisable, une force constante, renouvelée, plus grande que moi, capable d'outrepasser toute limite, y compris celle du bon sens.

Pourquoi ai-je quitté l'Egypte plutôt que de m'y installer ?

Si j'avais posé là mon balluchon, si j'avais abandonné au Nil mes envies d'Occident, j'aurais pu me construire une situation solide en m'épargnant des années de souffrance et d'humiliation.

Pourquoi ?

Rien n'aurait été plus aisé que de basculer de Bagdad au Caire, d'une capitale arabe à une autre capitale arabe.

Pourquoi ?

Lorsque nous nous retournons sur notre vie, elle nous apparaît bourdonnante de « pourquoi » que nous n'entendions pas, fourmillante de carrefours où nous n'apercevions que des lignes droites. J'étais entré dans la ville des pharaons si déterminé à en sortir que l'éventualité d'y rester ne m'avait pas effleuré. Merci,

Saddam Hussein ! Merci une fois encore au dictateur détesté qui continuait à m'influencer bien que sa main ne puisse plus me saisir. Depuis mon enfance, l'ensorceleur m'avait tant vendu l'arabisme, la force arabe, le combat arabe, la fierté arabe, que j'avais pris ce slogan en aversion. En fuyant l'Irak, puis l'Egypte, je ne rejetais pas mon seul pays et son presque voisin, mais une part de moi, cette palpitation qu'aurait voulu exalter Saddam : mon âme arabe. Partout où je retrouvais ces idéaux, voire leurs empreintes ou leurs échos lointains, je ne détectais que mensonges, manipulations et faux-semblants ; sans le formuler, je détestais le monde arabe.

Or je n'imaginais pas que, sitôt que je débarquerais dans le monde non arabe, je deviendrais l'Arabe de service. On croit fuir une prison alors qu'on emmène les barreaux avec soi. Mais ça, c'est une autre histoire que je raconterai plus tard…

Fidèle à son astuce, Boubacar avait eu la main heureuse en liant notre sort à celui des Sirènes. Grâce à elles, nous allions pouvoir prendre le large et nous rapprocher du but. Cependant les fréquenter se révéla, on va le voir, une aventure non dépourvue de dangers…

Qui, sur le globe, ignorait les Sirènes ? Leur notoriété avait si vite dépassé leur pays d'origine – la Suède – qu'aujourd'hui personne ne savait plus d'où elles venaient ; ainsi leur grand tube en anglais, *Herbal Tea*, un hymne aux stupéfiants, était devenu un succès mondial.

Les démons avaient commencé à trois sous le nom de « Bébés démoniaques », puis elles étoffèrent leur groupe à cinq sous l'appellation « Pâté de sirène » en expliquant que « le pâté de sirène, c'est un pâté trafiqué comme tous les pâtés rares, tel le pâté d'alouette qui comprend 80 pour cent de porc contre 20 pour cent d'alouette ; nous, c'est 80 pour cent de cochonne, et 20 pour cent de chanteuse ». Enfin, étoffées à neuf, elles s'étaient rebaptisées « Les Sirènes ».

Les Sirènes n'illustraient pas la légende médiévale ; elles n'avaient rien en commun avec les femmes-poissons, aucune ressemblance avec ces beautés aux seins nus, à l'œil vibrant, dont les longs cheveux couvraient une croupe agile terminée en queue d'écailles, créatures fatales qui, paraît-il, noyaient les marins après les avoir séduits. Davantage que les sirènes d'autrefois, les Sirènes évoquaient celles d'aujour-d'hui, ces alarmes électriques, ces entonnoirs hululants qui se déchaînent lors de l'irruption du feu ou du voleur.

Quiconque assistait à un concert des Sirènes comprenait qu'elles justifiaient leur nom surtout par leur stridence. Poussant le volume à fond, cultivant la laideur, postillonnant dans le micro afin de rendre chaque mot inaudible, amplifiant leurs instruments métalliques jusqu'à l'insoutenable déformation, elles se livraient en scène à une performance hystérique où, dans des costumes découpés sur de vieilles boîtes de conserve, elles préféraient frapper leurs guitares qu'en jouer, crier au lieu de chanter, multiplier les contor-sions obscènes en remplacement de la danse. Infer-nales, bondissantes, sarcastiques, sardoniques, elles ne s'accordaient aucun repos et, telle une armée de tanks, s'imposaient en écrasant le public. Celui-ci n'avait que deux solutions face à ce spectacle qui ne s'adressait pas à ses oreilles – qu'il fracassait – mais à son endurance :

soit il fuyait, soit il capitulait. Le salut consistait alors à entrer en transe.

Le soir où j'entamai mon travail avec elles, pour leur dernier concert au Caire, après quelques évanouissements pendant les dix premières minutes et l'évacuation de cinq adolescentes piétinées, le show acquit son rythme de surchauffe. Dès que les Sirènes, furieuses, eurent insulté les spectateurs en les traitant de merde, ceux-ci, conquis, se mirent à scander les chansons qu'ils connaissaient par cœur. Je jugeai cette participation aussi admirable qu'incompréhensible : comment reconnaissaient-ils une mélodie dans ce vacarme ? Distinguaient-ils des paroles derrière ces feulements rauques ? Je découvrais le mystère des fans, ces êtres dotés de pouvoirs qui manquent aux mortels ordinaires, les seuls individus capables de trouver un appareil passant un enregistrement des Sirènes sans qu'il explose, les seuls esprits à même de retenir un texte incohérent, les seuls clients payant une fortune leurs billets pour ne pas regarder puisqu'ils s'agitaient yeux fermés sous les planches, et ne pas entendre puisque la force du son brisait les tympans. D'ailleurs comment parvenaient-ils à onduler, battre des mains, lever les bras en l'air, tandis qu'ils étaient pressés, serrés comme des grains de riz gluant ? Et quel plaisir éprouvaient-ils à bousiller leurs voix ensemble ? Autant chanter sous les bombes…

Le show méritait cette appréciation paradoxale : un chaos parfait ! Insupportable d'un bout à l'autre, sans un manquement au mauvais goût, d'une homogénéité incroyable : rien qui fût joli, ni pour la vue, ni pour l'ouïe, ni encore pour l'odorat car, très vite, les chanteuses et la foule dégagèrent une odeur âcre d'aisselle suintante. A la fin, les Sirènes furent bissées, ovationnées, applaudies interminablement, tant il est vrai que, si la nature a horreur du vide, le public a peur du silence.

J'accomplis mon travail ce soir-là : empêcher les fans de sauter sur la scène. Pour cela, je devais me tenir à côté de baffles énormes, sans doute les haut-parleurs les plus volumineux et les plus puissants du show-business planétaire, et, malgré la cire dans mes oreilles, le casque sur ma tête, j'achevai le concert abasourdi, saoul.

Mon cœur, dont les rythmes de batterie avaient accéléré le battement, m'avait envoyé du sang dans le bas-ventre, et m'impulsait, contre ma volonté, l'envie de faire l'amour.

Quand les spectateurs se dispersèrent, le silence enfla, gonfla, et devint aussi assourdissant que le bruit.

Chancelant, je rejoignis de l'autre côté du plateau Boub, lequel avait reçu la même mission que moi, assurer la sécurité. Son teint, d'habitude chocolat, avait viré à l'olivâtre et il se trémoussait d'une jambe sur l'autre, la main enfouie dans son pantalon de survêtement, comme un gamin qui voudrait uriner. En lui demandant de ses nouvelles, je remarquai que je n'entendais pas ma voix ; surpris, il me répondit en bougeant ses grosses lèvres qui n'émettaient pas un son.

Nous étions tous les deux sourds.

Voilà pourquoi le producteur des Sirènes en était réduit à engager des illégaux chaque soir : la fonction détruisait l'employé. Plus personne ne voulant perdre un sens pour quelques dollars, il savait que seul un travailleur sans papiers en règle, payé au noir, accepterait le poste et ne l'attaquerait pas ensuite en justice.

Dans les vestiaires du stade, Boub arracha une ardoise et une craie, découverte fortuite qui nous permit de communiquer.

« On continue ? » gribouilla-t-il.

J'approuvai de la tête. Pas question d'abandonner. Si nous demeurions dans le convoi des Sirènes, nous allions pouvoir, après l'Égypte, passer en camion par la Libye, puis par la Tunisie. Nul doute qu'en l'un de ces deux pays, nous ne trouvions un bateau pour l'Europe.

Boub s'arrangea donc avec son contact, un gigantesque Black de la Jamaïque, pour que nous puissions dormir entre les enceintes.

Le lendemain, nous entendions un peu, ce qui nous qualifia aux travaux de déménagement. Six camions poids lourds transportaient le matériel électrique des Sirènes – régie, projecteurs, baffles –, et les hommes du tour accueillirent avec entrain nos forces supplémentaires pour démonter, déplacer, ranger les éléments.

Vers cinq heures de l'après-midi, les Sirènes se réveillèrent, quittèrent leurs caravanes, et déboulèrent sous la tente qui faisait office de cantine.

Même si nous n'avions pas le droit de les approcher – leurs contrats spécifiant qu'aucun travailleur, hormis le producteur et le régisseur, ne devait leur parler –, je perçus des femmes qui, dépouillées de leur fard et de leur déguisement, semblaient différentes de la veille. Calmes, jolies, pondérées, elles tentaient de reconstituer leur énergie en absorbant du café et des jus de fruits.

Le Jamaïcain nous expliqua alors comment fonctionnait cette entreprise industrielle dont les Sirènes, prétendues stars, n'étaient en réalité que les outils interchangeables. Roon, le manageur-producteur, inventeur du concept, avait recruté des filles rangées, plutôt bonnes musiciennes, puis les avait entraînées à imiter les fondatrices des « Bébés démoniaques », trois vraies salopes, dévergondées, arrogantes, folles à lier, qui désormais se droguaient, tranquilles, aux îles Fidji sans que le public le sache. Les bien-élevées s'étaient donc réglées sur les mal-élevées. Dès que le moindre observateur étranger pénétrait le cercle, les nouvelles recrues se donnaient beaucoup de peine pour se comporter en traînées : elles se forçaient à lancer des regards salaces aux mâles, à paraître en rut continuel, à s'exprimer vulgairement, à manger comme des truies.

— Dès que l'une d'elles craque, Roon la remplace et le public n'y voit que du feu. Les pauvres, elles ne tiennent pas longtemps. En dépit des boules dans les oreilles, des soins médicaux et des cures de silence, les plus anciennes du groupe sont devenues complètement sourdes. Cependant deux d'entre elles sont restées car elles constituent de bons jokers pour les interviews : ne rien entendre les aide à se montrer insolentes, et à répondre n'importe quoi aux journalistes. La presse en raffole.

Nous-mêmes, Boub et moi, éprouvâmes, dans les deux jours qui suivirent, d'aigus maux de tête et quelques pertes d'équilibre. L'obligation de nous cacher parmi les pièces électriques pour échapper au contrôle douanier à la frontière libyenne nous arrangea car, lovés dans la mousse antichoc des camions, nous pûmes dormir, nous reposer.

A Tripoli, nous avions la chance de séjourner deux semaines pour trois représentations. Boub disparaissait dans la journée pour établir des contacts tandis que j'assurais mon travail de manœuvre auprès du Jamaïcain.

A l'issue du troisième concert, Boub me rejoignit à mon poste avec excitation et, malgré notre surdité temporaire, m'annonça par des gestes et des articulations exagérées de ses grosses lèvres qu'il avait déniché une filière.

Alors que, longeant la Méditerranée, notre caravane de poids lourds allait atteindre la frontière tunisienne, Boub et moi sautâmes du camion, roulâmes dans les fossés, adressâmes un signe d'adieu aux Sirènes, puis laissâmes le convoi poursuivre, à vitesse d'escargot, sa tournée vociférante.

Au moment où nous allions ressortir sur la route, une voiture blanche se pointa, conduite par Roon, lequel avait replié le toit ouvrant de sa limousine pour l'allonger en élégante décapotable.

– Cet enfoiré, le teint qu'il a ! s'indigna Boub.

Chemise ouverte sur une poitrine velue retaillée aux ciseaux, Roon affichait un bronzage brun doré irréel, comme semblaient irréelles l'épaisseur et la noirceur de ses cheveux, comme paraissaient archétypales ses lunettes noires aux contours de gouttes qui le transformaient en éternel play-boy vivant au bord des piscines et se nourrissant de cocktails colorés.

– Normal, murmurai-je. Lui, il n'a jamais assisté à un concert entier des Sirènes. Pas fou ! Il se tient loin, dans les coulisses, à l'abri des sons, en suivant le spectacle sur une vidéo de surveillance.

Selon les instructions que nous avions reçues, nous devions rallier le port de Zouwarah, duquel, chaque semaine, trois bateaux partaient en chargeant des clandestins.

Boub insista, le long du chemin, pour que nous demeurions discrets, à marcher la tête basse, sous nos cotonnades, neutres, pas identifiables, tels des agriculteurs du coin.

Avant Zouwarah, nous aperçûmes un camp de fortune, un village de voiles, de paille et de carton, bidonville improvisé par les clandestins. Je proposai aussitôt de les accoster

– Tu es fou, s'exclama Boub.

– Si, ils nous renseigneront.

– Crois-tu que les brins d'herbe qu'avale le buffle se demandent entre eux si le bovin a bonne haleine ?

– Boub, pas de proverbe africain, s'il te plaît. Pour l'obscur, j'ai déjà mon père et c'est bien suffisant. Que veux-tu dire ?

– Que ces paumés ne nous rencarderont pas. Qu'ils sont nos ennemis dans la mesure où ils nous concurrencent pour embarquer. Enfin, qu'il est dangereux de se jeter dans la gueule du loup.

– Quel loup ?

– Kadhafi. Le président de la Libye reçoit des ordres de l'Occident. On le presse de jouer les gardes-côtes, de multiplier les contrôles et les descentes de police afin de débusquer les candidats au voyage. L'Europe doit rester une forteresse imprenable, protégée par ses murailles de flots. Puisque le jour tombe, couchons plus loin, dans les fossés.

Nous traversâmes la nuit de façon inconfortable, blottis entre un talus et des buissons épineux.

Cependant, au matin, je ne le regrettai pas. Boub avait eu raison ! A sept heures, des voitures freinèrent devant le camp, des hommes en jaillirent qui, sans violence mais sans ménagement, évacuèrent le camp en

149

chargeant les prisonniers dans des camions militaires. Après cela, ils seraient renvoyés chez eux ou placés en centre de rétention.

— Merci, Boub.

— Triste pour eux mais gai pour nous. Nous aurons de la place à bord des prochains navires. Peut-être même que je pourrai négocier le prix à la baisse car les passeurs vont être sur les dents.

Je compris soudain que nous allions vraiment partir.

— Combien coûte le trajet ?

— Ne t'occupe pas.

— Réponds.

— Pour l'instant, deux mille dollars chacun.

La nouvelle m'effondra.

— Nous ne pourrons jamais payer ça.

Vérifiant que personne ne nous voyait, Boub posa ses fesses au sol, ôta sa chaussure droite ; puis il souleva la semelle intérieure, en tira une liasse de billets.

— Notre salaire. Deux mille dollars chacun.

— Quoi ? On a gagné tout ça ?

— Tu rigoles ? Ecoute, après le premier concert à Tripoli, les Sirènes marchaient tellement à côté de leurs pompes que j'ai fouillé dans le sac de l'une d'entre elles pendant qu'elle prenait sa douche. A mon avis, elle ne s'en est pas aperçue puisqu'elle ne s'est pas plainte.

— Boub !

— Bah, elle dépense ça en un après-midi pour s'acheter des jupes ras le bonbon !

— Boub !

— C'était le prix de notre surdité.

Allant de cachette en cachette, nous attendîmes le moment propice et Boub trouva le contact qu'on lui avait indiqué à Tripoli. Il marchanda notre voyage. Enfin nous reçûmes la date du grand départ.

– Vendredi soir à la nuit.

Boub exultait. Moi, je venais de réaliser que j'allais de nouveau me risquer sur un bateau.

M'isolant pour épargner mon compagnon, je prétextai une lessive près de la rivière.

Là, au bord d'une mare étroite, entre quelques roseaux vert tendre, je me déshabillai et nettoyai nos vêtements.

Papa ne tarda pas à me rejoindre.

– Ah, te voilà ! Je me demandais si les Sirènes ne t'avaient pas épouvanté.

– Bien vu, fiston. On a déjà les mêmes là-bas, chez nous, les morts, aussi laides et aussi tapageuses, dans les zones les moins fréquentables du royaume ; je n'avais pas envie de me taper encore des têtes de goules. Alors, tu rempiles dans la marine ?

– Oh, ne m'en parle pas.

– Tu crains d'être un peu malade ?

– Je souhaite être très malade, mais malade à en perdre conscience, malade à clapoter dans le coma : comme ça, je ne me rendrai compte de rien.

– Tu as raison, fils. Un peu de mal est parfois plus intolérable que beaucoup de mal. Où allez-vous ?

– Lampedusa. Une petite île au sud de l'Italie. Dès que nous y mettrons les pieds, nous serons déjà en Europe.

Le vendredi soir, nous allâmes au lieu du rendez-vous, une crique sauvage non loin du port. Lorsque je vis l'exiguïté de la barque et le nombre de candidats sur les rochers, je crus à une erreur.

– Boub, dépêche-toi, poussons-nous devant, nous sommes trop nombreux, les passeurs vont être obligés de sélectionner.

Boub joua des coudes, nous arrivâmes parmi les dix premiers pour tendre notre argent aux hommes patibulaires qui organisaient l'expédition, puis sautâmes dans l'esquif. De façon inattendue, je ne me sentis rassuré qu'après avoir quitté le sol ferme.

Cependant les embarquements se poursuivaient.

De plus en plus à l'étroit, les clandestins tassés sur les bancs protestèrent, puis insultèrent ceux de la terre ; ceux-là répondirent avec autant de violence. Le bois craqua. Pendant cette joute verbale, les malabars, réguliers, calmes, inexorables, aidaient leurs clients à monter. Au fur et à mesure, la coque s'enfonçait davantage dans les flots.

Avant que le dernier ne s'installât, nous avions compris que nous effectuerions le voyage à cinquante sur une barque conçue pour dix. Nous avions presque honte d'avoir osé protester.

La tête basse, j'accrochai mes doigts crispés au rebord. Ainsi, je ne devrais pas seulement supporter la mer, mais la promiscuité. Cela augurait mal de la traversée.

– Tu vois, Boub, dans cet espace, on n'est pas plus serrés que les fans des Sirènes pendant leur concert, mais ça fait un autre effet.

– T'inquiète pas, Saad, gémit Boub.

Lors de sa réponse, je sentis une odeur fétide.

– En plus, ça pue, dis-je pour rire. Tu nous prends des billets au tarif business et ça pue !

– C'est moi, Saad, qui pue. J'ai peur.

Je jouai des épaules pour me trouver face à lui ; sous

la lumière de la lune, je n'aperçus que ses yeux effrayés, les gouttes qui ruisselaient de son front, et je reçus sur la figure son souffle chargé, rendu plus lourd, plus acide par l'angoisse.

– Tu n'aimes pas l'eau, Boub ?

– Je ne sais pas nager.

Le voyant si paniqué, je cessai de penser à moi, à mes appréhensions, et je m'attachai à le soulager.

– Pourquoi nager ? Je ne crois pas que tu aies besoin de te mettre à l'eau pour nous pousser. J'ai vu un moteur et ça sent furieusement le gasoil.

– Le gasoil ? Si on ne coule pas, on peut prendre feu !

– Oui, on pourrait même réussir les deux : griller d'abord, puis noyer nos cendres. Joli méchoui pour les poissons. Ça te va, comme programme ?

Le bateau démarra.

Cette nuit-là, je m'obligeai à me raisonner : ne pas vomir, ne pas perdre connaissance, m'occuper de Boub qui tremblait comme une feuille. A force de lui expliquer que la navigation se déroulait au mieux, que cette embarcation fonctionnait à merveille, je finis par m'en convaincre.

Bien sûr, pas question de dormir, car nous n'avions pas la place de tenir debout sans recevoir trois bras dans les côtes, encore moins celle de nous allonger.

A l'aube, je discernai mieux quel étrange convoi nous formions : beaucoup de Noirs – femmes, hommes, enfants –, pour la plupart des Bangladais, ainsi que quelques Egyptiens venant de Zagazig, au delta du Nil. Tous – ou presque – redoutaient la mer et l'eau. Tous souffraient déjà de soif et de faim. Et à mesure que le soleil gagnait le zénith, tous commencèrent à redouter la chaleur.

Indifférent aux cris, aux craintes, aux menaces, le marin fixait l'horizon et maintenait son rythme de croisière.

Au milieu de l'après-midi, une voix cria :

– Là-bas ! Là-bas ! Il y a quelqu'un.

Abandonnant son mutisme et sa rigidité, le marin demanda des précisions et se dirigea vers le point.

Nous distinguâmes sur les vagues un homme blessé, aux vêtements en lambeaux, agrippé à un filet pour pêcher le thon.

Il parvint à lever un bras faible.

– Il est vivant, criai-je. Il est encore vivant.

En réponse immédiate, le marin orienta le navire dans la direction opposée, reprenant son axe précédent. Il allait contourner l'homme, sans le repêcher.

Je protestai.

Le marin joua celui qui ne m'entendait pas puis, comme j'insistais, finit par me gueuler dessus :

– Tu la fermes, maintenant ! Je suis là pour vous amener à Lampedusa. Je n'ai pas le temps de jouer les sauveteurs.

– Mais les lois de la mer…

– Les lois de la mer, qu'est-ce que tu en sais, toi, l'Irakien ? Si je vois un marin en mer, je le sauve. Mais on n'a encore jamais vu un marin pendu à un filet à thon. Le crétin que tu as vu, c'est un crétin comme toi, un crétin qui est tombé d'un bateau comme celui sur lequel tu es, un crétin qui a payé quelqu'un d'autre que moi pour l'emmener à Lampedusa. Moi, je ne suis pas responsable de lui, je n'en ai rien à foutre. Maintenant,

154

si tu n'es pas content, tu plonges pour le rejoindre. D'accord ?

Boub glissa sa tête dans mon cou et me suggéra avec douceur :

– Je pense que tu es d'accord.

– Mais…

– Ne l'énerve pas davantage. S'il te plaît. Pour moi.

Le voyage se poursuivit et nous pûmes mieux comprendre ce qui s'était sans doute passé. A mesure que nous avancions, nous apercevions des formes suspectes flotter sur l'eau ; si les premières purent être identifiées comme des chaussures, des valises, des vêtements, certains amas ressemblaient à des humains ; bientôt, il n'y eut plus moyen d'avoir des doutes : des cadavres de femmes, d'hommes, d'enfants voguaient autour de nous. Un bâtiment avait dû couler et envoyer son chargement à la noyade.

Sur notre esquif, les nuques se raidirent, quelques gémissements sortirent des gorges mais personne ne commenta. Le silence fut notre seule réaction. Peut-être avions-nous l'espoir qu'en nous taisant, nous supprimerions ce qui gênait nos yeux, qu'en refusant de formuler l'épouvante en mots nous amoindririons sa portée, voire sa réalité ?

Comme s'il avait compris ce qui agitait nos esprits, notre marin avait relevé le menton, fier, hautain, déterminé. Désormais, il savait que la peur nous muselait, que nous ne discuterions plus ses ordres, qu'il serait, jusqu'à ce que nous posions le pied à terre, notre héros.

Mon imagination galopait. Comment coule-t-on ? Pourquoi coule-t-on ? Je scrutais l'horizon pour guetter les récifs, je me cassais la nuque pour m'assurer que le ciel ne se couvrait pas de nuages, j'offrais mon visage

à l'air du large pour repérer si les souffles qui le fouet-
taient venaient de notre simple propulsion ou bien de
vents déferlant du lointain.

A la nuit, le marin arrêta le moteur et nous avertit
qu'il souhaitait dormir, que nous repartirions à l'aube.
Pour lui, nous fîmes ce que nous n'aurions entrepris
pour aucun de nous : nous lui laissâmes la place de
s'étendre au sol tandis que, plus serrés que jamais,
nous demeurions debout.

La nuit s'écoula, lente. Dormant debout, je me
réveillais sans cesse. Je sentais le bateau verser sur le
flanc ; dès que je rouvrais les yeux, il se rétablissait ;
aussitôt que je ne le surveillais plus, il roulait ; dans ma
semi-conscience cauchemardesque, je me croyais responsable de notre destin, ridicule vigile luttant contre
le naufrage par la seule force de ses paupières.

A l'aube, le moteur ronfla et notre marin, requinqué,
fendit de nouveau les flots.

Soudain, il grimaça puis se mit à jurer.

– Merde ! Ils sont là-bas.

Donnant les commandes au passager le plus proche,
il inspecta l'horizon avec ses jumelles. L'inquiétude lui
déformait les traits ; ses lèvres marmonnaient ; ses sourcils frémissaient ; tournant la tête à droite, à gauche, il
donnait l'impression de chercher une solution sur les
côtés.

Il lâcha ses jumelles, prit son inspiration, nous toisa
et annonça :

– Changement de direction. Nous allons à Malte. Il
y a trop de navettes suspectes autour de Lampedusa.
Les gardes-côtes font du zèle.

Certains d'entre nous protestèrent mais moi, je ne
m'en mêlai pas. Je savais les décisions de cet homme

inébranlables car j'avais accepté de lui confier mon destin.

Boub murmura, pour nous rassurer :

— Lampedusa ou Malte, c'est pareil.

— Non, Boub, Malte n'appartient pas à l'Europe. Pas encore.

— Tu en es sûr ?

— Je ne suis sûr de rien. Mais je ne crois pas. De toute façon, il nous faudra quitter Malte pour le continent, comme il nous aurait fallu quitter Lampedusa.

— Peut-être que ce sera plus facile ?

— Peut-être. Pas de croisière sans escale, non ?

Comme nous avions conscience d'être dans le pétrin, dessaisis du pouvoir de décision, nous nous contraignions à l'optimisme, unique acte qui dépendait encore de notre volonté.

Le bateau vira de cap. A intervalles réguliers, notre marin contrôlait qu'il n'était pas poursuivi par les gardes-côtes ; après plusieurs heures, il se détendit.

A la nuit, il nous fallut recommencer le manège de la veille, accepter de lui donner la place de dormir, supporter de le voir boire et manger alors que la plupart d'entre nous venaient au bout de leurs provisions, nous tenir tranquilles dans l'embarcation qui tanguait. Heureusement, la fatigue et l'accablement commençaient à ôter de l'énergie à nos capacités d'angoisse.

Un soleil pâle, paresseux, maussade ranima notre capitaine. Il grogna, s'étira, jura, cracha puis relança son moteur.

— Nous serons à Malte ce soir, annonça-t-il dans un sursaut de bonne humeur.

La nouvelle nous permit de tenir encore quelques heures d'inconfort. Certaines femmes et leurs enfants

157

se trouvaient mal en point. Tout le monde décida donc de les aider en affichant une vraie allégresse : ça plaisantait, ça chantait, ça riait, ça se chatouillait.

Nous sentions que ce calvaire allait finir.

Malte apparut, séduisante, monumentale, ses maisons portées comme des diamants par un diadème de rochers. Pas de doute : c'était déjà l'Europe. Mon cœur tressaillit.

Notre capitaine sans matelots se frottait le crâne. Il nous expliqua qu'il connaissait une plage où nous débarquer, laquelle était très fréquentée pendant la journée.

A contrecœur, nous entendîmes le moteur s'arrêter et, une nouvelle fois, en silence sur l'océan, il nous fallut attendre.

Le crépuscule me sembla interminable. Le soleil s'était engouffré dans la mer mais le panorama mettait un temps infini à se refroidir, perdre ses couleurs, effacer ses reliefs.

A la nuit noire, notre capitaine redémarra.

A peine avait-il avancé d'un kilomètre que des sirènes retentirent. Trois bateaux fonçaient sur nous, armés de projecteurs à l'avant.

Le capitaine poussa un juron, tenta une manœuvre puis comprit qu'il était encerclé. Il s'époumona à notre intention :

– Les gardes-côtes ! Ils vont nous arrêter.

Abandonnant son poste de commande, il fendit notre groupe pour s'installer parmi nous.

– Je suis un clandestin, comme vous. Je n'ai jamais été le capitaine. Dites que le capitaine est tombé à l'eau en fin d'après-midi. Vous ne me connaissez pas, vous ne m'avez pas vu. Ne déconnez pas, hein ? Ne me dénoncez pas. Parce que moi, je risque la prison. Pas vous.

Les vedettes rapides montaient à notre assaut.

Aussitôt, je me tournai vers Boub et lui demandai :

– Et nous, qu'est-ce que nous risquons ?

– Je n'en sais rien, moi… Qu'ils nous expulsent. Qu'ils nous renvoient chez nous.

– Comment sauront-ils d'où nous venons ?

– Par nos papiers.

L'idée jaillit dans mon esprit en même temps que la décision.

– Boub, jetons nos papiers à la mer.

– Tu es fou.

– Jetons nos papiers à la mer. Comme ça, ils ignoreront de quel pays nous sommes issus et ils ne pourront jamais nous bannir…

– Enfin, Saad, tu te rends compte ? Plus de papiers du tout !

– Boub, regarde. Moi, je les balance.

Mon portefeuille vola au-dessus du pont et alla s'engloutir entre les vagues. Personne ne l'avait remarqué.

– A toi, Boub, vite !

Boub hésitait. Il tenait ses preuves d'identité à la main, tremblant, fébrile. Autour de nous, les passagers criaient leur angoisse, chacun dans sa langue. L'un d'eux venait de se jeter à l'eau.

Les bateaux nous braillaient des ordres à travers les haut-parleurs. Les faisceaux lumineux commençaient à se stabiliser sur nos visages.

– Si tu ne le fais pas tout de suite, Boub, ils te verront et ce sera trop tard.

Boub se mordit les lèvres, poussa un cri, et envoya ses papiers par-dessus bord.

A cet instant, un crochet avait arraisonné notre embarcation et deux policiers bondissaient déjà parmi nous.

Une femme cria comme si c'étaient des pirates qui montaient à l'assaut.

9

Infatigable, l'araignée renforçait la toile qu'elle avait tendue entre les barreaux de la fenêtre et l'angle du mur.

Nous avions emménagé ensemble, elle et moi, le premier soir où j'étais arrivé à Malte.

Dépliant ses pattes avec élégance et précaution, comme si elle avait conscience de leur fragilité gracile, elle parcourait son ouvrage en effectuant, çà et là, quelques renforcements de fils. Abondance de mous-tiques, mouches et moucherons s'étaient déjà incrustés dans sa dentelle maléfique, casse-croûte qu'elle se réservait pour les grandes faims à venir car, pour l'heure, elle était plutôt d'humeur bâtisseuse.

Je l'enviais.

Pourquoi, à son instar, ne m'étais-je pas accoutumé au centre de rétention ? Pourquoi me considérais-je en prison là où l'araignée se sentait capable de fonder son foyer ? Réaliste, sans discuter, ne rêvant plus d'autres lieux, elle y construisait sa vie nouvelle tandis que moi, je me rongeais les ongles en pestant, protestant, me retenant d'exister, cherchant mes satisfactions ailleurs, dans le passé ou dans l'avenir, jamais dans le présent, traquant chaque jour l'opportunité qui me permettrait de fuir. Opiniâtre, l'araignée était capable d'installer sa toile, de se nourrir, de fonder une famille n'importe où ; moi j'avais décidé que ce serait à Londres, nulle part ailleurs. Si l'intelligence consiste en la faculté de s'adapter, l'araignée était mille fois plus intelligente que moi.

Au-dehors, une cloche ameuta les détenus pour une collation exceptionnelle : la Croix-Rouge nous gâtait ce mardi-là. De la cour où les hommes se groupaient par dizaines, Boub me fit signe de les rejoindre. Je secouai la tête, négatif. Aucune envie de grossir le troupeau de volailles, surtout lorsqu'on lui jette le grain.

Je m'assis sur ma couche et délaissai quelques secondes l'araignée pour observer mes plantes de pied. Mes verrues y avaient pris leurs aises, leurs ombres grises s'intriquant désormais dans le tissu de ma peau. Peut-être devrais-je m'occuper à les nommer pour m'en débarrasser ?

– Et si celle-ci s'appelait Irak ? Celle-là Saddam Hussein. La troisième pourrait bien être Nations unies. Essayons : Irak, Saddam Hussein, Nations unies.

Je les rebaptisai plusieurs fois pour voir si cela leur produisait un effet : aucune ne sembla m'entendre, encore moins se rétracter.

– Chair de ma chair, sang de mon sang, sueur des étoiles, comment peux-tu croire que les choses sont si simples ? Tu n'as pas idée de la complexité qui te constitue.

– Papa, tu m'as retrouvé ! J'avais peur que tu ne me cherches à Lampedusa.

– Fils, je n'ai pas besoin que tu m'envoies ta latitude et ta longitude pour te rejoindre, j'ai d'autres moyens.

– Je me demande bien lesquels.

– Nous n'avons pas le droit de le révéler.

– Y a-t-il une agence des renseignements, chez les morts ? Un tableau représentant une carte du monde où vous localisez les vivants qui vous intéressent sous forme de taches lumineuses ?

– Tu commets une erreur lorsque tu supposes que j'arrive de l'extérieur, par voie d'air ou voie de terre, comme si j'empruntais un avion ou un train.

– Pourtant il faut bien que tu arrives de quelque part ! Un monde parallèle. Au-dessus de nous ? Au-dessous de nous ? A côté de nous ?

– Ce quelque part, c'est l'intérieur de toi, Saad. Je viens de ton corps, de ton cœur, de tes lubies. Tu es mon fils. Je suis inscrit en toi, dans tes souvenirs autant que dans tes gènes.

Il désigna l'araignée.

– Sympathique, cette araignée, non ?

– Tu la connais ?

– J'en ai une imprimée au fond de mon cerveau, dans la partie reptilienne ; grâce à elle, je me suis installé là où je suis né, en Irak, et j'ai tenté d'y survivre.

– Conclusion : tu es mort !

– Ailleurs, j'aurais fini par mourir aussi.

– Certainement mais plus tard.

– Mm ? Oui... Peut-être plus tard...

– Comment peux-tu prendre exemple sur une araignée qui accepte de vivre en prison ?

– Ah oui, la liberté... Tu aimes beaucoup ça, toi ? Moi, pas tant...

Comme je haussais les épaules, Papa insista :

– La liberté, ça vaut de l'or, certes, mais est-ce la première des valeurs ? On peut préférer la vie à la liberté. Mon araignée sédentaire a raison si son but est de fabriquer sa maison, subvenir à ses besoins, donner naissance à ses enfants puis les élever.

– Tes gendres et tes petits-enfants sont morts, monsieur l'araignée, tes filles ont été couvertes des voiles du deuil avant l'âge, monsieur l'araignée, à cause de l'endroit où tu as bâti ta toile. Moi, je ne veux pas offrir le chaos à mes enfants.

Il se tut et regarda par la fenêtre coupée de barreaux une silhouette orangée qui voletait, folâtre, au soleil.

– Après tout, tu as peut-être raison, Saad, il n'y a pas que les araignées, il y a aussi les papillons…

Aspiré par un souffle d'air, le lépidoptère disparut brusquement. Papa sourit.

– Papillon que le vent emporte…

– Moi, c'était plutôt les flots…

Devenant soudain sérieux, Papa s'assit sur le lit face au mien, et me fixa avec intensité.

– Quel est ton plan désormais ?

– J'en ai plusieurs.

J'allais les lui exposer lorsqu'un homme en costume brun bilieux apparut à ma porte. Sans remarquer mon père, il m'apostropha.

– On vous attend pour l'entretien.

– Enfin !

L'homme leva les yeux au ciel et m'intima de le suivre. A voix basse, je glissai à Papa :

– J'ai rendez-vous avec la première étape de mon plan.

– D'accord, fils, tu me raconteras plus tard.

Sur un clignement d'œil, Père s'effaça.

L'uniforme kaki m'emmena dans un long bâtiment administratif adjacent au centre clôturé. Non sans plaisir je quittai la cour à hauts grillages où les clandestins, parqués par centaines, battaient la semelle, désœuvrés.

Il frappa à une porte rouge, n'attendit pas la réponse, ouvrit le battant et le claqua derrière moi.

Une masse de chair m'attendait au fond de la pièce obscure.

A travers les quelques fils de lumière que laissaient passer les volets baissés, mon interlocuteur ressemblait davantage à un immense crapaud qu'à un homme. Tapi dans l'ombre humide, ramassé sur lui-même, il s'arrondissait en un bloc compact, prêt à bondir, appuyant son inquiétant quintal sur un minuscule tabouret qui gémissait. Le batracien portait des chaussures, un pantalon bleu et une chemise blanche dans laquelle on aurait pu tailler plusieurs voiles de bateau. Sa peau épaisse sécrétait des gouttes de sueur.

Il me laissa, moi, sa proie, approcher.

Pendant que j'avançais, rien ne bougeait en lui, sinon de temps en temps le front qui tendait une ride au-dessus de ses yeux globuleux. L'une de ses mains tapotait mollement un minuscule clavier en plastique. A deux mètres de lui, je découvris son crâne chauve constitué d'un épiderme épais, luisant, granité par une acné ancienne.

Il s'adressa à moi en anglais puisque c'était la langue que j'avais demandé à parler.

– Qui êtes-vous ?

– Je…

– Votre nom ?

– …

– Celui de votre père ?

– …

165

– Vous comprenez ce que je dis ? Comprenez-vous l'anglais ?

– Oui.

– Alors répondez à mes questions. Déclinez votre identité.

– Je ne sais pas.

– D'où venez-vous ? Quel pays ? Quelle ville ?

– Je ne me souviens plus… Sur le bateau, lorsque nous avons failli chavirer… quand le capitaine est tombé à l'eau… là… pour moi, le choc… j'ai perdu la mémoire.

– Bien sûr, bien sûr. Que faisiez-vous sur ce bateau ?

– Je l'ignore.

Il occupait un espace si volumineux que les objets dont il se servait, stylo, registre, ordinateur, semblaient des jouets entre ses mains. Si on ne me l'avait pas annoncé comme un fonctionnaire capital, si je n'avais pas traversé le couloir administratif du bâtiment officiel pour arriver jusqu'à lui, je ne l'aurais jamais pris au sérieux, j'aurais cru, en rêve, rendre visite à un géant qui attendait ses amis pour jouer à la dînette.

– Où alliez-vous ?

– Mm…

– Et vous voulez que je vous croie ?

Je me tus.

Son regard me parut étrange. Etrangement fixe. Etrangement scrutateur.

Ses lèvres ruminèrent avec dégoût :

– Et vous voulez que je vous croie ?

Silence. Surtout ne pas raisonner. Me justifier serait admettre que je puisse être en tort. Je devais me situer en deçà de la discussion, dans une zone où il ne m'atteindrait pas.

166

Il reprit :

— J'imagine que, maintenant que vous prétendez être devenu amnésique, vous exigez un psychiatre pour vous soigner.

— Non, j'espère que ça va revenir tout seul.

— C'est ça ! Surtout pas de psychiatre, afin qu'on ne dévoile pas votre ruse grossière, fabulateur !

— Vous avez raison : j'ai besoin d'un psychiatre. Appelez-en un.

Il cilla. Je venais de marquer un point. J'en profitai pour tenter d'en marquer d'autres :

— Si j'ai une femme, des enfants, ils vont s'inquiéter. Si j'ai un foyer, autant retrouver sa trace le plus tôt possible. Appelez un médecin, s'il vous plaît.

Il grogna.

J'avais compris ! Il était borgne. Son étrange regard venait de ce qu'il ne voyait que d'un œil.

— Avez-vous une femme, des enfants ?

Un œil, oui, mais lequel ?

— Je répète : avez-vous une femme, des enfants ?

Peut-être le gauche ? Non, le droit. Oui, le droit. Le gauche paraissait morne, ralenti, sans éclat, à la fois trop blanc, trop marron, laiteux. Oui, l'œil gauche devait être en verre. Je me ressaisis pour répondre :

— Avec des électrochocs, je parviendrai peut-être à m'en souvenir, non ?

Il hésitait, se demandant pour la première fois si j'étais sincère.

De mon côté, j'étais fasciné. Tout en me forçant à ne m'attacher qu'au globe qui me détaillait, je ne pouvais m'empêcher d'examiner l'autre, le faux.

— Comment voulez-vous que je croie à une amnésie qui vous arrange autant ?

– Je… je suis désolé… Excusez-moi.

– Vous savez très bien que si nous ne possédons aucun élément d'identification, nous ne pourrons pas vous reconduire chez vous.

– Excusez-moi.

– C'est ça. Excusez-vous, moquez-vous de moi. Ce qui compte pour vous, c'est de ne jamais retourner chez vous.

– Je voudrais aller chez moi.

– Justement, où est-ce ?

– A Londres, peut-être. Je ne sais pas. Excusez-moi.

Il s'emporta :

– Arrêtez de vous excuser !

– Désolé, excusez-moi.

– Ça recommence !

– Oh, pardon, euh… excusez-moi.

Il avala sa salive pour ne pas exploser puis repoussa son ordinateur devant lui.

– Dehors.

– Merci, monsieur.

– Nous nous reverrons, mon garçon. Je n'en ai pas fini avec vous. Tant que la mémoire ne vous sera pas revenue, je ne vous lâcherai pas.

– Oh merci, monsieur.

Il était si persuadé que je jouais la comédie que je vis le moment où il allait me gifler mais il se maîtrisa, m'indiqua la sortie puis se replongea dans un dossier.

Dix minutes plus tard, je rejoignis Boubacar au centre de rétention. Je lui expliquai l'entrevue en lui conseillant de diriger la sienne semblablement.

– Après toi, ça sera encore moins crédible, Saad.

– Peu importe ! Boub, l'essentiel, ce n'est pas qu'on nous croie mais que nous ne nous trahissions jamais. Il ne s'agit pas de réussir une audition de comédien, juste d'empêcher la vérité de percer. Tant qu'ils ignoreront d'où nous venons, ils ne pourront entamer aucune action contre nous. A partir de maintenant, nous devons nous méfier de tout le monde. Je suis certain qu'ils placent des micros dans nos cellules, qu'ils infiltrent des mouchards parmi nous afin d'apprendre en douce ce que nous leur cachons. En résumé : premièrement, toi et moi ne nous connaissons que depuis l'expédition en bateau, secondement nous ne converserons qu'en anglais. D'accord ?

– D'accord, admit Boub à contrecœur car il appréciait peu les plans dont il n'était pas l'auteur.

Plusieurs semaines consécutives, nous eûmes droit à notre rendez-vous avec le géant. Boub passait le vendredi, moi le mardi.

Chaque mardi, je me plantais devant cette montagne à l'œil unique.

Chaque mardi, l'ogre me demandait :

– Qui êtes-vous ?

Chaque mardi, je répondais :

– Je ne m'en souviens plus.

Chaque mardi, il finissait par me désigner la porte avec cet invariable commentaire :

– Vous savez que je ne vous crois pas, que je ne vous croirai jamais et que vous ne quitterez pas ce centre avant de m'avoir craché la vérité.

Entre ces échanges rituels, le géant tenta quelques ruses. Ainsi, une fois, il m'adressa brusquement la parole après un silence.

– Rêvez-vous ?

– Oui.

– En quelle langue ?

Je faillis répliquer « en arabe » mais, au dernier moment, je me retins, me grattai la tête, nettoyai un ongle puis lâchai :

– Je ne sais pas. Dans une langue que je comprends.

Il soupira, déçu de n'avoir pu me coincer.

A une occasion suivante, il s'approcha d'un boîtier métallique, pressa un bouton et soudain les haut-parleurs de la pièce ronronnèrent.

– Voici qui va vous aider à capturer vos souvenirs, cher monsieur. Des messages vont défiler en plusieurs langues, vous allez me dire lesquelles vous comprenez, voire ceux dont vous ne saisissez pas tous les mots.

Au milieu d'idiomes exotiques, je reconnus du turc, du persan, de l'hébreu mais je ne bronchai pas : inutile de signaler les voisins de mon pays. A l'arabe cependant, je levai le bras. Il appuya sur la touche « Pause ».

– Cette langue, je la connais, murmurai-je.

– L'arabe, vous êtes arabe ?

– Je comprends l'arabe car je l'ai appris.

– C'est votre langue maternelle.

– Je ne pense pas. Je me souviens qu'on me l'a inculquée, cette langue. Oui. Je sais mon Coran dans cette langue.

– En quelle langue priez-vous ?

– En arabe.

– Ah, vous parlez donc arabe !

– Mal. Mais je suis un bon musulman, j'ai étudié la langue du Prophète à l'école. D'ailleurs, ce que j'ai reçu à l'école, l'anglais, l'espagnol, un peu de russe, je m'en souviens. Ce sont les éléments personnels que j'ai oubliés.

170

Exaspéré, il remit la bande qui énumérait les idiomes.

Au bout d'une heure, je n'écoutais plus rien. Et je crois que lui non plus.

Je finis par demander :

– Combien de langues devons-nous écouter ?

– Quatre-vingt-cinq.

Un autre jour, pendant notre entretien, l'ogre prétexta l'obligation de me laisser seul une demi-heure ; en l'attendant, il me proposa de brancher la télévision. Comme j'acceptais avec plaisir, il m'assit en face d'un appareil, me fournit la télécommande et me promit son retour prochain.

Pour qui me prenait-il ? Me croyait-il si sot ? Je savais bien qu'il se tenait dans la pièce d'à côté et qu'il m'observait pour apprendre quelle langue je choisirais.

A dessein, je m'arrêtai sur les premiers programmes en anglais que je trouvai ; malgré l'ennui profond que j'en retirai, je restai en apparente extase devant une émission animalière et me retint d'aller chercher la chaîne de mon pays ou une quelconque chaîne arabe.

Peu après, les gardiens emménagèrent un troisième lit dans notre minuscule chambre, et un long trentenaire à la barbe interminable qui se prétendait afghan vint l'occuper.

Selon Boub et moi, c'était évidemment un espion. Sa présence eut pour effet de nous simplifier la vie ; nous bavardions peu, moins qu'auparavant, omettant de répondre aux questions, oubliant d'en poser. Nous commencions à nous glisser dans le monde des clandestins, un univers dont le ciment est la peur : personne ne se confie, tout le monde se méfie ; chacun se révèle suspect, celui qui porte un uniforme, celui qui n'en porte pas ; l'autre se réduit à deux fonctions, mouchard ou rival, pouvant soit me dénoncer, soit me voler ma place. Plus de pitié, plus de sympathie, plus d'entraide, chacun pour soi car Dieu réside à l'étranger !

A Malte, un seul individu, notre capitaine, connaissait nos origines ; mais de son silence, nous demeurions certains car il craignait lui-même à chaque instant qu'un ancien passager trahît la réalité de son commerce. Le passeur préférait fainéanter quelques mois dans ce centre, puis subir un renvoi en Libye, qu'être condamné pour contrebande d'humains, emprisonné plusieurs années.

– Tenons bon, Boub, tenons quelques semaines. D'après ce que je comprends, Malte va bientôt adhérer à la Communauté européenne. Tu imagines ? Avec un peu de chance, lorsqu'on nous relâchera du centre, nous serons alors sur le sol européen.

– Combien de temps, Saad ? Combien de temps ?

Ce mardi-là, le géant dormait sur un lit de camp, au fond de la pièce, sous les persiennes closes, lorsque j'entrai dans son bureau.

Je raclai ma gorge pour signaler ma présence. Il ne réagit pas.

Je m'approchai et constatai, à son souffle lent, au relâchement de ses traits, qu'il était absorbé par un sommeil profond.

Profitant de l'occasion, je me dirigeai vers la table où j'examinai son matériel. Dans un pot, au milieu de stylos, de règles, de crayons, je remarquai un compas.

– Pourquoi pas ?

Sans hésiter, je subtilisai l'objet et le glissai dans ma poche.

Aussitôt, montant au sommet d'un ronflement énorme comme une vague, l'ogre s'étouffa, toussa, se réveilla, grogna, frotta son crâne, sentit une présence dans la pièce.

– Qui est-ce ? Qui est là ?

Facétieux, je lui lançai :

– C'est personne.

Il se dressa sur son séant, examina de son œil unique l'endroit de la pièce d'où était partie la voix et me découvrit.

– Ah, Personne, c'est toi.

J'éprouvai une envie de rire irrésistible ; cependant je confirmai.

– Oui, c'est Personne, c'est moi.

Il se releva et chancela jusqu'à son tabouret.

– Tu sais que je ne t'aime pas, Personne.

– Mais moi non plus, je ne t'aime pas.

– Bon, commençons notre interrogatoire.

Alors qu'il essayait de caler ses monumentales fesses sur l'étroit siège, j'entrevis soudain, à côté de son ordinateur, un objet qui m'avait échappé lors de mon investigation précédente : un trousseau de clés. A voir leurs différentes tailles, nul doute qu'il y avait là de quoi ouvrir toutes les portes que pouvait m'opposer le centre de rétention.

Son œil capta mon regard, sentit le danger mais ma main avait attrapé le trousseau. Le brandissant en l'air, je me mis à sautiller, victorieux. Il gémit, le front dégoulinant de sueur.

– Non, pas ça !

– Si.

– Personne, rends-moi ces clés. Je vais perdre ma place.

– Si tu savais comme je m'en moque ! Ta place ! Et toi, tu me proposes quoi ? Une place dans un charter pour la mort. Rien à foutre de tes problèmes !

Pendant qu'allègre, je crânais, il s'était précipité vers la porte. Lorsque je compris son comportement, j'y courus à mon tour. Trop tard ! Il s'était déjà plaqué contre le battant.

– Laisse-moi sortir, menaçai-je.

Il se gonflait entre la sortie et moi, énorme, infranchissable.

– Personne, tu ne passeras pas !

– Laisse-moi sortir ou je vais faire un geste que je n'ai pas envie de faire.

– Me frapper ? Réfléchis, minus. Si je te souffle dessus, tu iras t'écraser contre les murs. En es-tu conscient, Personne ? Es-tu conscient que, face à moi, tu ne pèses pas le poids ?

Je lui balançai un coup dans ce que je croyais être les parties mais, au milieu d'une telle masse graisseuse, ma main se perdit et tapa sur une chair ferme, plastique, rebondie, qui encaissa le mouvement sans réagir.

– Personne, arrête tout de suite ou je te rends ton coup !

– Laisse-moi sortir. Une dernière fois.

Il éclata de rire. A cet instant-là, épuisé, je saisis le compas, l'ouvris et lui plantai le pic dans l'œil vivant.

L'ogre hurla.

J'enfonçai de toutes mes forces.

Il hurlait.

Le sang jaillit, aussi puissant que son cri.

J'enfonçai et laissai la pointe se maintenir seule au milieu de l'œil éventré.

Abruti de douleur, l'ogre tomba à terre. J'ouvris la porte et me mis à courir.

La suite me donna l'impression de se dérouler en quelques secondes…

Rencontrant très peu d'obstacles, je fonçai hors de la citadelle. Un chemin de pierre, protégé par des bougainvilliers en fleur, descendait au port : je l'empruntai sans croiser quiconque. Au quai, par miracle, un bateau m'attendait. J'y sautai résolument et le capitaine donna l'ordre du départ.

Au sommet des remparts apparut alors l'ogre sanguinolent qui vociférait. Ameutant les soldats et les gardes, il dirigea les canons de La Valette sur mon navire.

Il y eut une explosion.

Je vis le boulet arriver sur moi, je me convainquis, en une seconde, que j'allais l'arrêter comme un ballon. Je tendis mes mains puis…

Le choc me tira du sommeil.

Autour de moi, la cellule reposait dans le calme de la nuit maltaise. L'Afghan ronflait sur sa couche, et Boub, à son habitude, dormait en sifflant du nez.

Je venais de faire un mauvais rêve.

M'approchant de la fenêtre, je contemplai la lune imperturbable.

Papa apparut à mes côtés et me regarda avec douceur, attendant mes confidences.

– Papa, crois-tu que les rêves ont un sens ?

– Bien sûr, fils. Les rêves ne nous apprennent pas ce qui va se passer mais ce qui se passe. Loin de nous indiquer l'avenir, ils nous révèlent le présent, avec une exactitude que ne possède aucune pensée. Tes rêves te préviennent de ce que tu es, surtout après une journée qui t'a brassé, fracassé, morcelé, contraint à des règles ou des devoirs. La vie éveillée nous ensevelit puisqu'elle nous disperse et nous socialise ; seul le rêve réveille ce que nous sommes.

– Tu es merveilleux, tu as une théorie sur tout.

– C'est le propre des intellectuels. S'ils ne disent pas toujours la vérité, ils disposent toujours d'une fiction. Donc, fils, tu as rêvé ?

– Oui.

– Quel est l'enseignement de ce rêve ?

Je me frottai la tête, songeant aux violences que mon esprit avait imaginées.

– Je ne sais pas.

– Attention, fils, tu ressasses ! « Je ne sais pas. » Tu m'inquiètes ! « Je ne sais pas. » Méfie-toi des mensonges qu'on répète, ils finissent par devenir réalité. A force de jouer les crétins, on le devient.

Détournant la tête, il rejoignit la toile d'araignée.

– As-tu remarqué que ma copine est morte ?

– L'araignée ?

– Oui. Morte.

Comme le puissant clair de lune envoyait une lumière grise, précise, quasi chirurgicale dans la cellule, je la cherchai des yeux parmi sa toile, puis sur le mur, puis au sol. En vain.

– Mais non, Papa, elle a déménagé.

– Elle est morte cet après-midi. Je peux même te révéler où se trouve son cadavre.

Il désigna sur le rebord de la fenêtre une forme sinueuse qui ressemblait à un poignard busqué, gainé de cuir bronze. L'animal aux yeux jaunes et bridés, inquiétant, scrutait, sous la lumière mercure tombant du ciel, le centre de rétention, ses bâtiments parallélépipédiques, sa cour, ses barbelés, ses murs, ses miradors, son portail gardé.

– Voici le tombeau de ton araignée.

– Un lézard ?

– Oui. Au final, tu avais raison, elle avait tort : ce n'était pas une bonne idée de rester ici.

A peine eus-je le temps de m'étonner de cette déclaration que Papa disparut.

Aussitôt, je réveillai Boub en secouant son bras, puis lui chuchotai, preste, fiévreux, décidé, au plus près de l'oreille afin que l'Afghan ne m'entende pas :

– Boub, je me suis planté. Avec ma méthode, nous n'y arriverons jamais.

Boub bâilla puis murmura, content de mon revirement :

– Je suis d'accord.

– Changement de tactique, Boub ! Nous devons nous évader...

10

La nuit hurlait.

Déchirant l'air comme une plainte humaine, le vent sifflait, grondait sur l'océan enténébré tandis que les eaux frappaient la coque.

Gémissant, le bateau se redressait, cabrait, tentait de rester maître de son cap alors qu'une conspiration des éléments le lui interdisait.

Nous étions attaqués de toutes parts.

– J'ai peur, Saad, j'ai très peur, cria Boub à mon oreille.

La mort allait monter à l'abordage, c'était évident. Déjà la mer, après nous avoir nargués d'un sourire narquois en montrant ses dents baveuses d'écume, envoyait sur nous depuis le fond de l'obscurité son armée de soldats innombrables, des vagues brutales, véhémentes, qui, loin de nous porter, voulaient nous détruire, qui, plus dures que des sabres, attaquaient nos flancs, assénaient des coups à la carène, secouaient notre esquif tel un bouchon.

– Nous devrions approcher de la Sicile, répondis-je, époumoné, à Boub pour le rassurer.

J'allumai ma lampe-torche et fouillai l'ombre. En

vain. Les rivages, visibles avant la tempête, avaient désormais disparu.

Soudain, comme s'il s'était libéré d'un mouvement de reins, le bateau se souleva, puis, volant presque, s'engouffra dans le creux d'une vague, et, donnant l'impression d'avoir retrouvé son chemin, bondit en avant. Je repris espoir.

L'arrière piqua. L'avant piqua. Une gifle d'eau nous écrasa sur le pont, nous plaquant au sol, nous, cent clandestins qui avions confié nos vies à cette mince embarcation. Des éclats de détresse retentirent malgré le vacarme. Pendant que nous nous accrochions à ce que nous pouvions, cordes, rambarde, instruments de navigation, pieds, mains, les torrents de liquide froids roulaient en tonnant sur le plancher, violents, enthousiastes, prêts à emmener avec eux, hors du bateau, ceux qui ne lui résisteraient pas.

Agrippé à une marche, retenant Boub de l'autre main, je nous maintins au sol. Derrière nous, la grosse déferlante avait emporté plusieurs passagers.

Je recrachai l'eau qui avait un goût de sel et de sang.

Le bateau crissa. On aurait dit que sa carcasse se raidissait contre les flots.

Vigoureux, le vent ne lâchait pas prise, essayant de nous coucher à bâbord, réessayant à tribord, vif, rapide, improvisateur, contournant le navire pour le chahuter par surprise.

Un craquement résonna : le mât cédait. Il s'écroula sur le pont.

Plusieurs victimes hurlèrent de douleur, blessées, assommées ; d'autres, éjectées, se noyèrent aussitôt. Pour empêcher les rescapés de s'apitoyer, quelques paquets de mer se brisèrent parmi nous. Percussion dans le gouvernail. Choc dans la quille.

Quand la dernière lame s'écoula, elle avait nettoyé les bordages : nous n'étions plus qu'une vingtaine. Désormais le bateau gigotait comme un morceau de liège. A l'arrière, le capitaine ne contrôlait plus la façon dont nous prenions les vagues car il avait été aspiré par les rouleaux. Quelle conséquence ? Nous nous précipitions vers le néant, le trépas semblait inexorable.

Nous tanguions. Nous roulions. Creux et crêtes se succédaient.

Subitement, une éclaircie. Les nuages s'écartèrent pour laisser passer la lueur de la lune.

A l'horizon, comme au ras du sable les yeux d'un crabe enfoui, deux phares tournaient et nous observaient.

– La côte ! Nous sommes au large de la Sicile ! m'exclamai-je.

Hélas, personne n'était plus disposé à m'entendre. Groggy, les survivants concentraient leurs forces restantes sur le point solide auquel ils se cramponnaient pour, en cas de nouvelle attaque, ne pas être charriés au fond des eaux. Même Boub ne releva pas la tête lorsque je lui annonçai la bonne nouvelle.

J'insistai :

– Je vois la terre, Boub, nous ne sommes pas loin.

– On va mourir ! Je ne veux pas mourir…, lâcha-t-il dans un sanglot.

Son désespoir m'infusa une énergie nouvelle. Défiant la prudence, je me rendis à l'arrière et empoignai le gouvernail, lequel remuait, seul, de droite à gauche, incohérent.

Serrant fermement le manche, je mis cap sur la terre dans l'indifférence absolue de mes compagnons. Si le capitaine ne nous avait servi à rien au cœur de la tempête, il allait me manquer pour accoster. Que faire ? Comment faire ? Peu importe. Persévérer. Maintenir la direction.

Bosses. Navire secoué comme une caisse trop pleine. Le moteur toussa : allait-il s'arrêter ? Non. Il repartit. Il ronronnait de plus belle.

La mer montrait toujours ses dents mais le vent nous poussait sur les rochers qui gardaient la côte. J'allais devoir manœuvrer.

Le bateau souffrait dans ses membrures.

Soudain, un craquement insupportable de violence. Une masse nous avait heurtés. Aussitôt je fus précipité à l'extrémité du pont ; derrière moi, la mer ouvrit des trappes dans le bateau ; sous moi, le plancher se déroba.

En arrivant dans l'eau, je la trouvai aussi froide et dure qu'une roche. Projeté à ma suite, Boub, hurlant, tremblant, la voix étranglée, suraiguë, se retint à mon cou.

Je commençai à nager.

Je progressai lentement, difficilement, Boub s'alourdissant à chaque instant.

Je continuai jusqu'au moment où les bras de Boub se dénouèrent de mes épaules. Inquiet, je me retournai alors, à temps pour le voir s'éloigner en roulant de grands yeux épouvantés, trop tard pour le saisir.

Ensuite, les souvenirs me manquent…

Au matin, la mer semblait une grande bête endormie, épuisée.

Lorsque j'ouvris les yeux, je ne perçus que le repos qui avait gagné le ciel, les eaux, la terre après le nettoyage de la tempête, et je ressentis au plus profond de moi cet essentiel apaisement. Une récompense.

J'explorai ensuite mon corps, sans bouger, allongé sur le sable, vérifiant par l'esprit puis avec mes muscles que j'en mobilisais chaque partie. Rassuré, je me redressai et contemplai le lieu où les flots m'avaient rejeté. J'avais échoué dans une crique ronde sertie de roches noires et de sable rougeoyant, une plage naturelle encaissée au bas d'une pente verdoyante d'arbustes et de pins parmi lesquels serpentait un chemin de terre.

– Boub ?

Je me retournai, inquiet : où était-il ? Je sautai sur mes pieds mais une douleur me déchira le ventre et m'abattit. Etais-je blessé ? Avec mes doigts j'auscultai mon estomac, mes flancs, mes abdominaux sans rien noter d'étrange. Je me relevai donc. La douleur revint, moins fulgurante, plus précise : j'avais faim. Autour de moi, la crique tourna, tangua, tel un manège désaxé : à ma langue énorme, sèche, dans mon palais enflammé, je conceptualisai que j'avais soif.

Inquiet, je me laissai de nouveau rouler au sol. L'image de Boub, paniqué, enlevé par les flots, me revenait à l'esprit. Que lui était-il arrivé, à mon Boubacar qui ne savait pas nager ? Mille fois je me répétai la question pour éviter de me donner la réponse, trop évidente.

– Boub ! Boub !

J'appelai en direction de la mer, puis en direction de la montagne. Aucun son ne vint combler mon appel, pas même l'écho, et ma voix se perdit, avec son angoisse, dans le lointain infini des vagues ou des buissons épineux.

Le soleil, montant au ciel, commençait à chauffer. Au début, j'estimai cette sensation délicieuse ; la

chaleur devint ensuite si forte que, ajoutée au désespoir et à la fatigue, elle m'ôta connaissance.

Quelqu'un me caressait les joues.

D'abord, j'entendis la voix, douce, féminine quoique
sombre, presque caverneuse, qui prononçait des mots
italiens comme si elle égrenait un collier de perles
baroques. Le timbre, par son velouté, sa soie fruitée,
évoquait une pêche mûre.

Ensuite, je me concentrai sur la main qui effleurait
ma peau dans le visage ou le cou, de longs doigts atten-
tifs, lisses, sensibles.

Puis mes narines détectèrent un parfum, une odeur
de blé tiède, une odeur de teint pâle et de longs cheveux blonds.

J'ouvris les paupières et vis une femme à la crinière
d'or qui me souriait d'une bouche parfaite, le rose
délicat des lèvres entourant le blanc pur des dents.

Elle m'adressa des phrases en italien, puis dans une
autre langue, enfin elle risqua l'anglais.

– Bonjour, comment vous sentez-vous ?

– Faible.

– Que vous est-il arrivé ?

Soutenir mon récit me parut si long, si éprouvant
que je me contentai de soupirer en détournant la tête.
Mieux valait cacher l'émotion qui m'envahissait.

Elle insista :

– Vous êtes-vous perdu en nageant ? Veniez-vous
d'une autre crique ? D'un canoë ? D'une barque ?
Avez-vous eu un malaise ? Où sont vos vêtements ?

Cette dernière phrase frappa mon attention. Je relevai la tête en contractant ma nuque endolorie et découvris la situation : j'étais nu comme un ver !

184

Aussitôt, je poussai un gémissement et roulai sur le ventre. Hors de question que je me comporte de façon impudique devant une femme, surtout cette femme superbe.

Elle rit et glissa, joyeuse, afin de me mettre à l'aise :

– Ne soyez pas gêné. Je suis habituée aux plages naturistes.

Vite ! Il n'y avait pas une minute à perdre. Avant que les malentendus ne s'installent, je devais lui expliquer mon aventure.

Tournant la tête vers elle, je commençai à narrer le voyage de Malte en Sicile, le temps qui se gâte, la tempête, le naufrage. Au début, je sentis qu'elle ne me croyait guère mais, lorsque j'entamai l'épisode du bateau fonçant vers les deux phares, elle marqua une curiosité soudaine, et, sitôt mes ultimes mots prononcés, saisit son téléphone portable et joignit plusieurs personnes auxquelles, me sembla-t-il, elle donna des informations sinon des ordres sur un ton ferme, d'un débit rapide, dans un crépitement de consonnes.

Vittoria – tel était son nom – déclencha à cet instant – je le compris plus tard – le plan de sauvetage : des villageois prirent leur bateau pour repêcher d'éventuels survivants, les enfants quittèrent l'école pour battre la côte, ses amis préparèrent des chambres à l'intention des rescapés. Quelques heures plus tard, les secours officiels – gendarmes, gardes-côtes, police des douanes – entrèrent à leur tour dans la danse. Entretemps, trois hommes, un enfant, deux femmes avaient déjà été repêchés et nourris.

Sur le moment, je ne sus pas démêler ce que Vittoria accomplissait par humanité ou pour moi seul car je ne songeais qu'à me reposer en attendant des nouvelles de Boub.

Elle me tendit une serviette de plage, me soutint jusqu'à sa voiture en haut du chemin, et m'emmena à travers les lacets d'une route ombrée jusqu'à un petit village où elle occupait un appartement, au-dessus de l'école dont elle était l'unique et jeune institutrice.

Après quelques heures de sommeil, la revoir sur la terrasse fleurie en train de m'offrir un jus de fruits me procura un éblouissement. Si les cheveux de certaines personnes donnent l'impression d'avoir poussé un à un, les siens semblaient avoir jailli par mèches tant ils coulaient avec force, santé, abondance. Ses yeux couleur de châtaigne, tantôt bruns, tantôt verdissant au soleil, me contemplaient avec une bienveillance proche de la tendresse. Malgré l'illumination du sourire, il y avait dans ce visage une retenue fondamentale, une réserve que manifestaient le menton effacé, le léger pli sous la bouche, les lèvres plus fines qu'épanouies, jamais relevées, jamais naïves, plutôt volontaires. Vittoria était si grande qu'on avait toujours le sentiment que ses hautes jambes allaient distancer son ombre. Elancée, portant sur sa poitrine étroite des indications de seins plus que des mamelles, cette beauté éclatante avait quelque chose d'adolescent, d'androgyne, à l'orée des sexes, et seule la grâce exquise de ses gestes me convainquait que je n'avais pas affaire à un ange blond, doré, évanescent, mais à une femme, c'est-à-dire un ange inachevé.

– D'où es-tu ?

– Je ne m'en souviens plus, Vittoria.

– Bien sûr... tu me le diras plus tard. Comment t'appelles-tu ?

186

– Je ne m'en souviens plus. Comment veux-tu m'appeler ?

– Puisque je t'ai trouvé nu sur la plage, telle Nausicaa découvrant Ulysse nu entre les roseaux, je t'appellerai Ulysse.

– Ulysse ? Ça me va.

Pendant deux jours, je récupérai des forces. Cependant, je ne pouvais m'empêcher de songer chaque instant à Boubacar, me demandant s'il s'en était sorti, s'il faisait partie des miraculés, si…

Je m'en ouvris à Vittoria qui, après avoir recueilli la description de mon compagnon, se renseigna auprès du maire, du curé, de ses amis, ceux qui, selon la tradition d'hospitalité sicilienne, avaient ouvert leur porte à un naufragé. Aucun des survivants ne correspondait à ma description.

Le dimanche, elle me proposa de venir à la messe célébrée pour les morts en mer et de me rendre, auparavant, dans la chapelle ardente où l'on avait exposé les cadavres repêchés ou échoués sur les récifs.

Lorsque je franchis la porte et vis, posés à même le sol, les vingt cercueils ouverts en pin blanc, j'eus aussitôt la conviction que Boub se trouvait parmi eux.

De fait, dans la troisième boîte sur le rang gauche, mon ami Boubacar m'attendait, les yeux clos, la peau mordue par le sel, ses grandes mains jointes sur un drap immaculé, tenant à peine entre les planches tant il était encore long.

– Boub ! m'exclamai-je en tombant à genoux.

Sans réfléchir, j'embrassai mon compagnon sur la bouche, comme pour le ranimer, le ressusciter, ramener à moi ce garçon frêle et joyeux qui était passé si vite sur terre. Abruti de douleur, je criai :

– Pourquoi ? Pourquoi ?

En m'entendant gémir, des officiels me sautèrent dessus, dossiers et crayons en main, pour que je leur fournisse l'état civil du mort. En relevant la tête, j'aperçus Vittoria qui, dissimulée derrière leurs épaules, m'adressait un signe négatif de la tête.

– Vous le connaissez ? demanda un fonctionnaire.

– Pouvez-vous décliner ses nom, date et lieu de naissance ?

– A-t-il une famille ? Où ?

Je regardai Boub et songeai : « Il sera dit, mon Boub, que je n'aurai pas le droit de te parler », puis je fronçai le front, me grattai la tête, déformai mon visage par plusieurs grimaces avant de bafouiller :

– Non, excusez-moi. J'ai confondu. J'ai cru qu'il s'agissait de… Non, pardonnez-moi, c'est une erreur.

Vittoria m'aida à me relever, m'excusa auprès des fonctionnaires, puis, sitôt dehors, glissa sa main dans la mienne.

– Tu as envie de pleurer ?

– Je ne pleure jamais.

– Viens. Nous n'irons pas à la messe.

Elle me poussa dans sa voiture, démarra et, à grande vitesse, gagna un belvédère qui dominait la mer ainsi qu'une partie de l'île. Au ralenti, elle avança son véhicule entre les pins parasols, les cyprès, puis le gara à l'ombre.

– Pleure maintenant si tu veux, m'ordonna-t-elle en coupant le contact.

– Je ne peux pas pleurer. Je ne pleure jamais.

– Alors embrasse-moi.

Ma bouche s'empara de ses lèvres, et, là, sur la banquette, au milieu des cigales, pendant qu'au loin sonnait le glas des morts, nous fîmes l'amour pour la première fois.

Vittoria, quoique sicilienne demeurée en Sicile, était, comme moi, un être qui avait rompu avec son passé car elle fuyait une généalogie inconfortable. Non seulement ses grands-parents avaient été des fascistes notoires, proches du dictateur Mussolini pour le pire et jamais pour le meilleur, mais ses parents, à leur tour, s'étaient illustrés par leur extrémisme : aussi gauchistes que leurs géniteurs avaient été droitiers, membres des brigades terroristes dans les années 1970 par conviction et pour conjurer la honteuse hérédité fasciste, ils s'étaient livrés à des attentats meurtriers que l'Histoire avait condamnés. Le père avait été tué d'une balle lors d'une expédition punitive, la mère avait succombé peu après à une hémorragie cérébrale en prison.

Elevée par des tantes, des oncles qui se refilaient le paquet encombrant, Vittoria avait grandi dans la solitude et le mépris des conventions. Elle était devenue institutrice pour donner un sens à sa vie, se reconstruire une enfance en aidant à construire celle de ses élèves.

Elle savait cependant que son tempérament, semblable à celui qui avait perdu ses parents et grands-parents, pouvait la conduire aux extrêmes. Généreuse, investie dans la défense des clandestins qui, régulièrement, accostaient l'île, elle aimait son action politique autant qu'elle la craignait. Elle agissait en se reprochant d'agir. Au fond, par défiance d'elle-même, elle avait honte de ce dont elle aurait dû s'enorgueillir.

Un matin, un mois exactement après la mort de Boub, Papa me rejoignit alors que j'étais, à l'aube, occupé à ma toilette.

– Saad, chair de ma chair, sang de mon sang, sueur des étoiles, comme je suis ému et rassuré de te savoir ici, auprès d'une femme belle et aimante. Si je pouvais encore fabriquer une larme de joie, je la verserais.

– Tu tombes bien. J'ai une question pour toi : comment vivez-vous, là-bas, là d'où tu viens ?

– Nous ne vivons plus, nous sommes morts.

– Mais encore ?

– Fils, il nous est interdit de divulguer le moindre indice.

– C'est un ordre ?

– C'est du bon sens ! Le mystère doit entourer la mort. Les vivants n'en acquièrent aucune connaissance de leur vivant car, quoi qu'il arrive, ils passeront le seuil à leur heure. C'est mieux ainsi, crois-moi.

– Pourquoi ? Est-ce horrible, le pays de la mort ?

– Tes ruses pour me rendre bavard sont grossières, mon cher Saad. Imagine les conséquences d'une information… Si je t'affirme que c'est mal, tu seras déçu, tu sombreras dans la neurasthénie et, du coup, oublieras de vivre. En revanche, si je prétends que c'est bien, tu souhaiteras trépasser. Ce qui protège ta vie, c'est que la réalité de ta mort demeure secrète. Ce qui fortifie ton existence, c'est l'ignorance.

– As-tu vu Boub ?

– Pas de réponse.

– Pourquoi ne vient-il pas me voir ?

– Il est parti ailleurs.

– Où ?

– Pas de réponse, fils. Mais son départ représente un accomplissement, j'en suis heureux pour lui. Par amitié, tu devrais t'en réjouir.

– Je ne le verrai jamais jusqu'à ma propre fin ?

– Non.

– Et après ?

– Pas de réponse.

– Comment se fait-il que toi je te voie, que tu me parles, m'accompagnes, et pas lui ?

– J'ai été reconnu comme une âme tourmentée incapable de quitter la Terre.

En rapportant cela, il semblait assez satisfait de lui, comme s'il avait décroché, de haute lutte, un titre ou une décoration enviables.

– Est-ce moi, ton tourment, Papa ?

– Pardon ?

– C'est moi qui te retiens.

– Mm… Je suppose qu'on peut en juger ainsi.

– Mais un jour, à ton tour, tu partiras ?

– N'essaie pas de me tirer les vers du nez. Avec un mort, paradoxalement, ça ne marche pas !

Je me tus. Il observa mon visage fermé, mes yeux tristes, et s'agenouilla devant moi.

– Qu'as-tu à lui dire, fils ?

– Verras-tu Boub ?

– Peut-être. Je ne peux rien te promettre. Eh bien ? Le cas échéant, que dois-je lui répéter ?

– Je lui demande pardon.

– Quoi ?

– Je lui demande pardon. Parce que je n'ai pas été capable de le sauver. Et parce que je ne me suis pas rendu compte, de son vivant, qu'il était mon ami. J'ai honte de moi.

Papa se pencha, voulut m'embrasser, ne s'y résolut pas et me posa la main sur l'épaule.

– Je transmettrai ton message, fils, même si je pense que Boub n'apprendra rien qu'il ne savait déjà. En revanche, toi, ce soir, tu vas pouvoir pleurer.

– Pleurer ? Papa, je ne pleure jamais.

– Tu paries ?

– Je ne pleure jamais !

– Chiche ! Tu paries quoi ? Combien ?

Comment savait-il ? A peine eut-il disparu que, resongeant à mes mots pour Boub, je sentis les yeux me piquer puis, le torse secoué de sanglots, je m'effondrai en larmes jusqu'au milieu de la nuit.

Grâce à l'intervention de Vittoria, les rescapés de notre embarcation fatale n'étaient pas considérés comme des clandestins mais comme des naufragés. Ce qui changeait tout au regard des Siciliens. Au lieu qu'on nous parquât dans un centre de rétention, tel celui de Malte, avec d'autres clandestins arrêtés par les gardes-côtes, on nous donna le droit de circuler librement. Mieux, le village de Vittoria mit un point d'honneur à nous recevoir selon la légendaire hospitalité insulaire : chacun de nous s'était vu offrir un lieu modeste où dormir, avait reçu un pécule et accéda aux soins médicaux. Le curé réunissait des provisions auprès de ses fidèles pour nous les distribuer et Vittoria, l'institutrice, investit une salle de la mairie où elle entreprit de nous initier à l'italien.

Hélas, en moi l'élan était brisé. J'avais beau remarquer que les Italiens se conduisaient bien avec nous, je me conduisais mal avec eux, je ne les payais pas en retour, je devenais taiseux, mystérieux, méfiant, prêt à mordre celui qui me tendait la main.

Lors d'un examen de conscience, peu fier de moi, je me reprochai non seulement d'avoir quitté mon pays, détruit mes papiers, perdu mon ami, mais de ne plus supporter personne ; alors que mon but restait de trouver ma place dans la société européenne, je refusais celle qu'on m'offrait, je préférais m'enliser, dévisser… Prochaine étape, la folie sans doute ?

Seule Vittoria, par l'étrange attention qu'elle me portait, me tenait la tête hors de l'eau, m'empêchant de sombrer dans la dépression. Parfois, elle y arrivait ; sous la chaleur de son sourire, je redevenais le Saad rapide, heureux, audacieux qui avait entrepris ce voyage ; cependant, à peine me quittait-elle quelques heures que les pensées tristes m'accablaient, qu'une humeur lugubre paralysait mon cœur, mon action et empêchait que je continue à vivre.

Après notre épisode sexuel sous les pins à la mort de Boub, j'eus tellement honte de moi que je lui demandai de ne pas recommencer. Jamais.

– Je ne veux pas abuser à la fois de ton hospitalité et de ton corps.

– Mais…

– Je t'en supplie. J'en perdrais le respect de moi-même.

Elle protesta avec véhémence car elle avait adoré ce moment ; puis, après que je lui eus confirmé qu'au fond, je désirais recommencer, elle tenta quelques nouvelles approches que je prétendis ne pas comprendre. Quand celles-ci devinrent directes, je la menaçai de quitter son toit si cela se reproduisait ; elle finit par accepter mon vœu de chasteté.

Le passé n'est pas un pays qu'on laisse facilement derrière soi. Je flottais. Je perdais prise. Quoique j'admire la langue italienne que Vittoria m'enseignait, employer des mots différents pour indiquer des objets anciens les rendait moins réels, moins légitimes, sans saveur, sans histoire, sans souvenirs. Le monde désigné dans une langue nouvelle n'avait pas une présence aussi incontestable que dans ma langue maternelle.

J'aurais quitté plus vite la Sicile si, un jour, par hasard, je n'avais pas ouvert un cahier manuscrit appartenant à Vittoria, dont je feuilletai machinalement les pages. C'était une sorte de journal intime, dépourvu de dates, où elle jetait des pensées. Je le parcourus. La surprise me déchira : je ne reconnaissais pas la Vittoria vive, volontaire, dynamique, consacrant une heure et demie à sa gymnastique chaque matin avec une camarade du village, j'y découvrais un personnage plus sombre, parlant de son corps souffreteux, des efforts que lui coûtaient les tâches quotidiennes, de sa peur de l'avenir, un texte émaillé d'étranges alinéas comme celui-ci : « La mort est ma compagne. Je m'endors en pensant à elle, en songeant que, si mon état empire, je pourrai toujours me reposer contre son épaule et m'y consoler de la vie pour toujours » ou celui-là : « Plus ma vie baisse, rampe, plus je remercie la nature d'avoir inventé la mort. Quand je me sens pleine de dégoût, de rage ou de souffrance, il me reste la mort. »

Le soir, je priai Vittoria de me pardonner mon indiscrétion et de m'expliquer ce que j'avais lu.

La vérité me fut assénée sans attendre : Vittoria était affectée d'une maladie incurable, une dégénérescence neurologique. La gymnastique du matin cachait en réalité une séance quotidienne de kinésithérapie, laquelle retardait la progression de l'infirmité mais ne la guérissait pas. Vittoria n'entretenait aucune illusion : à la vitesse où son affection progressait, elle disposait d'une espérance de vie réduite car jamais un patient dans son cas n'avait dépassé les quarante ans.

– Tu vas t'en aller, Ulysse, désormais.

– Non.

– Si, comme les autres tu me quitteras. Enfin, me quitter, l'expression est exagérée, puisque nous ne sommes même pas ensemble.

Alors je lui demandai de nous emmener en voiture au belvédère, sous les pins, là où nous avions fait l'amour après la mort de Boub et, cette fois, ce fut moi qui pris l'initiative de la consoler en la prenant dans mes bras.

A partir de ce jour, non seulement je ne fis pas mon balluchon, mais je devins l'amant régulier de Vittoria. La pitié m'avait relancé sur le chemin de l'amour. Les semaines suivantes, nous vécûmes avec passion sur un mode extrême, entre le chagrin et l'extase, sautant de la douleur au plaisir. Pendant les heures où nous paressions dans les draps après l'amour, elle se confiait beaucoup à moi. Pourquoi ? Parce qu'elle en avait besoin. Et parce que moi, je ne disais rien.

Mon désir pour elle me poussait à l'embrasser, la caresser, la pénétrer, mais jamais à échanger. Le cœur recouvert d'une dalle de plomb, je n'imaginais guère ce que j'aurais pu lui narrer. Ainsi me comportais-je en amant correct mais muet.

Pour l'anniversaire de mon arrivée en Sicile, Vittoria décida d'organiser une fête.

Ce matin-là, son corps chaud se blottit contre moi, sa main caressa ma poitrine et, d'une voix mélodieuse, elle s'enquit :

– Alors, Ulysse, ne serait-il pas temps de m'avouer ton vrai nom ?

– Mm…

– Je sais, tu vas encore prétendre que tu ne t'en souviens plus. J'ai respecté ce mensonge mais je pense que, maintenant, au bout d'un an, j'ai droit à la vérité, non ?

Ouvrant de grands yeux, je la contemplai, admirai la perfection de ses traits, perdis mes doigts dans ses cheveux infinis et pensai que, objectivement, j'aurais dû être l'homme le plus heureux de la Terre. Pourtant, ce furent d'autres mots qui sortirent de ma bouche :

– Ulysse me convient bien. Je suis familiarisé avec.

C'était sec, froid, sans émotion. Elle cilla.

– J'aimerais que tu t'épanches, Ulysse, que tu me fasses confiance, que tu me décrives ton passé.

– Qu'est-ce que ça changerait ?

– Ça me permettrait de t'aimer mieux.

– Ta façon actuelle me convient.

– Ça prouverait que tu m'aimes.

Je tournai la tête vers la fenêtre ; la conversation commençait à me déplaire. Sans hausser le ton, avec la même chaleur douce, elle insista :

– Oui, ça prouverait que tu m'aimes, ce que tu ne m'as jamais dit. Et enfin, en te racontant, tu te donneras autant que je me suis donnée. Qu'en penses-tu ?

Je grognai un borborygme indistinct. Elle picora mon oreille puis conclut en sautant, vive, hors de lit :

196

– Penses-y, Ulysse. Et réponds-moi ce soir.

Pour ne pas y penser, je m'absorbai sur une perruche qui, derrière la fenêtre entrouverte, s'était installée sur notre balcon et avait décidé d'y construire son nid.

Puis je me levai pour prendre ma douche. En m'essuyant les pieds, je sentis une présence. Papa m'apparut, d'humeur badine.

– Fils, fils, fils ! Si ta mère voyait ça ! Vous constituez un couple magnifique, elle et toi. Tu es aussi brun qu'elle est blonde. On devrait vous enfermer au musée dans une cage pour célébrer l'espèce humaine.

– Ne t'excite pas, Papa. Et tu ne me semblais pas si coopérant lorsque je fréquentais Leila.

– Faux ! J'aimais autant Leila ! Vraiment ! Une fille hors du commun, originale, intelligente, qui fumait comme personne. Cependant tu as tellement souffert depuis que je me réjouis aujourd'hui davantage.

– Au fait, Leila, l'as-tu rencontrée au royaume des morts ?

– Non, jamais.

– C'est curieux.

– Oui, c'est curieux. Faut préciser qu'elle est morte avant moi.

– Ça change quelque chose ?

– Peut-être. Je ne sais pas.

Il désigna une boîte en cuir vert sur la coiffeuse et cligna de l'œil.

– Félicitations pour la bague !

– Quelle bague ?

Suivant son indication, j'ouvris le couvercle et découvris deux bagues de fiançailles.

11

Le bonheur qu'on attend gâche parfois celui qu'on vit.

Par faiblesse, j'avais dit « oui » le soir de nos fiançailles.

Or j'avais beau couler des moments simples, sereins, en compagnie de Vittoria, je souhaitais toujours partir. Rester en Sicile n'appartenait pas à mon plan. Londres m'obsédait, Londres m'attirait. Pour une raison coriace dont les racines m'échappaient, je m'étais donné rendez-vous en Angleterre. Tout ce que j'accomplirais auparavant n'existerait donc qu'à moitié, « qu'en attendant ».

Quoique j'apparusse aux yeux de tous comme le fiancé de Vittoria, je savais que je n'étais que son fantôme, un souvenir qui, pour l'heure, avait une présence de chair mais allait bientôt prendre sa vraie consistance, sa consistance définitive, l'absence.

Souvent, entrevoyant le mal que j'allais lui infliger, je me montrais tendre, trop tendre ; l'heure suivante, je me reprenais car je conceptualisais que tant d'affection rendrait mon envol encore plus incompréhensible et douloureux pour elle ; je me montrais alors dur, trop dur. Bref, à mesure que j'avançais vers ce que d'aucuns croyaient mon mariage et ce que je savais mon départ, je peinais à trouver un comportement adéquat.

Parfois je me demandais si Vittoria n'avait pas deviné mon projet. Dans le silence d'après l'amour, malgré nos membres enchevêtrés, ses yeux me contemplaient comme une énigme, son crâne semblait agité par des questions que ses lèvres retenaient, sa main me caressait de manière vague, à la recherche du point sur lequel appuyer pour déclencher la parole.

Dès le début, j'avais compris que la tristesse nous liait davantage que la joie. Nous n'étions pas unis par le bonheur mais par le malheur : j'avais fait l'amour avec elle pour tuer mon chagrin concernant Boub, je n'avais continué à visiter son lit que pour fuir mes idées noires, aussi, depuis ce premier jour où elle m'avait sauvé sur les berges de la crique, considérais-je Vittoria comme un refuge contre la tempête ; de son côté, elle m'avait accueilli pour briser sa solitude, provoquer les conformistes, casser la tradition familiale qui unissait des êtres trop identiques, et surtout pour troquer son corps qui souffrait contre un corps qui jouissait. Des deux côtés, j'avais l'impression qu'il y avait davantage de causes négatives que positives à notre passion ; nous nous « aimions pour ne pas… » ; tels deux rescapés, avec l'énergie de la mélancolie, nous nous aimions pour ne pas penser, ne pas perdre de temps. Nous attendions tous deux autre chose que ce que nous pouvions nous donner l'un à l'autre.

Lorsque je fus certain de posséder les mots qui exprimaient ma pensée, je regroupai mes rares effets – dont la couverture de ma mère que j'avais retrouvée six mois après le naufrage, rejetée par les flots à la pointe d'un rocher –, gribouillai un texte, et le posai sur le lit, en évidence.

« Vittoria,

Certaines histoires d'amour tiennent leur beauté de ce qu'elles sont éphémères ; leur demande-t-on davantage, elles peinent, grimacent et s'enlaidissent. Tels des chevaux sauvages qui ne courent vite que brièvement, elles resplendissent dans le libre galop mais s'essoufflent sitôt qu'on les charge.

Notre liaison file ainsi, magnifique si l'on y reconnaît un caprice, boiteuse si on voulait la pousser jusqu'au mariage. Lorsque je couche avec toi, je suis heureux ; lorsque j'imagine que je vais partager ma vie avec toi, j'ai honte d'usurper la place de l'homme qui t'aimera pleinement et n'aimera que toi.

Car j'aime une femme, et ce n'est pas toi. Elle s'appelle Leila. Elle est morte.

Et alors ? Désolé, Vittoria, cette Leila, même partie, demeure en moi si forte, si présente qu'elle tient encore mon amour captif. Ce n'est pas moi qui ai le pouvoir de tendre ou de détendre le lien entre nous, c'est elle. Pourtant j'ai cru en te rencontrant que je pourrais lâcher cette corde. Faux. Leila décide toujours.

Je vais partir, Vittoria. Si tu as été mon plaisir, Leila est mon destin.

Je suis attaché à toi autant que je peux l'être à une femme belle, intelligente, généreuse, que je désire, que je respecte, que je chéris.

Si je pars demain, nous aurons vécu un de nos plus beaux souvenirs. Si je reste, nous allons découvrir le couple imparfait que, pour l'instant, nos voluptés dissimulent.

Parce que je ne fais que passer, notre année de bonheur ne passera pas, elle brillera comme un phare dans notre vie ; au cas où je m'incrusterais, le malheur s'installerait car, à moins d'être un grand artiste, on ne peut rendre éternel le provisoire.

Pardonne-moi les larmes que ce mot va occasionner mais je préfère que tu pleures à cause de mon absence qu'à cause de ma présence. Je t'aime autant que je peux aimer, sûrement pas autant que tu le mérites.

A toi, malgré tout, pour toujours,

Saad Saad. »

Pour la première fois – et la dernière –, je lui avais livré mon nom.

En croisant le miroir de la chambre, je vérifiai que ma tenue était assez correcte pour l'auto-stop et me peignai.

Papa en profita pour surgir dans le cadre de la glace.

– Pourquoi partir, fils ? S'il s'agit de vivre, juste de vivre, tu peux vivre ici.

– Je dois vouloir plus.

– Quoi ?

– Je ne sais pas.

– S'il s'agit d'être aimé, ici tu es aimé. Ta bougeotte vire à l'absurde. J'ai peur que tu aies pris un mauvais pli, et, qu'à toute réalité, tu préfères des chimères.

– Je veux aller là où séjourne mon désir, à Londres. Et puis, je ne supporte rien de ce que le hasard m'apporte. Je me suis fixé un but, je n'aurai pas de repos avant de l'atteindre, il n'y aura plus d'escales.

– Bon, de toute façon, je te suis. Rajoute un peu de gel sur le côté droit.

– Merci.

Quelques heures plus tard, grâce à deux voitures successives qui m'aidèrent à parcourir le chemin, je débarquai dans le port de Palerme.

Je devais trouver le moyen de quitter la Sicile sans avoir à produire des papiers que je n'avais plus, sans dépenser non plus les quelques euros que la charité des villageois m'avait octroyés.

En battant la semelle sur le quai, en multipliant les observations, je tentai d'élaborer un plan. Alors que j'étudiais le chargement d'un ferry, une voix retentit derrière moi :

– Toi, mon gars, tu cherches un transport discret et gratuit, non ?

En me retournant, je découvris un colosse noir, une masse de chair et de muscles que moulaient un pantalon de nylon doré et un débardeur rose bonbon, portant quatre fausses montres de luxe en or au bras gauche, trois rondes et une carrée. Affalé sur une bitte d'amarrage, il me souriait avec des dents très écartées.

Songeant à mon arrivée au Caire, me rappelant l'altercation de Boubacar devant le bureau des Nations unies, je ne pus m'empêcher de songer que le destin m'envoyait, installé au bord du quai, la réincarnation de Boub. Je rendis son sourire au géant sans chercher à ruser dans ma réponse.

– Bien vu.

– Ah !

– Tu as un plan ?

– Oui.

– Lequel ?

– Je ne vois pas pourquoi je te le donnerais.

– Au nom de l'amitié.

– Tu n'es pas mon ami.

– Pas encore.

– Et je ne vois ni comment ni pourquoi tu le deviendrais.

– Chiche ?

Surpris par mon audace tranquille, il éclata de rire. Je lui proposai donc de l'emmener dîner en précisant « J'invite » ; à quoi il rétorqua qu'il avait toujours du temps à consacrer à ses futurs amis.

Léopold – tel était son nom – venait de Côte-d'Ivoire. Après des tribulations différentes des miennes, mais aussi compliquées, il voulait rejoindre Paris.

– Je suis philosophe, m'annonça-t-il dès le deuxième plat.

– Diplômé de philosophie ?

– Non, comment veux-tu ? Je n'avais pas le temps de m'instruire. Il fallait que je nourrisse la famille. Même en courant partout, d'ailleurs, je n'y arrivais pas.

– Alors pourquoi prétends-tu être philosophe ?

– Parce qu'il faut être philosophe pour vivre la vie que je vis, s'exclama-t-il. Avant, en Côte-d'Ivoire, comme aujourd'hui, en clandestin. Mon rêve, c'est de devenir philosophe à Paris.

– Enseigner la philosophie à Paris ?

– Mais qu'est-ce que tu me racontes, avec tes histoires de cours, d'école, d'université à tout bout de champ ! Philosophe à Paris, ça veut dire que j'exercerai ma philosophie sur le macadam et le pavé parisiens.

– Sous les ponts, par exemple ?

– Voilà.

– Avec les clochards ?

204

– Enfin, tu saisis ! Parce que si eux, les clochards, n'ont pas atteint le sommet de la philosophie, alors c'est que je n'ai rien compris à la philosophie.

J'acquiesçai. Léopold continuait à manger et à parler avec une voracité inépuisable.

– Tu vois, moi je veux juste trouver une petite place peinarde en France, mais je ne veux pas devenir français ni européen, sauf pour les papiers. Parce que, franchement, je ne pourrai jamais attraper la mentalité.

– La mentalité européenne ?

– Oui. Je suis trop gentil, trop gourmand, trop simple. Moi j'aime la vie, j'aime la paix. Je suis incapable, comme eux, d'adorer la guerre.

– Tu plaisantes ?

– Sois lucide, l'ami. Les Européens adorent les massacres, ils raffolent des bombes et de l'odeur de la poudre. La preuve ? Tous les trente ans ils font une guerre, ils ont du mal à patienter plus. Même en temps de paix, ils n'aiment que la musique militaire ; quand le tambour résonne et que le clairon attaque leurs hymnes nationaux, ils ont les larmes aux yeux, dis, ils se mettent à pleurer, ils débordent de sentiments, on croirait qu'on leur fait écouter une chanson d'amour. Non, c'est clair, ils aiment la guerre, le combat, la conquête. Et le pire, sais-tu pourquoi les Européens font la guerre, tuent, se tuent ? Par ennui. Parce qu'ils n'ont pas d'idéaux. Ils font les guerres pour se sauver de l'emmerdement, ils font les guerres pour échapper au désespoir, ils font les guerres pour se régénérer.

– Tu exagères. L'Europe vit en paix depuis soixante ans.

– Justement ! Ils se sont trop longtemps éloignés de la guerre : aujourd'hui leurs jeunes sont au bord du suicide, leurs adolescents courent après les moyens de se supprimer.

– Non, ils ont changé. En ce moment, ça va mieux.

– Oui, ça va mieux parce qu'il y a le cinéma, la télévision, qui leur délivrent chaque jour leur petite dose d'horreur, les cadavres, le sang, les blessés évacués, les explosions, les bâtiments en ruine, les soldats embusqués, les parents de soldats en pleurs mais dignes. Tout ça, ça les maintient en bonne santé, ce sont des expédients qui les aident à attendre le prochain beau massacre.

– Ça m'étonnerait que tu rencontres un Européen convaincu par le portrait que tu brosses de lui.

– Naturellement ! Les Européens ne savent pas qu'ils sont ainsi. Pourquoi ? Parce que, pour s'étudier, ils ont inventé le miroir déformant : les intellectuels. Un truc génial : la glace qui leur donne une autre image d'eux-mêmes ! Le reflet qui leur permet de se voir sans se voir ! Les Européens, ils adorent les intellectuels, ils leur offrent gloire, fortune, influence pour que ceux-ci leur procurent l'impression qu'ils ne sont pas comme ils sont, mais le contraire : pacifistes, humanistes, fraternels, idéalistes. Sacré job, ça, intellectuel ! Bien payé, bien utile. Si je ne voulais pas faire philosophe à Paris, j'aurais bien aimé faire intellectuel. Grâce à leurs intellectuels, les Européens peuvent vivre à l'aise dans un monde double : ils parlent de paix et ils font la guerre, ils créent de la rationalité et tuent à tour de bras, ils inventent les Droits de l'homme et ils totalisent le plus grand nombre de vols, d'annexions, de massacres de toute l'histoire humaine. Drôle de peuple, les Européens, l'ami, drôle de peuple, un peuple dont la tête ne communique pas avec les mains.

– Et pourtant, c'est là que tu veux vivre, l'ami ?

– Oui.

Pendant trois jours et trois nuits, nous ne nous quittâmes pas, Léopold et moi.

Vers minuit, échauffé par les palabres, les boissons, le sang coulant à gros bouillons dans ses veines, Léopold ne tenait plus en place et éprouvait le besoin de séduire les femmes. Dès lors, rien ne pouvait plus le retenir d'aborder tout ce qui arborait des cuisses et des seins. Et le plus étrange était que Léopold, sous ses vêtements criards, rose de nymphe et jaune poussin, avec ses chaînes et ses bracelets clinquants, sa bimbeloterie de rappeur, entre ses chaussures dorées et sa casquette argentée, dans des accoutrements qui, par comparaison, transformaient en nonne le plus kitch des travestis brésiliens, Léopold séduisait les touristes féminines et parvenait toujours à ses fins.

Lorsqu'il quittait les bras de sa proie éphémère, il revenait vers moi les yeux cramoisis, le crâne fulminant.

– Tu sais quoi ? On va les enfoncer, les Européens, on va leur faire des enfants, nous, les Noirs, les Arabes, les Asiatiques, parce qu'on baise plus qu'eux, mieux qu'eux, parce qu'on aime les mioches et qu'on en fabrique davantage. Un jour, il n'y en aura plus beaucoup, des Européens !

– Si, mais ce sera toi et moi. Ou plutôt tes bâtards puisque tu m'as l'air décidé à repeupler la planète.

– Mes fils et mes filles partout ? Tu parles que ce sera mieux !

– Quand je t'entends débiter autant de bêtises, je n'en suis pas si sûr.

Au fur et à mesure des théories qu'il élaborait sur ces Européens qui le fascinaient, Léopold me livrait, bout par bout, son plan d'évasion. Pour quitter la Sicile, nous devions monter sur le ferry; cependant, afin d'éviter de payer ou de montrer des papiers que nous ne possédions pas, il nous fallait une voiture de touristes dans laquelle nous aurions la place de nous cacher. Pour ce, nous employions nos journées à analyser la population des voyageurs, cherchant quelle catégorie nous permettrait de réaliser notre plan.

– L'idéal serait de choper des petits Suisses.

– Pardon ?

– Des petits Suisses. Une famille blonde, riche, habillée de lin blanc, se déplaçant dans un véhicule de la taille d'un camion, la famille idéale dont les parents sourient et les enfants sont toujours propres, la brochette de privilégiés où le nourrisson a déjà un portable, le fœtus une carte de crédit platine. Ceux-là, la police leur fout la paix. Ceux-là, ils sont tellement à côté de la plaque qu'ils n'imaginent jamais les coups tordus. Trouve-nous des petits Suisses ! Mais attention : des petits Suisses pas suisses ! Parce que, suppose qu'on reste bloqués dans leur coffre sur le continent, en Suisse personne ne voudra de nous. Eux, ils ferment leurs frontières avec les lacs, les montagnes, les douanes, les chiens, les policiers, tout ! Remarque, les autres pays d'Europe ne sont pas plus détendus quand on les chatouille sur leurs frontières.

– C'est raisonnable de veiller sur son territoire quand on en a un, dis-je.

– Ces derniers siècles, les Européens, ils sont allés un peu partout, ils ont fondé des commerces un peu partout, ils ont volé un peu partout, ils ont creusé un peu partout, ils ont construit un peu partout, ils se sont reproduits un peu partout, ils ont colonisé un peu partout, et maintenant, ils s'offusqueraient qu'on vienne chez eux ? Mais je n'en crois pas mes oreilles ! Leur territoire, les Européens, ils sont venus l'agrandir chez nous sans vergogne, non ? Ce sont eux qui ont commencé à déplacer les frontières. Maintenant, c'est notre tour à nous, va falloir qu'ils s'habituent, parce qu'on va tous venir chez eux, les Africains, les Arabes, les Latinos, les Asiatiques. Moi, à la différence d'eux, je ne traverse pas la frontière avec des armes, des soldats ou la noble mission de changer leur langue, leurs lois, leur religion. Non, moi, je n'envahis pas, je ne veux rien transformer, je veux juste dégoter un petit espace pour m'y blottir. Tiens, ce ne sont pas des petits Suisses, ça ?

Il me désigna une famille élégante qui venait de garer sur le parking du ferry deux énormes véhicules de loisir.

– Là, tu devrais avoir de la place.

– Tu viens ? Il y a peut-être de la place pour deux.

– Non, je ne bouge pas.

– Quoi ? Tu ne vas pas faire philosophe à Paris ?

– Si, si. Mais pas tout de suite. Pour l'instant, je fais philosophe à Palerme. Je secours les gens comme toi. J'ai l'impression d'être plus utile ici.

– Mais…

– Ecoute, l'ami, dans l'espèce humaine, il n'y a que deux sortes d'hommes : ceux qui s'en veulent et ceux qui en veulent aux autres. Toi, tu appartiens aux premiers ; tu fonces et tu ne t'en prends qu'à toi-même si tu échoues. Moi, par malheur, je grossis le troupeau des derniers, les hommes du ressentiment, ceux qui critiquent la Terre entière. Je cause beaucoup mais j'agis peu.

– Alors tais-toi, prends ton sac et suis-moi.

– Fous-moi la paix ! Saute dans le bahut des petits Suisses. Ne tarde pas, sinon c'est foutu.

Je devinai qu'il avait raison : si j'attendais davantage, l'équipage du ferry allait embarquer les deux automobiles.

– Léopold, pourquoi m'as-tu aidé ?

– Parce que tu es mon ami. Et puis parce que tu m'as offert à boire et à manger pendant plusieurs jours.

– Léopold, je crois que tu ne partiras pas.

– Ah, tu as compris ça ! Sais-tu que tu es réellement mon ami, toi ?

Après un regard sur Léopold, ses fausses montres, ses bijoux clinquants, ses fringues affichant les logos de cet univers qu'il adorait, détestait, et qu'il ne rejoindrait sans doute jamais, je bondis vers la plus proche voiture, me glissai à l'arrière, entre la banquette avant et le siège des enfants, empilai sur moi quelques sacs de voyage légers qui me dissimulèrent. J'attendis.

Un employé monta dans le véhicule, le dirigea vers la passerelle d'abordage, le gara sur le parking qui occupait le ventre métallique du navire.

Je demeurai quelques heures sans bouger, puis, après un bruit de gros bouillon et le déchirement d'une sirène, ce fut le sol qui se mit à bouger.

Le ferry venait de démarrer et mettait cap sur Naples.

Dans ma tête se succédaient à une vitesse folle des prières et des considérations scientifiques sur la taille de la coque, sa capacité à résister aux tempêtes. En d'autres mots, j'étais paniqué.

12

A Naples, il suffisait de tourner autour de la gare pour pénétrer les réseaux et commerces clandestins. Si l'on cherchait des stupéfiants, on se fournissait autour de la gare ; si l'on cherchait des prostituées, on les accostait autour de la gare ; si l'on cherchait des hommes payants ou gratuits, on les draguait autour de la gare ; si l'on cherchait du travail au noir, on dénichait patrons et ouvriers autour de la gare. Oh, ce n'était pas le paradis, la gare de Naples, juste l'accès, sans ticket, à l'enfer : les femelles y étaient laides, les mâles fatigués, les boulots dégradants, les employeurs odieux, les salaires squelettiques et les drogues mortelles. On trouvait tout à la gare de Naples, mais tout dégradé, tout gangrené, tout rongé par le néant.

Après quelques jours d'enquête discrète, j'y rencontrai les passeurs qui, eux aussi, traînaient leurs chaussures vernissées entre les bâtiments et qui ne tardèrent pas à m'expliquer leurs conditions.

Contre quatre à six mois d'un salaire courant, ils assuraient le transfert jusqu'à la mer du Nord, soit deux pays traversés – l'Italie et la France – et deux frontières franchies, la française et la belge. Après, on devrait se débrouiller là-bas avec d'autres contacts pour rejoindre l'Angleterre.

Parmi nous, les postulants à l'évasion, rares étaient ceux qui possédaient encore cette somme. Pas de problème ! Si nous ne l'avions pas, les passeurs nous proposaient de la gagner. Telle une agence de voyages, ils offraient un « kit complet » : quelques mois de travail contre le déplacement promis.

Je ne tardai pas à soupçonner que la mafia rôdait derrière les hommes qui nous abordaient.

– Toujours moderne, à l'affût des nouveaux marchés ! La mafia a pressenti qu'il y a de l'argent à gratter auprès des clandestins. Tel est le génie du commerce, mon fils : comprendre qu'on peut tirer autant d'or des pauvres que des riches.

Papa m'apparut alors que je massais mes chevilles, assis sur une grille d'aération, dans une ruelle puante.

– Qu'est-ce que je dois faire, Papa ?

– Fils, tu me demandes des conseils ? Les écouterais-tu ? Franchement, quel culot ! Agir à ta guise pendant des années et ne me consulter qu'au bord du gouffre… Je refuse de répondre.

– Tu refuses de répondre, toi ? Cela veut dire que tu es d'accord avec moi.

Après avoir étudié les propositions et constaté qu'elles se valaient – soit les concurrents avaient conclu un pacte secret pour que personne ne casse les prix, soit la mafia contrôlait tout –, je me liai avec l'un d'eux.

Pendant plusieurs semaines, je travaillai donc pour un ferrailleur, enfin, un étrange ferrailleur. L'homme avait une entreprise officielle mais l'essentiel de son activité s'opérait en dehors des lois. A la nuit, les contremaîtres fracturaient l'entrée des chantiers où, dissimulés depuis plusieurs heures, deux hommes sûrs avaient coupé sirènes d'alarme, caméras, lignes téléphoniques ; nous, les manœuvres, nous devions, sans lumière et sans bruit, voler le cuivre ou le zinc des bâtiments, vider les provisions, arracher les éléments déjà installés ; à cinq heures du matin, nous chargions le butin dans un camion jaune qui partait ensuite revendre ces tonnes de matériel à quelques dizaines de kilomètres. Parfois, lorsque nous manquions de chantiers importants, nous dévalisions le dimanche des usines fabriquant ou entreposant ces matériaux. D'autres fois, quand la pénurie guettait, notre chef nous envoyait dans la campagne où nous dépecions, l'obscurité venue, les toits de résidences secondaires isolées.

Dès le premier larcin, je mis ma morale entre parenthèses. Considérant que nécessité faisait loi, je ne songeais jamais aux victimes, aux entreprises spoliées, aux industriels dépouillés, encore moins aux particuliers découvrant leurs maisons sans toit. Je travaillais dur, gagnais peu, serrais les dents.

De temps en temps, en me savonnant sous l'eau chaude aux bains publics, je m'étonnais des caprices du destin ; durant quelques secondes, je réalisais que j'avais quitté l'Irak et ses injustices pour me retrouver à Naples exploité par la mafia.

– Je suis content que, par instants, tu t'en rendes compte, mon fils, chair de ma chair, sang de mon sang. Ta conscience, même fuyante, même furtive, existe encore.

Père profitait souvent de ces moments-là pour tenter de m'administrer ses leçons.

– Bonjour, Papa, ça gaze dans l'au-delà ?

– Très drôle. Crois-tu qu'ils vont respecter le contrat, ces gens-là ? Ne vont-ils pas te flouer ?

– J'ai la conviction que les gens malhonnêtes tiennent scrupuleusement leurs engagements une fois qu'ils t'ont proposé un marché.

– Je vois : les malfrats n'ont qu'une parole parce qu'ils n'ont que ça !

– Exact. Comme ils ne signent rien, leurs mots valent tous les écrits.

– Arrête, fils, je vais vomir. L'honneur de la pègre ! Le respect de la promesse ! Le romantisme du crime ! Cesse, par pitié ! Ces salopards utilisent ton malheur pour se remplir les poches, et tu voudrais que j'applaudisse ?

Il grimaça en m'examinant.

– Tu tiendras le coup, fils ?

– Oui.

– Sûr ?

– Oui.

– Parce que tu te soignes les pieds, mais as-tu vu tes mains ? Entaillées. Déchirées. Elles ont vingt ans de plus que toi, tes mains. Tu n'as déjà plus des mains comme moi. Tu te souviens de mes mains, fils ?

– Elles étaient très belles, Papa.

– Il faut avouer que je ne les avais guère abîmées : tourner les pages, flatter ta mère, caresser mes filles...

– Gifler ton fils.

– Oh, une fois.

– Deux. Mais je les avais cherchées...

214

– Si tu savais comme je t'aimais, mon fils, et comme ces gifles, je ne te les ai données que par amour.

La suite nous donna raison, à moi car je finis par partir, à mon père car ils exigèrent six semaines de plus que prévu pour payer mon transport.

Enfin, on me signifia que deux passeurs, le dimanche suivant, entamaient un périple vers la mer du Nord.

Ce matin-là, je me présentai dans l'arrière-cour d'une fabrique de biscuits, au sud de la banlieue napolitaine. Trois ouvriers que je connaissais puisque nous avions sectionné des kilomètres de câbles ensemble, un Turc, un Afghan et un Albanais, se trouvaient au rendez-vous. Nous échangeâmes un vague salut. D'autres arrivèrent, inconnus, noirs pour la plupart, affublés de fausses montres de luxe, symbole de la prospérité qui serait bientôt la leur ; chacun portait un balluchon ou un sac car, selon les instructions, nous n'avions pas droit à une valise. Bien que nous remorquions tous des corps fatigués et affichions des traits tirés, quoique personne ne parlât, nous avions le même éclair de joie dans les yeux, nous partagions un sentiment de délivrance. Certains fumaient en souriant vers le ciel, d'aucuns chantonnaient, deux très jeunes Noirs battaient des mains. Lorsque la première camionnette se pointa, je constatai que nous étions déjà plus de trente.

Trois mafieux en jaillirent qui nous demandèrent d'entrer dans le bâtiment et d'aller aux toilettes, précaution indispensable pour ne pas interrompre le voyage – je précise qu'on nous avait déjà conseillé de peu manger la veille, histoire de vider nos intestins. Nous nous exécutâmes avec patience.

Ensuite, on nous rassembla de nouveau dans la cour et l'on nous pria d'embarquer.

– Où est la deuxième camionnette ? s'indigna l'Albanais qui se débrouillait en italien.

– Tout le monde à l'arrière. Celui qui n'est pas content n'a qu'à retourner dans son squat.

Il y eut un murmure de grogne mais aucun de nous n'eut l'envie de protester davantage. A quoi bon ? Si c'était notre pays que nous fuyions à l'origine, désormais c'était aussi ceci, cette clandestinité, cet esclavage, cette emprise des mafieux, ces traitements qui nous ravalaient au rang de bestiaux. Chacun grimpa. Mieux valait se comporter une ultime fois comme du bétail pour échapper au troupeau…

Nous nous agglutinâmes. De toute façon, il n'y avait que deux solutions : soit nous empiler à l'horizontale avec la certitude qu'étoufferaient ceux du dessous, soit nous serrer, le bras de l'un dans les côtes de l'autre, les épaules de celui-ci dans les omoplates de celui-là. Heureusement, chacun, par respect pour lui-même et ses compagnons, s'était astiqué pour la route ; les vêtements n'empestaient pas la sueur ou le gras, les peaux ne sentaient ni la crasse ni l'urine, seuls certains épidermes exhalaient des relents de cuisine épicée, aillée. Rien d'insupportable.

Je crus cauchemarder lorsque les mafieux approchèrent une palette supportant deux mètres cubes de boîtes qu'ils commencèrent à empiler à l'arrière.

Il n'y avait déjà pas de place pour nous.

Chacun, dans sa langue, se mit à regimber. La révolte grondait.

216

Aussitôt, le chauffeur agrippa les deux premiers clandestins à sa portée, les tira avec brutalité et les plaqua au sol.

– Ça ne vous plaît pas ? Alors vous restez ici.

Notre mutinerie cessa net.

Les deux rejetés se relevèrent, bafouillèrent qu'ils regrettaient leurs paroles et s'employèrent à remonter.

Or les mafieux les retinrent, continuant d'empiler les emballages à biscuits, lesquels, à l'instar d'un mur de briques, étaient censés nous protéger d'un contrôle policier.

Quand les deux Noirs comprirent qu'ils allaient être exclus du voyage, ils se mirent à crier, à supplier, à pleurer ; l'un arracha ses baskets et sortit de la semelle de nouveaux billets.

Les mafieux demeuraient inflexibles.

Nous, lâches, nous nous taisions. Nous avions saisi que c'était à ce prix, l'exclusion des deux Noirs, qu'ils achetaient notre docilité. Broyés les uns contre les autres dans la camionnette, nous nous considérions comme des privilégiés.

– Ne faites jamais le moindre bruit, ne m'appelez pas, ne tapez pas sur la tôle, réglez vos problèmes discrètement, brailla le chauffeur. Je risque ma vie autant que vous. Voire plus. Vous, si ça tourne mal, vous perdez votre argent et vous retournez chez vous ; moi, cachot ! Alors fermez vos gueules jusqu'au bout. Si vous respectez les consignes, tout se déroulera bien. Ceux qui ont compris traduisent à leurs camarades ; c'est votre intérêt d'être solidaires. Donc pas un geste, pas un mot. Et pissez dans vos bouteilles d'eau lorsque vous les aurez vidées. Je ne veux plus vous remarquer que mes biscuits, O.K. ?

Les portes claquèrent et nous emprisonnèrent dans une obscurité complète.

La voiture démarra. Nous entendîmes encore pendant quelques mètres les cris implorants des deux laissés-pour-compte. Puis plus rien.

Le chauffeur sadique emprunta un chemin défoncé pour baptiser ses passagers. A ma surprise, malgré les cahots, il n'était pas difficile de tenir debout dans la camionnette en marche tant la promiscuité nous collait les uns aux autres ; ce qui était difficile, c'était de respirer ; quoique grand, j'aplatis mon nez contre l'épaule d'un malabar nigérien.

Personne ne protestait. Puisque nous étions traités comme des animaux, nous mettions notre point d'honneur à nous conduire en hommes, sans nous plaindre, en nous arrangeant pour ne pas nous écraser. Bref, je n'ai jamais perçu autant de dignité que dans cette situation humiliante.

On nous avait prévenus que le trajet serait long mais je réalisai vite qu'il serait insupportablement long. Depuis que j'avais constaté que les mafieux ne tenaient qu'une partie de leurs promesses, je me demandais quand nous aurions droit à une pause.

– Penses-tu que nous allons faire des escales ? chuchotai-je à mon voisin.

– Bien sûr.

– Ah oui ? Le chauffeur va démonter et remonter son mur de boîtes pour qu'on se dégourdisse les jambes ? Je n'avais pas noté cette propension altruiste en lui.

Frappé par cette idée, mon voisin ne répondit pas. Par bonheur, nous avions échangé en arabe, presque en silence ; notre doute ne contamina pas les autres,

218

lesquels, sans doute, ressassaient une crainte identique. Comment le savoir ? Nous nous taisions tous.

Etrange voyage… Je me rappelle ce périple comme une série d'incommodités qui me tourmentèrent successivement. La chaleur d'abord. La faim ensuite. Puis l'envie d'uriner ; à celle-ci, je résistai longtemps ; mais il arriva un moment où, après avoir supporté les crampes d'estomac, la gorge sèche, la langue raide, salée, énorme, je subis une telle inflammation de la vessie que, même lorsque je la vidai dans ma bouteille, elle me brûlait encore ; je m'attendais à ce que ça pue car j'avais perdu le bouchon mais, chacun de nous s'étant soulagé durant ces heures, je m'étais déjà endurci jusqu'à ne plus sentir les odeurs.

Les dernières heures du déplacement nous avaient plongés dans la confusion. Nous ne savions plus si c'était le jour, la nuit, depuis combien d'heures nous roulions. Incapable de dormir debout, je me récitai mon Coran ; ceux qui s'endormaient recevaient aussitôt un coup des corps qu'ils écrabouillaient dans les virages ou les côtes.

La camionnette ralentit une nouvelle fois. J'entendis parler italien. J'en conclus, abattu, que nous n'avions pas encore quitté la Péninsule.

Le chauffeur éteignit le moteur.

Certains frémirent d'espoir.

Le chauffeur entama une discussion avec les douaniers. Ceux-ci demandèrent qu'on leur montrât le contenu de la camionnette.

Le chauffeur entrouvrit les portes.

– Vous voyez, rien que des biscuits.

Il refermait lorsqu'une voix l'arrêta :

– Attends. Laisse-moi regarder un peu.

En poussant un soupir de lassitude, le chauffeur rouvrit plus larges ses portes.

Nous reçûmes l'air frais de la nuit. Personne ne bougea.

– Putain, ils puent tes biscuits !

Le douanier avait eu un cri du cœur.

– De toute façon, ce n'est pas à toi que je veux les vendre, rétorqua le chauffeur. Par contre, je voulais t'en offrir.

– Ah non, ils empestent. Qu'est-ce qu'il y a d'autre dans ton camion ?

– Ah, peut-être qu'il y a une charogne au fond du camion, j'ai dû charger un peu vite parce que j'étais pressé. Oui, c'est possible qu'il y ait un rat mort là-bas au fond.

– Un rat mort ? Une colonie de rats morts, tu veux dire. Enlève-moi ces boîtes que je jette un œil.

– Ecoute, je suis en retard. Mon patron va me tuer si je ne livre pas à temps.

– Enlève ces boîtes.

– Non.

– Tu refuses ?

– Oui, je vais perdre mon travail.

Pendant que s'engageait le bras de fer entre le douanier et le chauffeur, nous retenions notre souffle. Qui allait gagner ?

Soudain le douanier s'exclama :

– Non, ça schlingue trop, ce n'est pas possible.

D'un geste énergique, il tenta de manipuler quelques boîtes ; aussitôt le mur entier tomba et nous nous retrouvâmes aveuglés par sa torche.

– Putain, qu'est-ce que c'est que ça ?

Le chauffeur ne répondit pas car il était déjà en train de s'enfuir à toutes jambes.

Le douanier, comprenant, donna l'alerte. Ses collègues accoururent au cul du camion.

Muets, effarés, ils braquaient leurs lampes sur nous. Nos visages les effrayaient; moi-même, je fus stupéfié par l'horrible mine de mes voisins, hagards, hirsutes, épuisés, assoiffés, affamés.

– Des clandestins, diagnostiqua le douanier.

Au fond du parking, on cria que le chauffeur avait réussi à s'échapper.

– Tant pis, on tient l'essentiel.

Quel sens pouvait avoir cette phrase ? Préféraient-ils nous capturer, nous, les voyageurs clandestins, plutôt que le membre d'une bande organisée qui bafouait les lois et rackettait les illégaux ? Valait-il donc mieux mettre la main sur les miséreux que sur les escrocs qui s'enrichissent de la misère ?

Après cela commença un concert d'étonnements. Ils s'étonnaient que nous nous soyons pissé dessus, que certains aient déféqué dans leur pantalon : à croire qu'ils découvraient les fonctions vitales humaines, à croire qu'ils n'y étaient pas soumis, à croire aussi que nos odeurs, à nous, étaient plus repoussantes. Sous leurs regards, j'eus l'impression d'avoir inventé la merde, pas de la subir, non, de l'avoir créée, d'en être responsable, pire, coupable !

Lors de notre transfert au poste, ils nous menèrent dans des salles de douches, ce qui nous permit de reprendre une apparence décente. A voir leur ravissement à notre retour, j'eus cette fois l'impression que si moi, j'avais inventé la merde, eux ils venaient d'inventer la propreté. Ce pavillon de douane, décidément, c'était le rendez-vous des inventeurs !

– Fils, ne critique pas, ce sont de braves gars qui font leur travail.

Père m'attendait dans le couloir où nous récupérions nos balluchons.

– As-tu vu leur comportement, Papa ? Parce qu'ils s'attendaient à trouver des rats dans le camion, ils voyaient vraiment des rats. Ils n'ont pas l'air certain que nous soyons des hommes.

– Ils ont peur.

– Ça effraie, un homme qui ne possède plus rien ? Non, Père, ils ne s'apitoient pas, ils ne sympathisent pas, ils ne s'imaginent pas à ma place, ils me dévisagent comme un être inférieur. Dans leurs yeux, j'appartiens à une autre race. Je suis un clandestin, celui qui ne devrait pas être là, celui qui n'a pas la permission d'être. Au fond, ils ont raison : je suis bien devenu un sous-homme puisque je détiens moins de droits que les autres, non ?

– Ne t'énerve pas, Saad. Ils se conduisent mieux depuis que vous êtes arrivés ici.

– Tu as raison, ils sont gentils. Gentils comme avec des animaux.

– Allons !

– Papa, qui sont les barbares ? Ceux qu'on estime inférieurs ? Ou ceux qui s'estiment supérieurs ?

Le lendemain matin, dans le dortoir où nous étions parqués, un gardien laissa – sans doute à notre intention – traîner la presse italienne. Lire les titres, puis les articles, me déclencha une colère violente, spasmodique, à en étouffer de rage.

Les douaniers – et les journalistes à l'unisson – se réjouissaient d'avoir intercepté notre camion; ils se flattaient de nous avoir arrachés à un voyage dégradant, trente hommes entassés debout dans moins de six mètres carrés, dont sept mineurs de seize ans. S'ils regrettaient d'avoir laissé échapper le passeur, ils ne regrettaient rien nous concernant car notre sort était réglé : comme des chiens errants, on nous destinait à des refuges – une fourrière –; certains d'entre nous seraient rendus à leur maître – leur pays – si on les identifiait. Aucun ne réalisait qu'il n'y avait pas pire catastrophe pour nous que de rentrer au pays; nul ne comprenait qu'on nous dépouillait de nos économies, de celles de nos familles; ils n'imaginaient pas que nous transportions avec nous les espoirs de nos proches, non, ils avaient le sentiment d'avoir accompli leur devoir, pas d'avoir bousillé trente vies, et derrière ces trente vies, trente familles, soit deux cents ou trois cents personnes, qui comptaient sur nous.

Hourra! Les bourreaux sabraient le mousseux dans le bureau du chef! Les héros de la veille se réjouissaient d'avoir bien travaillé!

J'étais plus humilié que jamais.

Quelques heures plus tard, lorsqu'on vint me chercher pour m'auditionner, je n'avais pas décoléré.

Sitôt entré dans le bureau, sans même noter qui était mon interlocuteur, je m'écriai en anglais :

– Je veux porter plainte.

– Pardon ?

– Je porte plainte contre les douaniers qui ont suspendu mon voyage. Hier soir, on m'a privé de chauffeur, on m'a volé mon argent, on a anéanti mon travail de plusieurs mois, on a dilapidé les efforts de trois années pour arriver jusque-là.

L'homme en uniforme me contempla avec stupéfaction. L'œil anxieux, la bouche rose et resserrée comme une rose en bouton, le teint beige, il paraissait aussi jeune que sa fonction le permettait. Sanglé dans une veste militaire, la ceinture en cuir marquant l'étroitesse de ses hanches, il ressemblait à un adolescent déguisé en officier plus qu'au brillant fonctionnaire qu'il devait sans doute être. Il s'exprima d'une voix grave, posée, riche et timbrée qui contrastait avec l'élan juvénile de son corps.

– Ah oui ? Etes-vous satisfait d'avoir été transporté de façon humiliante, plus mal que des bestiaux ?

Il parlait l'anglais zézayant et tonique des Italiens, cet anglais de danseur mondain, cet anglais qui porterait un corset affinant la taille, flattant les fesses et virevoltant à chaque phrase. Sans me déconcentrer, je poursuivis mon attaque :

– On ne m'a pas mis de force dans cette camionnette, je l'ai accepté ! Par contre, si cette arrestation s'éternise et que mon voyage s'interrompt, alors je deviens une victime !

Il éclata de rire.

Comme si mon entrée se réduisait à un préambule théâtral, il me pria de m'asseoir et alla lui-même s'installer derrière son ordinateur pour commencer l'interrogatoire. Je l'arrêtai aussitôt :

– Me questionner ne servira à rien.

– Ah oui ?

– Depuis quelques années, j'ai subi je ne sais combien d'entretiens comme celui que vous allez m'infliger et cela n'a jamais servi à rien. Je dois mal répondre puisqu'on me ferme toujours la porte.

– Ou très bien répondre puisqu'on ne vous a pas renvoyé chez vous.

Il me sourit. Je baissai les yeux. Ce fonctionnaire atypique me paraissait plus intelligent que ceux que j'avais rencontrés les dernières fois. Bon ou mauvais augure ?

– Comment vous appelez-vous ?

– Ulysse.

– Pardon ?

– Ulysse. Parfois aussi je m'appelle Personne. Mais personne ne m'appelle Personne. D'ailleurs personne ne m'appelle.

Il se frotta le menton.

– D'accord, je vois. D'où venez-vous ?

– D'Ithaque.

– D'Irak ?

– Non, d'Ithaque. Là d'où viennent tous les Ulysse.

– Où est-ce ?

– On ne l'a jamais su.

Il rit finement. Je le fixai alors dans les yeux.

– Ne perdez pas votre temps. Je ne vous dirai jamais mon nom ni ma nationalité. Je peux garder le silence pendant des mois, je l'ai déjà prouvé. Ce n'est pas vous qui gagnerez, ni moi non plus. Il paraît d'ailleurs que c'est ça, la guerre moderne, une guerre sans vainqueurs ni vaincus. Juste la guerre.

– Quoi d'autre ?

– Je ne supporte plus les interrogatoires. Je ne peux pas m'empêcher de penser que ce sont les criminels qu'on cuisine ainsi.

– Qui nous assure que vous ne l'êtes pas, criminel ?

– Je suis un cas non prévu par la loi, mais pas contre la loi.

– J'ai peur de très bien vous comprendre.

Je levai un sourcil, son regard m'envoya une compassion profonde, tangible. Du coup, troublé, je cessai mon soliloque.

Se relevant, il me proposa une cigarette que je refusai ; il l'alluma pour lui et tira dessus avec volupté. A voir son plaisir, je songeai à Leila et esquissai un sourire. Après quelques bouffées, il se tourna vers moi.

– J'aime mon métier, monsieur, car j'aime lutter contre le crime. Or, en face de vous, je n'ai pas l'impression d'exercer mon métier. Outre que je perds mon temps, je perds ma foi... oui, ma foi en mon devoir !

Il se dérida, presque charmeur.

– Vous n'aimeriez pas ça, vous, que je perde ma foi ?

Je tremblai. Où voulait-il en venir ?

– Voyez, monsieur, les frontières, tant qu'elles existent, il faut les respecter, et les faire respecter. Mais on a bien le droit de se demander pourquoi elles existent. Et sont-elles une bonne solution aux problèmes humains ? Eriger des frontières, est-ce la seule manière pour les hommes de vivre ensemble ?

M'étonnant du tour que prenait la conversation, je répondis néanmoins :

– Jusqu'ici il n'y en a pas eu d'autre.

– Même si c'est la seule manière, est-ce la bonne ? L'histoire humaine, c'est l'histoire de frontières qui se déplacent. Qu'est-ce que le progrès sinon la raréfaction des frontières ? Il y a plusieurs millénaires, les frontières se dressaient à la porte de chaque village, elles étaient alors très nombreuses ; puis elles se sont élargies pour cerner des tribus, des ethnies, des peuples ; toujours plus rares et élastiques, elles cernèrent ensuite plusieurs groupes dans l'espace d'une nation. Plus récemment, elles ont dépassé les nations, soit par le fédéralisme dans le cas des Etats-Unis, soit par des traités comme celui qui fonde l'Europe. En bonne logique, cela devrait continuer. Mon métier est absurde, il n'a aucun avenir. Les frontières vont disparaître, ou s'étendre à des territoires plus larges.

– Quelle en serait la limite ?

– Le continent.

– Il ne resterait que les frontières naturelles, celles de la mer et de la terre ?

– Oui.

– Les gens ont quand même besoin de dire « nous » pour exister : nous les Américains, nous les Africains, nous les Européens.

– Ne peuvent-ils pas essayer « nous les hommes » ? s'interrogea l'officier.

– Alors ce serait contre les animaux.

– Dans ce cas-là, pour les inclure encore, ils pourraient tenter « nous les êtres vivants » ?

– Vous êtes un grand rêveur, monsieur l'officier, vous devriez changer d'affectation : le ministère de la Justice vous conviendrait mieux que la Défense du territoire !

Il sembla se réveiller et, gêné, s'esclaffa avec maladresse. S'asseyant sur la table, il se pencha vers moi.

– A mes yeux, vous n'êtes pas un paria.

– Du bluff ! Si je saute par la fenêtre, vous allez me tirer dessus.

D'étonnement, il recula.

– Vous avez pensé à ça ?

– Que vous allez me tirer dessus ?

– Non, à sauter par la fenêtre ?

– Oui.

Il tourna la tête vers l'ouverture qui se trouvait à deux mètres du bureau. Ses doigts pianotèrent sur la table. J'insistai :

– Vous n'avez pas répondu à ma question. Me tirerez-vous dessus ?

Il revint vers moi, ses sourcils s'arrondirent.

– A votre avis ?

Nous nous scrutâmes longuement. Je ripostai avec précaution :

– A mon avis, non.

Il renchérit avec autant de précaution :

– Vous avez raison.

Nous baissâmes tous les deux les paupières. Après un temps, je repris la parole :

– Prenez donc vos précautions : fermez la fenêtre.

Il me fixa. Un temps. Du bout des lèvres, il lâcha :

– J'ai chaud.

J'osais à peine comprendre le message. Mon cerveau commençait à s'affoler.

– Si je m'enfuyais, où irais-je ?

– Je n'en sais rien.

– Si vous étiez à ma place ?

– Moi, je passerais la frontière à pied, en grimpant dans la montagne. Il n'y a plus de douaniers dans les alpages.

– Ah oui ?

– Oui. C'est assez crétin de prendre la route et de se présenter à un poste de douane. Enfin, je ne devrais pas dire ça, car je détruis mon métier… Mais restez logique : ne nous provoquez pas là où nous sommes, évitez-nous en allant là où nous ne sommes pas. Non ?

J'enregistrai avec passion ce qu'il suggérait.

Je souris. Lui aussi. Puis il leva les yeux au plafond et soupira, exaspéré :

– Qu'est-ce qu'il fait chaud ! C'est intolérable !

Il se dirigea vers la fenêtre, l'ouvrit encore plus grande, puis jeta un œil dehors.

– Tiens, c'est curieux : personne ! marmotta-t-il.

Avec naturel, il revint derrière son bureau et s'absorba dans la lecture d'un rapport, comme s'il m'avait oublié.

J'hésitais.

Pour m'encourager, il regarda le lustre et bâilla.

Sans attendre une seconde de plus, je me jetai par-dessus la rambarde et j'atterris, un étage en dessous, sur le goudron de la cour.

Avisant le portail au fond du parking, je détalai.

Au moment d'arriver dans la rue, je me retournai cependant.

J'aperçus sa silhouette dans l'embrasure : fumant paisiblement, il attendait avec patience que j'aie disparu pour donner l'alarme.

13

En me réveillant ce matin-là, lové au creux d'un fossé entre deux champs, le corps trempé de rosée, les choses me sont apparues avec netteté tandis que je fixais le ciel. L'homme lutte contre la peur mais, contrairement à ce qu'on répète toujours, cette peur n'est pas celle de la mort, car la peur de la mort, tout le monde ne l'éprouve pas, certains n'ayant aucune imagination, d'autres se croyant immortels, d'autres encore espérant des rencontres merveilleuses après leur trépas ; la seule peur universelle, la peur unique, celle qui conduit toutes nos pensées, c'est la peur de n'être rien. Parce que chaque individu a éprouvé ceci, ne fût-ce qu'une seconde au cours d'une journée : se rendre compte que, par nature, ne lui appartient aucune des identités qui le définissent, qu'il aurait pu ne pas être doté de ce qui le caractérise, qu'il s'en est fallu d'un cheveu qu'il naisse ailleurs, apprenne une autre langue, reçoive une éducation religieuse différente, qu'on l'élève dans une autre culture, qu'on l'instruise dans une autre idéologie, avec d'autres parents, d'autres tuteurs, d'autres modèles. Vertige !

Moi, le clandestin, je leur rappelle cela. Le vide. Le hasard qui les fonde. A tous. C'est pour ça qu'ils me haïssent. Parce que je rôde dans leurs villes, parce que je squatte leurs bâtiments désaffectés, parce que j'accepte le travail qu'ils refusent, je leur dis, aux Européens, que j'aimerais être à leur place, que les privilèges que le sort aveugle leur a donnés, je voudrais les acquérir; en face de moi, ils réalisent qu'ils ont de la chance, qu'ils ont tiré un bon numéro, que le couperet fatal leur est passé au ras des fesses, et se souvenir de cette première et constitutive fragilité les glace, les paralyse. Car les hommes tentent, pour oublier le vide, de se donner de la consistance, de croire qu'ils appartiennent pour des raisons profondes, immuables, à une langue, une nation, une région, une race, une morale, une histoire, une idéologie, une religion. Or, malgré ces maquillages, chaque fois que l'homme s'analyse, ou chaque fois qu'un clandestin s'approche de lui, les illusions s'effacent, il aperçoit le vide: il aurait pu ne pas être ainsi, ne pas être italien, ne pas être chrétien, ne pas... Les identités qu'il cumule et qui lui accordent de la densité, il sait au fond de lui qu'il s'est borné à les recevoir, puis à les transmettre. Il n'est que le sable qu'on a versé en lui; de lui-même, il n'est rien.

Me relevant, je me débarrassai des brins d'herbe qui avaient collé à ma chemise et décidai de ne pas attendre pour agir.

En escaladant une barrière, je gagnai une aire de repos pour automobilistes, plantée entre une station-service et un motel; convaincu que je devais disparaître avant que les policiers me retrouvent, j'étudiai la situation.

Partir à pied dans la montagne, selon la suggestion de l'officier, supposait que je me procure un plan et que je marche plusieurs jours : autant d'occasions d'être reconnu. N'y avait-il pas un moyen différent ?

Assis entre des buissons, sur une butte de terre qui dominait le parking, je me massai les pieds pour mieux réfléchir.

– Te souviens-tu, fils, de l'épisode d'Ulysse et des moutons ?

– Bonsoir, Papa. Je suis ravi de te voir mais l'heure n'est pas à la littérature.

– La littérature est plus utile que tu ne te le figures. Comment aurais-je séduit ta mère si je ne lui avais pas récité des poèmes d'amour ? Si je n'avais pas appris dans les livres à exprimer mes sentiments ? Et si je n'avais pas toujours mille histoires à lui susurrer ?

– Je m'en fous ! Les mérites de la littérature dans la vie de couple, c'est un sujet exotique qui ne me sert à rien aujourd'hui.

– Fils, tu ne comprends jamais ton père. Je t'apportais une solution en te mentionnant la fable d'Ulysse et des moutons.

– Qu'est-ce que c'est ?

– Non, trop tard. Tu m'as persuadé que je dérange.

– Papa, pas de coquetterie ! Raconte-moi ton anecdote.

– Le rusé Ulysse ne savait pas comment sortir de la grotte où il était enfermé avec ses compagnons. Car le Cyclope, aveuglé, tâtait les animaux de son troupeau lorsqu'ils passaient le seuil de la grotte afin de vérifier qu'aucun de ses prisonniers ne les chevauchait. Ulysse eut donc l'idée de lier plusieurs moutons entre eux, et de glisser chaque Grec sous leurs ventres. Le Cyclope, qui parcourait de la main le dos de ses bêtes, laissa ainsi s'échapper l'équipage d'Ulysse.

En dessous de nous, repérable aux grêles bêlements qui fendillaient le brouillard de l'aube, un camion partiellement bâché contenait un troupeau de brebis flanqué de quelques ballots de paille. Le chauffeur venait de quitter son véhicule pour se rendre aux toilettes.

– Merci, Papa : j'ai compris !

– Ah tout de même ! soupira-t-il en s'évanouissant dans les nuées.

Je dévalai, rapide, vers le camion, sans hésiter me glissai sous le châssis, puis rampai entre les roues. Une fois au centre, je me hissai entre les essieux, coinçai mes pieds ; j'utilisai alors ma ceinture pour m'aider à me maintenir le buste plaqué au véhicule, juste au-dessus du sol, sans avoir à compter sur la seule force de mes bras.

Quand le chauffeur revint, il grimpa parmi ses bêtes.

– Alors, les biquettes ? En forme ?

Je l'écoutai fourrager au-dessus de moi.

Après un râle profond, il redescendit. J'attendis avec angoisse le moment où il allait s'agenouiller pour me surprendre mais, après avoir fumé une cigarette, il écrasa son mégot, remonta à bord et démarra.

Mentalement, je remerciai mon père de m'avoir soufflé la ruse d'Ulysse, car, sans son récit, je me serais contenté de me cacher parmi le bétail.

Il me restait désormais à espérer qu'il prenait bien la route de la France et non du sud de l'Italie. Comme le parking rejoignait les deux sens, je ne pouvais en avoir la certitude à l'avance et, d'où j'étais, collé à la tôle pour ne pas me râper le dos sur la route, je ne voyais aucun panneau.

Nous roulâmes peu de temps, il ralentit et je l'entendis discuter avec les douaniers, sans saisir les mots à cause du bruit du moteur.

Je ne savais si je devais me réjouir : d'un côté, cela m'indiquait qu'il conduisait dans la bonne direction ; de l'autre, cela signifiait peut-être la fin du voyage. Pourquoi parlementait-il ?

Les douaniers lui dirent d'avancer vers une borne et de couper le moteur.

– Quoi ? Vous voulez qu'on regarde ce que vous avez, là derrière ?

– C'est votre métier, non ?

– Oui, mais c'est nous, les douaniers, qui choisissons d'arrêter tel ou tel véhicule.

– Fouillez parce que moi, je me méfie depuis l'année dernière.

– Quoi ? Que s'est-il passé ?

– Vos collègues ne vous ont pas raconté ? Trois Noirs s'étaient faufilés parmi les bêtes que je transportais. Quel pataquès ! On a cru que j'étais complice ! Garde à vue, interrogatoires, menaces, tout le tintouin ! On a débarqué chez moi, cuisiné ma famille, épluché mon compte en banque, vérifié que j'étais un pauvre con honnête ! Ah non, j'ai failli tomber en dépression, merci ! Alors maintenant, je perquisitionne moi-même et puis j'exige que vous recommenciez.

Deux douaniers escaladèrent les rambardes et plongèrent parmi les animaux qui râlèrent contre cette intrusion. Ils fouillèrent vite.

– C'est bon ! Pas de problème.

– Merci, les gars. A bientôt.

Le camion repartit.

J'osais à peine croire que nous avions traversé la frontière.

Le camion adopta une allure plus rapide, d'autant plus impressionnante qu'à quelques centimètres le sol défilait sous moi. A chaque instant, je redoutais que notre véhicule ne roulât au-dessus d'une pierre, d'un cadavre d'animal, d'un objet expulsé d'un chargement et que celui-ci, alors, ne me déchirât le dos.

Les tunnels s'enchaînaient, malodorants, suffocants ; en plus des crampes, j'éprouvais des difficultés à respirer.

Combien de temps cet inconfort allait-il durer ? Je sentais que j'aurais du mal à tenir longtemps… D'autant que le chauffeur avait désormais choisi un parcours – sans doute une autoroute – qui lui évitait les stops et les feux rouges.

Que faire ?

Soudain, il s'arrêta, s'acquitta d'un péage, et partit sur des chemins plus sinueux, coupés de carrefours. Je commençai à reprendre espoir. Le crépuscule descendait. Pourvu qu'un des feux, à une intersection, dure assez longtemps…

Dès que l'occasion se présenta, je défis le lien de ma ceinture et me détachai du châssis.

Il redémarra juste quand j'allais achever, je chutai sur le dos, je n'eus pas le temps de rouler sur le côté.

Passant par-dessus moi, le camion me découvrit le ciel étoilé.

Je souris.

J'étais sauvé. J'étais libre. J'étais en France. La nuit resplendissait.

Je me vautrai dans le fossé et me mis à hurler de joie, sans plus pouvoir m'arrêter.

Dans ce récit, je me suis trop souvent plaint de ma malchance, malchance de la naissance, malchance d'une histoire politique et militaire tragique, malchance des balles et des roquettes perdues, bref, je me suis si souvent lamenté que je me dois maintenant d'annoncer que, à mon arrivée en France, le sort se montra généreux avec moi.

Après deux jours de marche, tiraillé par la faim, j'entrai dans un village frontalier pour me rafraîchir à sa fontaine lorsque de curieuses banderoles arrêtèrent mon attention.

« Luttons pour la régularisation des sans-papiers », « Occupation de l'église Saint-Pierre », « Grève de la faim pour assouplir les lois iniques ».

Au-dessous d'une église de pierres fuligineuses, des manifestants en jean et tee-shirt scandaient des slogans, agitaient des panneaux et interpellaient les passants. Malgré la médiocrité de mon français, je compris vite que ces gens militaient contre le gouvernement pour obtenir la régularisation de certains étrangers, lesquels, réfugiés dans la sacristie, mouraient volontairement de soif et de faim. Devant le porche, les militants repoussaient les forces de l'ordre qui voulaient refouler les grévistes non seulement du lieu saint mais de France.

J'observai qui dirigeait le groupe jusqu'à ce que je repère un certain Max, grand escogriffe chevelu, barbu, sec, trentenaire portant une boucle d'argent à l'oreille droite.

Quand les forces de l'ordre abandonnèrent la partie et rembarquèrent dans leurs véhicules, je fonçai vers lui et lui accrochai le bras.

– Parles-tu anglais ?

– Un peu.

Sans attendre, d'une manière pressante, presque folle, je lui narrai mon histoire. Il m'écouta, les iris dilatés d'intérêt. Puis, dans une syntaxe approximative qui claudiquait sur un vocabulaire très pauvre, il m'avertit qu'il allait s'occuper de moi. Après avoir prévenu certains de ses camarades, il s'excusa d'écorcher cette langue qu'il n'avait jamais voulu apprendre tant l'anglais, malgré le jazz et le cinéma, lui paraissait, à cause de la politique étrangère de l'Amérique, un idiome d'oppresseur.

Ce soir-là, je dormis dans sa maison, au grenier, au-dessus des cinq enfants.

Les jours suivants, sa femme, Odile, eut à cœur de me remplumer parce que, depuis mon épisode italien, j'étais encore plus maigre que d'ordinaire.

Je ne dirai pas grand-chose de l'association à laquelle appartenait Max, car elle existe toujours et sauve des dizaines d'hommes comme moi, de femmes, d'enfants ; leur réussite tient à leur discrétion autant qu'à leur courage car lui et ses collègues défient les lois de leur pays et défendent une idée de la justice qui va au-delà du droit qu'ils estiment mauvais.

Pris sous leurs ailes protectrices, je me restaurai, gagnai quelques euros que j'envoyai sur-le-champ à ma mère.

Un jour, Max me sortit du sommeil avec un grand sourire.

– Saad, attrape ton balluchon, je t'emmène en Alsace, chez le docteur Schoelcher, le maire des morts.

– Le maire des morts ?

– C'est l'un de nos relais dans le Nord, un membre fondateur de notre association. Il veillera sur toi.

Je n'osai pas insister par peur d'avoir l'air imbécile. Le maire des morts ? Et il allait me veiller ? Qu'est-ce que cela signifiait ? Cela comportait-il une menace ?...

A la bienveillance tranquille de Max, je devinai que je devais m'égarer. J'oubliai ses mots et décidai de lui conserver ma confiance. Avais-je le choix, d'ailleurs ?

Nous traversâmes la France en remontant par l'est. Sans doute parce que c'était le premier Etat d'Europe que je parcourais, le nez écrasé contre la vitre, je n'arrivais pas à croire qu'un pays puisse être si vert, ni qu'une terre se prête à des plantations aussi diverses, grasse, riche, humide, généreuse, encore moins qu'un paysage puisse accumuler tant de châteaux, de clochers, de forêts. Après quelques heures, j'enviais les troupeaux que nous dépassions, les vaches nonchalantes sur leur tapis d'herbe drue, les chevaux de trait dodus, les moutons obèses, indifférents. Même chien de ferme dans ce royaume somptueux me semblait une condition désirable.

Sur la route, nous croisions des voitures que je n'avais jamais vues, modernes, spacieuses, plus propres qu'au Moyen-Orient, plus neuves, plus rapides ; les chaussées, au rebours de chez nous, n'abîmaient pas les pneus car longues, lisses, égales, nettoyées, débarrassées des pierres et des crevasses ; en plus, des barrières continues bordaient le chemin.

– Toute la France est comme ça ? demandai-je.

– Ça veut dire quoi, comme ça ?

– Luxueuse comme la propriété d'un tyran ?

Max se tourna vers moi, me considéra, grave.

– C'est la propriété d'un peuple.

J'acquiesçai vite de la tête, souhaitant qu'il scrute la

route plutôt que moi. Lorsqu'il se fut retransformé en conducteur attentif, je demandai encore.

– Un peuple si heureux ne doit jamais se plaindre, alors ?

Max éclata de rire.

– Il se plaint tout le temps.

Je secouai la tête, renonçant à comprendre. Des trains fuselés, extraordinairement rapides, trouaient parfois la campagne. Des avions entrelaçaient leurs traînes cotonneuses dans l'infini du ciel. Des camions géants se suivaient, paisibles, complices.

– C'est tous les jours comme ça ?

– Comme ça ?

– Autant de gens sur les routes ?

– C'est calme aujourd'hui.

Je soupçonnai Max de se moquer de moi.

La nuit tomba et la suite du voyage se révéla encore plus merveilleuse. Comme il avait quitté l'autoroute, Max traversait village après village, tous coquets, soignés, annoncés et salués par des ronds-points fleuris. J'aurais voulu m'arrêter dans chacun, arrêter le geste des commerçants qui baissaient le rideau de fer sur des vitrines étincelantes, bondir à l'intérieur des maisons éclairées d'une lumière d'or, franchir les rideaux pour devenir l'enfant de cette famille, le frère de celle-ci, m'asseoir au bout de cette table pleine, remplacer l'homme qui fermait ses volets pour retourner près de ses livres, rejoindre cette femme pensive dans son fauteuil pourpre à côté d'un bouquet.

Max s'arrêta dans trois villages pour remettre aux membres de leur association des documents confidentiels. A chaque fois, il me laissa sur la place centrale et disparut ; j'en profitais pour humer l'air, regarder alentour.

Au troisième bourg, lorsque je me rinçai les mains dans une fontaine de pierre crémeuse, Papa se glissa auprès de moi et siffla d'admiration :

– Liberté, égalité, fraternité. Tu as vu, fils ?

– Mm ? De quoi parles-tu ?

– Liberté, égalité, fraternité.

– C'est une chanson ?

– Non, depuis ce matin, je lis ça partout, sur les façades, les frontons, les monuments, les statues. Bon, ce n'est qu'un slogan, d'accord, mais les gens qui le revendiquent ne peuvent pas être mauvais.

– Ils en font trop. C'est comme celui qui, dans un souk, crie qu'il vend les tissus les plus beaux et les moins chers : il ne l'affirme que parce que c'est faux.

– La Constitution d'une République n'a rien à voir avec les pratiques d'un souk, fils, tu t'égares !

– Les Français ne brandissaient-ils pas déjà cette devise lorsqu'ils conquéraient le monde pour constituer leur empire colonial ?

– En Algérie, en Maroc, en Sénégal, en Asie ? Tu as peut-être raison.

– Alors « liberté, égalité, fraternité » signifie sans doute « nous sommes libres de vous envahir, nous serons égaux quoique certains le seront davantage, vous serez nos frères quand il faudra aller ensemble à la boucherie des guerres ».

– Oh, je te trouve bien sombre.

– Le mensonge réside dans le troisième terme, « fraternité ». Pour établir une fratrie, il faut décider qui en fait partie, qui n'en fait pas partie. En circonscrivant un ensemble d'êtres solidaires qui s'entraideront quoi qu'il arrive, il faut aussi désigner ceux qui seront tenus à l'écart et n'y appartiendront pas. Bref, il faut tracer des limites. Dès que tu dis « fraternité », tu contredis « égalité », les deux termes s'annulent ! On en revient toujours là : à la frontière. Il n'y a pas de société humaine sans un tracé de frontière.

Papa soupira, exaspéré, et conclut :

— L'homme n'aurait jamais dû devenir sédentaire, il aurait dû rester nomade, ainsi il n'y aurait pas de frontières.

— Non, Papa, il y a autant de guerres entre des peuples nomades qu'entre des peuples sédentaires.

— Alors d'où viennent les guerres ?

— L'origine des conflits, c'est le « nous », ce « nous » d'une communauté contre une autre, ce « nous » exprimant une identité et justifiant d'attaquer les identités étrangères.

— Tu ne prononces jamais « nous », toi ?

— Si, mais je ne veux pas faire « nous » avec n'importe qui. Toi, Papa, quand tu t'exclames « nous », tu penses au peuple d'Irak ; quand je murmure « nous », je pense à ma famille. A ma famille j'ai l'impression de devoir beaucoup, pas à l'Irak. Je sais reconnaître mes dettes mais essaie de ne pas me tromper de créancier. Qu'est-ce qu'il m'offre, mon pays ? Un passé tragique, un présent chaotique et un avenir douteux. Merci. J'ai compris, je n'attends rien de lui, je ne lui dois rien. En revanche, je dois aux miens.

— Donc tu n'es plus irakien ?

— Je tente de ne plus l'être.

— De tes racines, tu as une conception bien étroite !

— Toi tu l'avais si large que tu en es mort.

— En bref, tu rêves d'être apatride ?

242

– Non, je ne rêve pas d'être apatride, je rêve que le monde le devienne. Je rêve que le « nous » que je prononcerai un jour soit la communauté des hommes intelligents qui cherchent la paix.

– Un gouvernement mondial ?

– Chut, voilà Max !

De retour, Max engagea son véhicule dans une forêt.

Là, je luttai contre une peur instinctive. Rendus inquiétants par une obscurité d'encre, les arbres se dressaient si haut que je me sentais aussi petit qu'un enfant dans un conte. Les phares éclairaient, furtifs, des fossés, des buissons d'où jaillissaient des bêtes aux yeux effarés. Au-dehors, j'entendis des ululements, une plainte déchirante.

Il stoppa et les pneus crissèrent sur des graviers.

Il klaxonna.

Quelques secondes plus tard, une maison apparut devant nous. Le propriétaire, qui venait d'allumer les lanternes extérieures, découpa son ombre devant la porte.

– Salut, Schoelcher, c'est Max ! cria mon compagnon.

L'hôte écarta les bras, les deux amis s'étreignirent.

Max me présenta au docteur Schoelcher.

– Voici Saad Saad qui vient d'Irak et que je te confie.

– Bonjour, Saad Saad. Vous me permettez de vous appeler Saad, naturellement ?

Les deux hommes éclatèrent de rire. Pas moi. J'avais froid.

Max me regarda avec compassion.

– Saad s'est tant servi de ses yeux pendant le voyage qu'il doit les fermer. Il tombe de sommeil.

Il avait raison, j'étais épuisé. Max me conduisit à ma chambre pendant que le docteur Schoelcher disposait sur un plateau de quoi me restaurer.

– N'hésitez pas à prendre votre repas dans le lit, me dit-il en me l'apportant. Bon repos.

Ils me laissèrent seul à l'étage et commencèrent à trinquer à la cuisine; quoique leurs voix montassent jusqu'à moi, ils parlaient si rapidement que je ne comprenais rien; au reste, à peine avais-je raclé la dernière miette de mon assiette, porté mon doigt à ma bouche, je m'endormis.

Ce ne fut que le lendemain que je fis connaissance du docteur Schoelcher. Max, sans me réveiller, avait repris la route à l'aube.

Je demandai au médecin de me pardonner mon abrutissement de la veille. Haussant les épaules, il s'enquit:

– Thé plutôt que café?

– Oui, merci.

Je me réjouis que mon hôte n'obligeât pas l'Oriental que j'étais à absorber ce liquide âcre dont les Européens raffolent; contraint d'en boire pendant mon périple italien, je ne parvenais toujours pas à l'apprécier, seule la politesse me retenait chaque fois de le cracher.

– Vous sucrez beaucoup, je crois?

– Je suis étonné de voir combien les Européens sucrent peu leurs boissons.

– Heureusement! Ils consomment déjà assez de sucre dans l'alcool et dans le vin. Au fait, comment allez-vous? C'est le médecin qui pose la question.

– Je ne me pose jamais cette question.

Il sourit, pensif.

– Sortons, voulez-vous.

Schoelcher me prêta un manteau, une écharpe, des bottes et nous franchîmes la porte.

Les environs ne ressemblaient pas du tout à ce que j'avais vu – ou plutôt pas vu – la veille. Autour de la maison, derrière le bas muret qui l'isolait, s'étendaient à l'infini des champs de tombes.

Nous entrâmes dans la plus proche clairière de croix blanches. L'ensemble avait un aspect coquet, symétrique, ordonné, qui dégageait une puissante harmonie. Oui, ici, davantage que ne l'exprimait la formule consacrée, les morts reposaient en paix, j'en eus le sentiment précis. Ordre et régularité affirmaient l'égalité dans la mort. Aucun homme ne valait davantage en ce cimetière militaire, aucune tête ne dépassait, pas de plus fort, pas de plus riche, pas de plus gradé.

– Dans cette région, m'expliqua Schoelcher, vingt-six millions d'obus sont tombés entre 1914 et 1918 pendant la Première Guerre mondiale. Soit six obus au mètre carré. Ce déluge de fer et de feu a provoqué sept cent mille morts. Et je ne compte pas les villages détruits, jamais reconstruits, les munitions non explosées qui polluent encore le sol. La plupart des hommes enterrés ici étaient jeunes, vifs, pleins de force, je ne peux m'empêcher de penser aujourd'hui que c'est pour cette raison que l'herbe est si verte, comme si le végétal puisait sa vigueur dans les corps robustes qui se trouvent en dessous.

Je contemplai l'armée de croix, bien alignées, debout, propres, en tenue réglementaire, et songeai que les soldats, même défunts, se tenaient pour l'éternité au garde-à-vous.

Schoelcher reprit d'une voix profonde :

— J'habite un village d'une seule âme, la mienne, mais je ne m'y sens pas seul car ils sont tous là, autour de moi, des êtres qui ont été lestes, bruyants, costauds, courageux. Ecoutez, Saad, écoutez bien ce silence, vous y puiserez une nouvelle puissance.

— Pourquoi Max vous a-t-il décrit comme « le maire des morts » ?

— C'est ce que je suis. Ici, dans le canton de Charny-sur-Meuse, il y avait avant la guerre environ trois mille résidents, paysans pour la plupart, qui occupaient neuf villages. Contraints à l'exode dès début de la bataille, ils ne revinrent jamais. Dès 1919, une loi dota chacun des neuf villages morts pour la France d'une commission municipale et d'un président dont les pouvoirs s'apparentent à ceux d'un maire. S'ensuivit alors l'érection d'une chapelle, d'un monument aux morts où sont inscrits les noms des enfants tombés pour la patrie. Je me consacre à ces disparus.

— Ils sont contents ?

— Ils ne se plaignent pas.

— Comment vous ont-ils choisi ?

— J'ai été élu maire à l'issue d'une élection fantôme. Car mon village ne comprend aucun électeur vivant. Dans ma commune, le registre d'état civil que je tiens n'a pas consigné un nouveau-né depuis cent ans.

— Comment font les morts pour voter ?

— Le préfet de la Meuse me nomme au moment des scrutins municipaux.

Le docteur Schoelcher plissa des paupières rêveuses en contemplant les hectares de croix qui surmontaient les milliers de morts.

— J'entretiens leur jeunesse. Je fais en sorte qu'ils

demeurent de jeunes morts pour l'éternité. Imaginez que leurs sépultures sombrent dans la décrépitude, voire s'effondrent : ils seraient humiliés, on les oublierait, ma négligence aurait rendu leur sacrifice inutile. Le reste du temps, je soigne les vivants à l'hôpital le plus proche.

Soudain, il déchiffra mon visage avec attention, sympathie.

– Alors, mon jeune ami, je dois vous emmener dans le Nord pour attraper un bateau en direction de l'Angleterre ?

– Je vous en serais reconnaissant, monsieur.

– Je vais m'organiser pour vous emmener bientôt.

– Etes-vous optimiste ?

– Pour vous, oui. Pour l'avenir du monde, non. Le problème des hommes, c'est qu'ils ne savent s'entendre entre eux que ligués contre d'autres. C'est l'ennemi qui les unit. En apparence, on peut croire que le ciment joignant les membres d'un groupe, c'est une langue commune, une culture commune, une histoire commune, des valeurs partagées ; en fait, aucun liant positif n'est assez fort pour souder les hommes ; ce qui est nécessaire pour les rapprocher, c'est un ennemi commun. Regardez ici, autour de nous. Au XIXᵉ siècle, on invente les nations, l'ennemi devient la nation étrangère, résultat : la guerre des nations. Après plusieurs guerres et des millions de morts, au XXᵉ siècle, on décide d'en finir avec les nations, résultat : on crée l'Europe. Mais pour que l'Union existe, pour qu'on se rende compte qu'elle existe, certains ne doivent pas avoir le droit d'y venir. Voilà, le jeu est aussi bête que cela : il faut toujours qu'il y ait des exclus.

Il arracha délicatement un pissenlit et le porta à ses narines.

– Depuis des millénaires, la terre n'est peuplée que de migrants et demain on migrera davantage, migrants politiques, migrants économiques, migrants climatiques. Mais les hommes sont des papillons qui se prennent pour des fleurs : dès qu'ils s'installent quelque part, ils oublient qu'ils n'ont pas de racine, ils prennent leurs ailes pour des pétales, ils s'inventent une autre généalogie que celle de la chenille errante puis de l'animal volant.

En soufflant avec délicatesse, il répandit les pollens au vent.

– Pourquoi m'aidez-vous, docteur Schoelcher ?

– Soit l'humanisme est à la mesure du monde, soit il ne l'est pas. Un véritable humaniste ne reconnaît pas les frontières.

Sur ce, il claqua les talons, me lança un trousseau de clés et m'annonça qu'il partait travailler à l'hôpital.

Je suivis sa voiture des yeux jusqu'à ce qu'elle disparaisse, minuscule, au sommet de la colline.

– Tu vois Saad, chair de ma chair, sang de mon sang, c'est ça les Français : ils croient te tenir un langage très rationnel alors qu'en réalité ils sont débordés par leurs sentiments. Cela dit, des êtres qui s'occupent autant de leurs morts ne doivent pas être totalement indifférents aux vivants, non ? Fils, c'est un beau pays qu'un pays capable de nommer un maire pour administrer les défunts. Ne voudrais-tu pas rester en France ? J'apprécie beaucoup un tel degré de civilisation, loin de la barbarie. Moi, je m'acclimaterais bien ici, pas toi ?

– L'Angleterre, Papa, l'Angleterre.

– Mais pourquoi ?

– Il y a plus de travail.

– Le travail tu n'as pas besoin d'en trouver plusieurs mais d'en trouver un.

– Hors de question. L'Angleterre est mon rêve, je ne sais pas pourquoi. La faute à Agatha Christie sans doute.

– J'aurais dû entreposer à la cave les romans policiers de Simenon, tu t'arrêterais ici. Alors, on continue, tu es sûr ?

– Oui.

– Bon. Après tout, cet homme-là n'était peut-être qu'une exception…

14

Une nouvelle fois je me tenais devant une mer, celle du Nord ; une nouvelle fois une plaine liquide s'interposait entre mon but et moi ; une nouvelle fois je songeais que les eaux plates, en dressant leurs murailles défensives, offrent la protection la plus efficace à une terre qui veut se fermer.

– Tu as raison, fils. Au moins un mur ça s'escalade. Tandis que ça…

Douce, terne, peu agitée, couleur de terre boueuse, la mer du Nord m'impressionnait moins que la Méditerranée. Dans mon souvenir d'écolier, l'espace se révélait bien étroit, sur la carte, qui séparait d'un trait bleu la France de l'Angleterre. Et si…

– N'y songe pas, fils !

– Mais…

– Traverser à la nage, quelle folie ! Je te signale que, chaque année, cette étrange mare, la Manche, malgré son aspect inoffensif, avale et digère dans ses profondeurs les cadavres d'inconscients comme toi qui sousestiment la distance et le danger. Du reste, s'il suffisait de brasser ou crawler pour rejoindre l'Angleterre, ce pays fournirait, depuis quelques décennies, tous les champions de natation aux compétitions mondiales, ce qui est loin d'être le cas. L'Anglais n'aime pas plus gigoter dans l'eau que la boire. Une île d'alcooliques protégée par des kilomètres de liquide salé. Bref, retiens-toi.

Jamais je n'avais été aussi proche du but et jamais aussi découragé. Déposé par le docteur Schoelcher quelques jours plus tôt, j'errais entre la plage, les quais bordés de cargos plus hauts que des immeubles, et la tente de plastique humide où des secouristes offraient aux épaves comme moi une soupe chaude et des soins médicaux. Rencontrer ces innombrables aspirants au voyage, Afghans, Pakistanais, Kurdes, Africains, qui n'avaient en commun que lassitude, regard vide, croûtes sur leurs corps maigres et blessés, m'avait forcé à me considérer moi-même d'un autre œil. Je m'étais vu comme j'étais, rachitique, épuisé, repoussant.

Très vite, Pauline, le relais du docteur Schoelcher, m'avait expliqué ce qui m'attendait : la police qui nous tabassait ou qui nous déplaçait de cinquante kilomètres en nous abandonnant, pieds nus, au milieu d'un champ ; les rafles dans les camps improvisés ; les descentes chez les particuliers qui abritaient certains d'entre nous ; les avis d'expulsion sous dix jours pour ceux qui avaient tenté de jouer le jeu de la légalité. Il me fallait trouver le moyen de partir vite. Sinon, on allait m'emmener dans un centre de rétention, à Lyon ou à Orléans, soit des centaines de kilomètres au sud ; il me faudrait recommencer.

Je m'accroupis et ramassai un galet. Le serrer, frotter sa rondeur lisse sur ma paume, presser sa sagesse millénaire contre ma peau meurtrie, me procura, je ne sais pourquoi, un bien-être doux.

En me relevant et en parcourant l'horizon, la plage, d'un œil panoramique, je crus que j'étais devenu fou.

– Papa, vois-tu ce que je vois ?

– Oui, fils !

– La même chose ?

– Oui !

– La même personne ?

– Oui ! Je la vois aussi. Si tu es cinglé, fiston, nous le sommes tous les deux.

Leila marchait sur la plage, près du chemin d'accès. Le corps souligné par une robe mandarine qui modelait ses formes, elle glissait plus qu'elle n'avançait dans un tourbillon de voiles légers, pistache, or, pailletés, qui la faisaient ressembler à la proue d'un navire au vent.

A cet instant, j'ai pensé que je touchais le bout de mon voyage. Je n'irais pas plus loin. Voilà, j'étais mort. J'avais dû subir un malaise sur les pierres. Un arrêt cardiaque. Un caillot dans le cerveau. Un truc courant, banal sans doute pour les médecins mais qui venait de me foudroyer pour la première et la dernière fois.

– Fils, je devine ce que tu penses, or tu te trompes. Tu n'es pas mort. Je t'en supplie, pince-toi.

Je me pinçai avec force. Quoique la peau endolorie me brûlât, je doutais encore.

– On peut se pincer en rêve, non ? Alors pourquoi pas dans la mort ?

– Fils, tu n'es pas mort !

Je supposai alors que j'avais atteint la limite du réel, là où gisait la frontière entre le monde visible et le monde invisible. Sur cette plage du Nord, je venais de franchir le seuil qui séparait les vivants des défunts.

– Est-ce cela ? Suis-je en train d'entrer dans ton univers, Papa ?

– Au royaume des trépassés ?

– Oui, j'aurais trouvé le passage secret qui conduit chez vous ?

– Non.

– Comment se fait-il que je la voie ?

– La vois-tu comme tu me vois, moi ?

– Non. Tu es moins précis. Plus fuyant. Vaporeux. Elle a l'air solide.

– Alors, sois logique, fils : si tu la vois comme tu vois ce galet, avec une consistance identique, c'est qu'elle déambule dans le même univers que toi. Saad, si tu la vois, c'est qu'elle est en vie. Chair de ma chair, sang de mon sang, dépêche-toi avant qu'elle ne s'évapore. Magne-toi le cul ! Fonce !

A toutes jambes, je courus vers Leila. A chaque instant, je m'attendais à ce que sa silhouette se modifie, persuadé que j'étais abusé par une étonnante similitude ; l'inconnue vers laquelle je galopais allait bientôt cesser de paraître Leila pour s'incarner en étrangère, un détail allait me révéler ma méprise. Lorsque je fus à quelques mètres, la femme, surprise, se tourna vers moi, son visage fit face au mien. Là encore je reconnus Leila. J'avançai. Durant les quelques secondes qui me permirent de m'approcher, je présumai encore que ses traits, ses yeux, sa bouche, allaient se fondre en ceux d'une autre. Enfin, lorsque je me tins à quelques centimètres d'elle, je ne reçus toujours pas de démenti.

Je ne parvenais pas à le croire : j'affrontais le parfait sosie de Leila, un sosie d'une conformité fulgurante qui me fixait avec effroi, les sourcils en circonflexe.

254

L'inconnue avait peur de cet homme qui avait déboulé sur elle.

Puis l'inconnue murmura dans un souffle, intriguée, incertaine :

– Saad ?...

Et je sus alors que l'inconnue était bien Leila.

Nos bras s'agrippèrent, nos bouches se cherchèrent et, en pleurant à chaudes larmes, nous nous sommes embrassés à ne plus pouvoir respirer.

Quelques heures plus tard, l'ahurissement de la rencontre disparu, Leila m'apprit ce qui lui était arrivé.

Ainsi que ses parents, elle avait échappé à l'explosion où chacun l'avait donnée pour morte : en réalité, Leila, sa mère, son père visitaient une tante au moment de l'attentat. Son père avait décidé d'accréditer leur disparition et d'en profiter pour fuir à l'étranger, d'autant qu'ils pleuraient alors tous les trois la mort des quatre frères. Songeant à moi, à nous deux, à notre avenir, Leila avait protesté, refusé. Cependant, en ces heures de trouble et de douleur, son père ne lui laissa pas le temps de négocier. La nuit même, ils partaient en taxi pour la Syrie. Dans les jours suivants, ils atteignirent Beyrouth et multiplièrent les démarches.

A ce moment-là, Leila avait contacté son cousin Amin à Bagdad pour qu'il me prévienne qu'elle était en vie.

– Ne t'a-t-il pas joint ? Je n'ai jamais eu de nouvelles.

Je me souvins d'Amin m'attendant dans ma rue le soir où je revenais, surexcité comme un requin qui a reniflé le sang, de mon stage chez les islamistes... Penaud, comprenant soudain la scène, j'expliquai en quelques mots à Lcila qu'Amin avait bien essayé de s'acquitter de sa tâche mais que mon discours avait dû l'effrayer et qu'il avait sans doute préféré ne rien me dire, premièrement parce que je ne le méritais pas, secondement pour ne pas mettre sa cousine en danger.

Ses parents, alors qu'ils espéraient acquérir des visas pour le Canada, succombèrent à un bête accident de voiture en montagne. Leila se retrouva seule au Liban où les relations se tendaient de nouveau entre les communautés et, renonçant à revenir en Irak où elle était officiellement défunte, décida de tenter sa chance en Europe.

Se demandant si je n'étais pas mort, elle avait entamé son périple. Au début, l'avancée avait été plus simple pour elle. Munie des économies familiales, elle avait débarqué à Paris avec un visa de touriste, s'était installée dans un petit hôtel pour travailler comme secrétaire multilingue et recevoir sa régularisation.

Or, l'argent fondant, ses emplois se limitant à des courtes prestations fort mal payées, elle avait découvert qu'elle n'y réussirait pas dans le temps qu'elle s'était donné. Longtemps, elle garda bon espoir d'obtenir ses papiers ; cependant des élections se déroulèrent où des démagogues de droite désignèrent comme origine des maux français les immigrés, les sans-papiers, les clandestins. A partir de là avait commencé une lente dégringolade qui avait mené Leila de travail au noir en travail sous-payé puis à la mendicité, de chambres de bonnes en squats, de sandwichs en soupe populaire.

– C'était insupportable, Saad. J'avais tout le temps peur. Observer les règles de prudence élémentaire m'oppressait sans me rassurer : être présentable, pas trop déshabillée, pas trop voilée non plus, pour ne pas attirer les regards suspicieux ; avoir toujours mon abonnement dans le métro ou le bus car une fraude m'exposait à un contrôle de police, éviter le R.E.R. et les grandes correspondances comme Châtelet-Les Halles, ce qui, pour me rendre chez mes rares patrons, m'obligeait à accomplir des trajets invraisemblables, beaucoup trop longs. Je n'étais nulle part en paix. Où m'asseoir ? Où dormir sans crainte ? Alors que je n'avais commis aucun crime, je guettais la police. Je travaillais continuellement, Saad, je travaillais pour survivre, je travaillais à passer inaperçue, et par-dessus tout, je travaillais à ne pas tomber malade.

Enfin, de plus en plus méfiante, se sentant traquée, elle s'était décidée à venir ici, dans le Nord, pour s'évader en Angleterre.

– Je ne sais plus quelle piste je suis, fuite ou régularisation, je les emprunte toutes parce qu'on me refoule partout. Ici, je me trouve aussi mal, toujours à surveiller les alentours, à demeurer sur mes gardes, tiens, voilà, le seul endroit où je demeure : sur mes gardes.

– Suis-moi en Angleterre, Leila.

– Où que tu ailles, je ne te quitterai plus.

Elle m'emmena dans le squat où elle logeait. En chemin, je racontai à mon tour mon périple, taisant l'épisode sicilien qui impliquait Vittoria car j'estimai inutile de provoquer en Leila une jalousie rétrospective.

Au-delà de la ville et des villages, perdu dans la campagne boueuse, le squat consistait en d'anciens bâtiments administratifs et d'ex-logements ouvriers désaffectés depuis la faillite du site. Les clandestins l'avaient colonisé en espérant que son éloignement favoriserait une relative tranquillité.

Dans l'immeuble de Leila, chaque pièce était occupée par une famille africaine de cinq à sept personnes. Privilégiée, Leila possédait une minuscule pièce à elle, contre quoi elle nettoyait les sanitaires de l'étage, ce qui n'était pas une besogne facile puisque, le domaine ne disposant plus d'aucun raccordement aux égouts, elle devait porter des seaux malodorants jusqu'au fond du pré. Une cuisine collective de fortune avait été bricolée dans le couloir sur deux réchauds et trois bassines en plastique car, de cuisine, il n'y en avait pas à l'origine dans cet ensemble de bureaux. Pas de douche non plus. La seule possibilité pour se laver, faire la vaisselle et la lessive consistait en un tuyau d'arrosage détourné du compteur près de la route, lequel servait à chacun sous la cage d'escalier obscure. De temps en temps, si un Africain débrouillard s'y connaissait un peu, on pouvait profiter de quelques minutes d'électricité en traficotant les lignes.

Le local bourdonnait de bruits, de langues, d'odeurs exotiques ; les horaires de chacun différaient, heures de sommeil, heures de conversation, heures de pratiques sexuelles. Si quelqu'un s'en plaignait, le mot d'ordre consistait à répondre : «Que celui qui veut être chez lui retourne chez lui ! »

– Babel ! Toujours Babel…, me glissa Leila dans l'oreille avec un sourire tendre.

Malgré cet environnement, nous passâmes une nuit merveilleuse, Leila et moi, dans son cagibi, sur un lit de cartons, car, nous comportant comme si nous étions mariés, nous connûmes notre premier moment ensemble. Nos corps nous rendirent ce que nous avions perdu, notre jeunesse, la douceur, le plaisir, l'avenir. Nous étions heureux comme jamais sous les étoiles que l'étroit vasistas ne nous montrait même pas.

Au matin, Leila grelottait de bonheur entre mes bras.

Moi, j'avais l'impression d'être le héros d'une histoire que je maîtrisais enfin.

Les jours suivants nous offrirent une intense sérénité. Alors que nous aurions eu cent raisons d'être tristes – il pleuvait sans cesse, la police musclait ses interpellations près du port, nous manquions d'argent et de nourriture, la maison grouillait de cafards entre puanteurs et immondices –, Leila et moi filions le parfait amour sur une mer paisible.

Au matin, elle partait travailler chez une brodeuse qui l'employait contre quelques centimes et son pain de la veille, moi je cherchais un petit job tout en traquant les moyens de prendre un bateau pour l'Angleterre.

J'avais apprivoisé Pauline, le contact de Schoelcher, une femme rousse, à la peau laiteuse, l'humeur plus vive et plus variée qu'un feuillage au vent, qui, dans un bâtiment en préfabriqué embaumant le café trop réchauffé, aidait les sans-papiers à remplir les imprimés officiels. Sous prétexte qu'elle avait un diplôme d'infirmière, elle soignait aussi, à proportion de ses faibles moyens, les plus mal en point d'entre nous.

Pauline m'appréciait car, ne lui posant pas de problème spécifique, j'allégeais ses tâches les plus ingrates, lorsqu'il fallait enlever des chaussures tenant aux pieds depuis des semaines, lorsqu'il fallait nettoyer les corps autour des plaies, lorsque le musulman timide ne voulait pas se déshabiller devant une femme.

En échange, Pauline me donnait des conseils pour subsister, éviter les policiers et préparer mon éventuel départ. Fille de pasteur, elle ne croyait plus en Dieu mais toujours en l'hospitalité. L'injustice l'indignait.

– Surtout la vôtre, Saad, celle que vous subissez, vous, les clandestins, parce que votre malheur personne ne veut le voir. La pauvreté, c'est une maison à étages. En haut, à l'étage noble, il y a le chômeur ; c'est le pauvre accidentel, le travailleur privé d'emploi par les circonstances ; soyons clairs, on l'aime bien, le chômeur, on compatit avec lui, car sa pauvreté nous dérange peu dans la mesure où elle est provisoire. En dessous, à l'étage inférieur, il y a le pauvre méritant, celui qui travaille mais dont le salaire se révèle insuffisant pour vivre ; celui-là, on le tolère avec bienveillance, on lui aurait volontiers suggéré de ne jamais accepter un poste si mal rémunéré, or on se tait car, si ce n'est pas l'idiot du village, c'est l'idiot de la société, il nous offre le constant plaisir de nous sentir plus intelligent que lui. Plus bas, aux étages déclassés, il y a les pauvres par inadaptation, les clochards, les mendiants, ceux qui se montrent incapables de travailler ou de se socialiser ; ceux-là, ils ne nous effraient pas car, s'excluant par eux-mêmes du système, ils le confortent. Ailleurs dans la maison, ceux qui font peur, ceux qui inquiètent, ce sont les pauvres irréguliers, les sans-papiers, les clandestins comme toi, squattant les caves, les escaliers, la cour, ces migrants économiques qui fuient un pays où, paraît-il, il n'y aurait pas de travail. Qui nous le prouve d'abord, hein ? Comment s'arrangent ceux qui sont restés ? Ne sont-ils pas venus plutôt nous voler ? Des malfaiteurs ! Au minimum, des parasites ! Des teigneux qui survivent à tout, l'illégalité, la précarité, les intempéries, le danger, l'ignorance de la langue ! Des rescapés suspects… Car mes contemporains aiment mieux penser les pauvres cons que débrouillards, ils les préfèrent idiots à courageux. Les gens comme toi, ils gênent, on s'en détourne, on préfère oublier qu'ils sont là, on ne cherche pas de solutions pour eux. Puisqu'ils se démerdent seuls, pourquoi les aider ? Même si leur vie ici est rude, elle est meilleure que là-bas, non ? Sinon, ils repartiraient, non ? Bon, alors qu'ils se taisent, qu'on ne les entende pas, qu'on ne les voie pas, et on oubliera leur présence… Qu'ils vivent, mais avec la discrétion d'un mort. Là, mon cher Saad, on vous adresse, à vous, la pire des insultes : l'indifférence. On se comporte comme si vous n'étiez pas là, comme si vous ne souffriez pas quand il fait froid, comme si vous ne saigniez pas lorsqu'on vous blesse. C'est là que commence la barbarie, Saad : quand on ne se reconnaît plus dans l'autre, quand on désigne des sous-hommes, quand on classe l'humain de façon hiérarchique et qu'on exclut certains de l'humanité. Moi j'ai toujours choisi la civilisation contre la barbarie. Et tant qu'il y aura des « gens qui ont droit à » et des « gens qui n'ont pas droit à », il y aura barbarie. Je sais qu'avec mon action pour vous, je risque cinq ans de prison. Tant pis ! Tant mieux ! Que les barbares me foutent en tôle ! Ils ne me cloueront pas le bec ! Je recommencerai en sortant ! La civilisation se trahit elle-même tant qu'elle désigne des « autres », des « moins bien », des « aspirants au progrès ». Aucune civilisation digne de ce nom ne devrait exiger des certificats de naissance.

Au milieu de ses tirades, Pauline, très concrète, perçait un abcès purulent ou appelait un maire pour lui hurler dans les bronches au sujet des sans-abri. Un

jour, enfin, elle m'envoya un clin d'œil, se pencha vers
moi, m'ordonna de vérifier que personne n'allait venir
ni ne pourrait entendre, et me glissa une enveloppe
sous la main.

– Voilà Saad. Deux billets pour aller ce soir à un
spectacle de danse.

– Merci.

– As-tu déjà vu un spectacle de danse ?

– J'ai dansé dans les mariages de mon pays. J'ai
aussi beaucoup dansé au Caire.

– Non, je te parle d'un ballet de danse moderne,
monté par un des plus grands chorégraphes contemporains ?

– Je ne connais pas.

– Tu vas t'y rendre ce soir. Après le spectacle, tu
iras en coulisses voir Jorge, un Brésilien, immigré lui-
même. Il appartient à notre organisation. Il t'expli-
quera comment, dans quelques jours, dès qu'ils auront
fini leur show, il vous transférera, Leila et toi, en
Angleterre.

– Vrai ?

– Vrai ! Pourtant, je t'aurais bien gardé auprès de
moi, tu m'es utile ici.

Jamais je ne parcourus plus vite les kilomètres qui
me séparaient du squat. Je racontai tout à Leila et nous
avons ri et pleuré ensemble.

Le soir, nous allâmes au vaste théâtre moderne où se
déroulait le spectacle. Rarement quelque chose de si
beau me rendit si malheureux. Nous éprouvâmes un
choc, Leila et moi, à voir des êtres splendides, libres,
déliés, aériens, mouvoir avec grâce ces corps que
n'entravait plus aucune chaîne, sinon l'attraction ter-
restre. Nous comprenions que nous n'étions plus

comme ça, que nous ne serions plus jamais comme ça, que nous étions usés, vieux, fatigués, que nous avions oublié qu'on pouvait vivre, bouger et respirer pour le simple bonheur de vivre, bouger, respirer, et que nous n'en retrouvions la mémoire fugitive que pendant l'amour, par quelques gestes. Bouche bée, les larmes au bord des yeux, nous nous sentions à la fois désespérés et consolés.

En coulisse, Jorge, un des danseurs, physique de faune dont les cheveux tourmentés mélangeaient de façon incompréhensible le brun et le blond, nous reçut, se doucha, puis nous détailla la manœuvre pour les jours à venir.

De retour au squat, plusieurs heures de marche plus tard, engourdis de fatigue, d'éblouissement, nous nous sommes allongés, bras et jambes mêlés, et, sans pouvoir dormir, nous avons souri au plafond jusqu'à l'aube.

Au matin, j'avais dû m'assoupir car Leila me réveilla soudain.

– Saad, filons. Je t'en supplie. Filons au bout du champ. J'ai entendu une voiture.

– Allons, tu crois ? Attends que j'aille à la fenêtre.

Elle ramassa ses affaires. En quelques secondes, je compris qu'elle avait raison : des véhicules se profilaient à l'horizon.

– Partons.

Sans attendre, j'attrapai mon sac, nous avons emprunté le couloir et dévalé l'escalier en silence.

– On donne l'alerte ? demandai-je.

– Oui. Va devant. Je m'en occupe.

Je m'élançai dehors, protégé des cars de police par l'immeuble, et commençai à courir à travers les champs.

Leila avait dû hurler pour prévenir chacun car il y eut un tohu-bohu dans le bâtiment. Dans les autres, plus voisins de la route, la police bondissait déjà. Sans me retourner, je poursuivis ma course à perdre haleine pour chercher la protection des bois.

– Pourvu qu'elle me rejoigne vite, me disais-je, haletant.

Cependant, quoique espérant, une partie de moi avait déjà compris ce qui se passait. En donnant l'alarme, par le bruit qu'elle avait déclenché, Leila avait précipité l'intervention des forces et compromis sa fuite. Néanmoins, je voulus me convaincre que j'avais tort, je me terrai dans un fossé, le cœur battant, et j'attendis.

Des cris. Des hurlements. Les Africaines résistaient, vaillantes. Aussitôt, des bruits d'explosion. Les policiers devaient lancer des bombes au gaz. Ou incendier des chambres.

Claquements de portes. Sirènes. Démarrages. Moteurs dont le ronronnement grossit puis s'évanouit au loin.

Leila n'était toujours pas revenue.

J'avais compris.

Dans mon trou d'herbe et de boue, je me morfondis néanmoins jusqu'à midi. Puis je revins au squat, lequel, comme je l'avais imaginé, fumait encore d'avoir été calciné.

Personne ne se trouvait alentour.

Le soir, je me rendis auprès de Pauline, pas au préfabriqué qui était fermé, mais à son adresse privée. Dès qu'elle m'aperçut par sa fenêtre, elle m'intima d'emprunter la porte arrière, celle du jardin, avec discrétion. Elle semblait épuisée, préoccupée.

– Saad, tu t'en es tiré !

– J'ai peur d'être le seul.

– Je sais que Leila a été arrêtée.

Dans la soirée, elle multiplia les coups de fil. Puis, les cheveux en bataille, l'œil las, elle vint m'apprendre la vérité.

– Leila, parce qu'elle avait tenté de régulariser sa situation administrative, sera encore moins bien traitée que les autres qui vont être envoyés en centre de rétention.

– Quoi ? Qu'est-ce qu'on va lui faire ?

– Ils agissent beaucoup plus vite avec les femmes car ils ont peur qu'elles ne fondent une famille.

– Que va-t-on lui faire ?

– Sois courageux, Saad.

– Quoi ?

– On va la renvoyer en Irak d'ici à trois jours.

Je m'effondrai sur le carrelage de la cuisine. Etait-ce la faim, la soif, l'émotion ? Peu importe, je n'avais plus la force d'en entendre davantage.

Pauline m'abrita chez elle, caché dans le grenier, jusqu'au jour convenu avec Jorge. Têtue, impérieuse, sans me laisser la moindre marge de manœuvre, elle exigea que je suive seul le plan précédent conçu pour deux.

– De toute façon, précisa Pauline, l'offre se limite désormais à une seule personne. Ça devient trop dangereux. Les gouvernements et les administrations veulent donner l'impression de force et multiplient les contrôles.

Le soir du départ, comme pour me laver des chagrins et des déceptions, j'éprouvai le besoin d'accomplir une longue toilette et lui demandai la permission de rester un peu dans sa salle de bains. Je savais que j'allais consumer plusieurs heures sans boire, sans manger, sans me soulager. Après ma prière et ma douche, Papa en profita pour me rendre visite sur les carreaux en mosaïque.

– Chair de ma chair, sang de mon sang, je suis revenu. Je croyais que tu atteignais de façon heureuse le terme de ton odyssée et voilà que… Ah, pourquoi est-ce que, dans la vie, ça ne se passe pas aussi bien que dans les livres ? Chez Homère, par exemple, Ulysse finit par embrasser Pénélope et…

– Papa, fous-moi la paix avec Homère. Lâche-moi.

– Fils, parle-moi comme tu veux, je ne mérite pas davantage, cependant, s'il te plaît, parle avec respect des grands génies.

– Une seule chose me paraît sûre, c'est que ton Homère était aveugle !

– Ah oui, pourquoi ?

– Il improvisait des contes qui avaient un sens parce que, à cause de ses yeux crevés, il ne voyait pas le monde tel qu'il est, mais tel qu'on le raconte.

– Pour une fois, je ne suis pas certain de te suivre, fiston.

– Tu vois, Papa, lorsque tu m'évoques les livres que tu aimes, ces romans qui ont une issue heureuse ou un dénouement juste, je conclus que les écrivains sont des charlatans. Ils essaient de nous vendre le monde pour ce qu'il n'est pas, ordonné, équitable, moral. Escroquerie ! On devrait les interdire aux enfants, en proscrire la lecture, ils rendent la vie encore plus nulle en nous ayant persuadés d'abord qu'elle pourrait être belle. A cause d'eux, chaque fois qu'on rate une marche ou qu'on patauge dans la merde, autrement dit la plupart du temps, on se sent coupable. On s'accuse de manquer ce qu'on aurait dû réussir. C'est grave !

– Tu ne comprends rien, Saad. Les écrivains ne peignent pas le monde tel qu'il est, mais le monde tel que les hommes pourraient le faire.

– Ton Ulysse qui récupère Pénélope et ta Pénélope qui aime encore Ulysse, c'est de la fiction.

– Ah oui ? Ta Leila qui est vivante, c'est de la fiction ?

– Non. Pourtant nous sommes séparés.

– Pas de bonne histoire sans séparation.

– Je veux vivre ma vie, pas une histoire.

– Compte sur la vie pour enrichir tes histoires.

– Papa, lâche-moi la grappe. ! Plus de philosophie !

– Si on n'a pas toujours besoin de son père, on a toujours besoin de philosophie.

– Ça va, j'ai compris ce que tu appelais la philosophie : le moyen de rendre l'horreur supportable.

– Tu connais une meilleure méthode ?

Pauline interrompit notre altercation en me rappelant qu'il était l'heure de nous rendre au port.

Elle m'y conduisit en voiture puis m'amena au café où Jorge m'attendait.

Au moment de me quitter, Pauline m'embrassa et me glissa un papier entre les doigts.

– Tiens, Saad, prends cette adresse. Elle vient de m'être envoyée par Leila de Bagdad où elle a trouvé un ordinateur. Dans ce courriel, elle te donne ce contact, un cousin, qu'elle espérait rencontrer à Londres. Elle te demande de continuer le voyage et elle ajoute qu'elle te rejoindra. A travers notre association, si tu veux, tu pourras rester en rapport avec elle.

15

Voilà, c'est fait. Dans une chambre à trois lits, où six hommes se relaient pour dormir tour à tour, je demeure à Soho, Londres, Angleterre. J'ai un toit. Il se situe même à vingt centimètres de mon visage, juste derrière le papier peint qui se décolle, cette mansarde en soupente m'obligeant à surveiller mes gestes lorsque je m'allonge sur mon matelas, à vivre voûté, à ne risquer la position debout qu'au milieu de la pièce.

En buvant un thé froid au goût de vieux chrysanthème, je regarde le jour pointer par la lucarne. Il n'a pas plus envie de se lever que moi, le jour, il est las, courbatu, arthritique, maussade ; il se demande si cela vaut la peine d'éclairer les toits humides, noirs, cirés de pollution graisseuse ; il sait qu'en l'illuminant crûment, il enlèvera à Soho le charme nocturne que lui confèrent les néons incarnats, les enseignes pimpantes, les rideaux violets des sex-shops ; il va révéler la crasse, la suie, les fentes qui avouent la fatigue des murs, il va réveiller les odeurs de poubelles, exalter les vomis devant les pubs, vivifier le parfum âcre du bitume, répandre par les rues l'haleine fétide que les caves libéreront dès que les limonadiers ouvriront les trappes pour livrer leurs hectolitres de bière.

Je glisse hors de ma couchette, sans bruit pour ne pas déranger les Afghans, tâche de stationner le moins longtemps possible sur la moquette pluchée aux auréoles suspectes, enfile quelques vêtements, puis, la porte franchie, m'accroche à la rampe branlante pour descendre l'escalier dont chaque marche soupire sous mes pas. Pour sortir, il faut enfoncer un bouton qui beugle comme une chaise électrique et donner plusieurs coups d'épaule dans le battant.

Dehors, je débouche dans une rue si étroite qu'un athlète de bonne carrure n'y passerait pas de front. Le Londres où je m'incruste me déconcerte. Agatha Christie ne m'avait pas décrit ce genre d'endroit ; Dickens sans doute, mais je n'ai pas lu Dickens car Saddam Hussein ne l'avait pas proscrit.

Je gagne une borne de pierre où j'aime bien m'asseoir au réveil, en grignotant une barre de céréales, mon repas principal. Autour de moi, des putains de tous les âges et de toutes les races, maquillage ruiné, quittent leur lieu de travail pour plonger dans une rame de métro, des clochards entament leur jour de sommeil et de jeunes Japonais impeccables, aux pantalons repassés sur le pli, débouchent, guide en main, pour visiter la capitale britannique.

A cette heure-là, les restaurants ne sont pas encore ouverts ; comme une femme surprise sur sa toilette, ils offrent dans leurs vitrines tristes les ragoûts inventés par les hommes sur la planète, l'art d'accommoder les restes, cuisine de rebut, viande reconstituée des Grecs, curry des Indiens, assiettes mélangées des Turcs dont, en devanture, les photos multicolores ont tant vieilli que le vert l'emporte désormais sur les autres teintes, comme une moisissure sur un plat conservé trop longtemps au réfrigérateur. Seuls les Chinois présentent leurs mets avec un peu d'ardeur, mais tout semble faux, depuis les porcelets carmin dégorgeant au-dessus des comptoirs jusqu'à la reproduction des assiettes en résine à l'entrée, nouilles vernissées, brocolis vernissés, nems vernissés, canard vernissé, beignets de bananes vernissées.

– Alors, fils, c'est ça le Paradis ?

Papa m'affronte, assis sur la fontaine. Je lui souris.

– Qu'est-ce que tu en penses ?

– Moi ? Tu veux l'avis de ton père ? Vraiment ?

– Oui.

– J'ai l'impression que tu n'as pas quitté le pays, fils, en tout cas que tu n'as pas quitté Babel. C'est Babel, ici, Babel des langues, Babel des cuisines, Babel des sexes même si, pour rester encore chez nous, on pourrait plutôt invoquer Sodome et Gomorrhe. As-tu remarqué que, dans ce quartier, alors que les mœurs les plus variées sont représentées, voire tarifées, ce sont les invertis qui roulent des mécaniques tandis que les mâles normaux rasent les murs ?

– Où veux-tu en venir ?

– Le cousin de Leila, celui qui t'aide, là, le videur du sex-shop, il ne te présente que des étrangers !

– Evidemment, je ne suis pas un cas unique. Il y a beaucoup d'immigrés en Angleterre.

– Voilà : tu n'as pas rallié la population anglaise mais la population des immigrés en Angleterre !

Un policier flânait près de nous, flegmatique, le teint piqué de taches de son, se dandinant d'une façon qui se voulait rassurante pour chacun, arborant comme des prothèses exagérées son étrange casque et son revolver sur ses fesses rebondies.

Papa lui jeta un regard sceptique : selon lui, un véritable agent de l'ordre devait se montrer beaucoup plus effrayant.

– Que comptes-tu faire, Saad ?

– Survivre d'abord. Construire ensuite. Le cousin m'a promis un petit travail au noir, près de la gare. Contre deux cents euros, il peut me procurer une fausse carte de séjour ; ça permet ensuite de dégoter un travail officiel. Quand j'y verrai plus clair, je finirai mes études de droit et j'épouserai Leila.

Papa haussa les épaules, découragé par l'ampleur de la tâche. J'éprouvai le besoin de l'apaiser, d'être compris de lui.

– Tu raisonnes à l'ancienne, Papa. Tu raisonnes à la Homère. Il y a trois mille ans, un homme, Ulysse, rêvait de revenir chez lui après une guerre qui l'en avait éloigné. Moi, j'ai rêvé de quitter mon pays dévasté par la guerre. Quoique j'aie voyagé et que j'aie rencontré des milliers d'obstacles pendant ce périple, je suis devenu le contraire d'Ulysse. Il retournait, je vais. A moi l'aller, à lui le retour. Il rejoignait un lieu qu'il aimait ; je m'écarte d'un chaos que j'abhorre. Il savait où était sa place, moi je la cherche. Tout était résolu, pour lui, par son origine, il n'avait qu'à régresser, puis mourir, heureux, légitime. Moi, je vais édifier ma maison hors de chez moi, à l'étranger, ailleurs. Son odyssée était un circuit nostalgique, la mienne un départ gonflé d'avenir. Lui avait rendez-vous avec ce qu'il connaissait déjà. Moi j'ai rendez-vous avec ce que j'ignore.

– Tu poursuis un rêve, fils, mais en attendant, ta vie n'est pas un rêve.

Je souris. Il insista :

– Si le moteur du voyage, c'est l'insatisfaction, seras-tu satisfait ? T'arrêteras-tu jamais ?

– Le but du voyage, Papa, c'est de poser ses valises et déclarer : c'est là. Alors voilà, je te l'annonce : j'arrête, c'est là.

M'installant sur la fontaine, je retirai mes tennis pour rafraîchir mes pieds dans l'eau. Pendant ce temps, Papa détaillait l'accoutrement de trois drag-queens aux jambes interminables gainées de filets sur des talons compensés fluorescents.

– Tiens, as-tu vu, Papa ? J'ai une nouvelle verrue sous le pied.

– Mm ?

– Comment dit-on, dans ton langage des hauts étages, « J'ai une nouvelle verrue sous le pied » ?

– « Le tourment du pèlerin a creusé sa marque sous la paume qui affronte les chemins. » Es-tu certain qu'il s'agit d'un nouveau tourment ?

– Ah non, bien vu ! C'est l'ancienne, la plus vieille, celle dont je ne me débarrasse pas. J'ai beau gratter, creuser…

– Elle persiste parce que tu n'as pas découvert son nom.

– Je l'ai baptisée « Rage » et « Revanche ».

– Autant d'erreurs. Cherche bien. Cherche mieux. Trouve ce qui te colle à la peau, ce qui ne te lâchera jamais, fils, ce qui en toi ne renoncera pas.

Je regardai la verrue ultime, celle qui résistait à tout, et, en soufflant sur elle, je prononçai enfin son vrai nom, ce nom qui était le mien et me définissait, je la nommai : « Espoir ».

L'IRAK DE SADDAM HUSSEIN

• 17 juillet 1968 : Lors de la « révolution blanche », le parti Baas opère un coup d'Etat et accède au pouvoir. Hassan al-Bakr devient président de la République d'Irak.

• 1971 : Saddam Hussein est élu vice-président de la République après avoir éliminé ses rivaux.

• 1979 : Saddam Hussein succède à Hassan al-Bakr qui renonce « pour raison de santé » et devient, à 42 ans, président de la République d'Irak.

• 22 septembre 1980 : Saddam Hussein lance son armée contre l'Iran des mollahs. Cette guerre meurtrière dure jusqu'en 1988 et s'achève par la victoire de l'Iran.

• 1988, opération « Anfal » : génocide organisé contre une partie de la population irakienne, les Kurdes.

• 2 août 1990 : L'Irak envahit le Koweït. La réaction internationale provoque une seconde guerre du Golfe. Le combat cesse le 28 février 1991.

1991/2003 : L'Irak subit un embargo international aux conséquences catastrophiques. On parle de plus d'un million de morts malgré le programme de l'ONU « Pétrole contre nourriture ».

• 20 mars 2003 : A la suite des attentats du 11 septembre 2001 et dans le cadre de leur lutte antiterroriste, les Etats-Unis et quelques alliés envahissent l'Irak sans mandat de l'ONU.

• 9 avril 2003 : Chute de Bagdad.

• 1er mai 2003 : Cette troisième guerre du Golfe, guerre éclair, s'achève officiellement.

• 28 juin 2004 : L'essentiel du pays est officiellement pacifié et le pouvoir remis à un gouvernement intérimaire, mais l'Irak reste confronté à une violence multiforme de factions et de mouvements incontrôlables.

• 30 décembre 2006 : A l'issue d'un procès, Saddam Hussein est pendu.

Alors qu'attentats et actes de guérilla se multiplient, la plupart des membres de la coalition retirent leurs contingents. Le corps d'armée américain est renforcé en 2007.

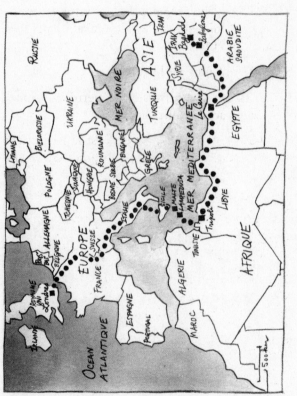

Le voyage de Saad

Eric-Emmanuel Schmitt
dans Le Livre de Poche

L'Enfant de Noé   n° 30935

1942. Joseph a sept ans. Séparé de sa famille, il est recueilli
par le père Pons, un homme simple et juste, qui ne se
contente pas de sauver des vies. Mais que tente-t-il de pré-
server, tel Noé, dans ce monde menacé par un déluge de
violence ? Un court et bouleversant roman.

L'Évangile selon Pilate
suivi du *Journal d'un roman volé*   n° 15273

Première partie : dans le jardin des Oliviers, un homme
attend que les soldats viennent l'arrêter pour le conduire au
supplice. Deuxième partie : trois jours plus tard, au matin
de la Pâque, Pilate dirige la plus extravagante des enquêtes
policières. Un cadavre a disparu et est réapparu vivant !
Y a-t-il un mystère Jésus ?

Lorsque j'étais une œuvre d'art   n° 30152

Un livre sans équivalent dans l'histoire de la littérature, même si c'est un roman contemporain sur le contemporain. Il raconte le calvaire d'un homme qui devient son propre corps, un corps refaçonné en œuvre d'art au mépris de tout respect pour son humanité.

Odette Toulemonde et autres histoires   n° 31239

La vie a tout offert à l'écrivain Balthazar Balsan et rien à Odette Toulemonde. Pourtant, c'est elle qui est heureuse. Lui pas. Leur rencontre fortuite va bouleverser leur existence.

La Part de l'autre   n° 15537

8 octobre 1908 : Adolf Hitler recalé. Que se serait-il passé si l'École des Beaux-Arts de Vienne en avait décidé autrement ? Que serait-il arrivé si le jury avait accepté et non refusé Adolf Hitler, flatté puis épanoui ses ambitions d'artiste.

La Rêveuse d'Ostende   n° 31656

Cinq histoires – « La rêveuse d'Ostende », « Crime parfait », « La guérison », « Les mauvaises lectures », « La femme au bouquet » – suggérant que le rêve est la véritable trame qui constitue l'étoffe de nos jours.

La Secte des égoïstes　　　　　　　　　　　n° 14050

À la Bibliothèque nationale, un chercheur découvre la trace d'un inconnu, Gaspard Languenhaert qui, au XVIIIe siècle, soutint la philosophie «égoïste». Selon lui, le monde extérieur n'a aucune réalité et la vie n'est qu'un songe. Intrigué, le chercheur part à la découverte d'éventuels documents.

Théâtre, tome 1　　　　　　　　　　　　n° 15396

«La philosophie prétend expliquer le monde, le théâtre le représenter. Mêlant les deux, j'essaie de réfléchir dramatiquement la condition humaine, d'y déposer l'intimité de mes interrogations, d'y exprimer mon désarroi comme mon espérance, avec l'humour et la légèreté qui tiennent aux paradoxes de notre destinée.» Ce volume contient les pièces suivantes : *La Nuit de Valognes*, *Le Visiteur*, *Le Bâillon*, *L'École du diable*.

Théâtre, tome 2　　　　　　　　　　　　n° 15599

Ce deuxième volume comprend les titres suivants : *Golden Joe*, *Variations énigmatiques* et *Le Libertin*.

Théâtre, tome 3　　　　　　　　　　　　n° 30618

Ce troisième volume comprend les pièces suivantes : *Frédérick ou le Boulevard du Crime*, *Petits crimes conjugaux*, *Hôtel des Deux Mondes*.

Essai

DIDEROT OU LA PHILOSOPHIE DE LA SÉDUCTION, 1997.

Théâtre

LA NUIT DE VALOGNES, 1991.
LE VISITEUR (Molière du meilleur auteur), 1993.
GOLDEN JOE, 1995.
VARIATIONS ÉNIGMATIQUES, 1996.
LE LIBERTIN, 1997.
FRÉDÉRICK OU LE BOULEVARD DU CRIME, 1998.
HÔTEL DES DEUX MONDES, 1999.
PETITS CRIMES CONJUGAUX, 2003.
MES ÉVANGILES (*La Nuit des Oliviers*, *L'Évangile selon Pilate*), 2004.
LA TECTONIQUE DES SENTIMENTS, 2008.

Le Grand Prix du Théâtre de l'Académie française 2001
a été décerné à Eric-Emmanuel Schmitt
pour l'ensemble de son œuvre.
Site Internet : eric-emmanuel-schmitt.com